MARY HIGGINS CLARK

Toma mi corazón

Mary Higgins Clark es autora de varios bestsellers internacionales, dos de los cuales —*¿Dónde están los niños?* y *Un extraño acecha*— fueron llevados a la gran pantalla. Muchas de sus obras, novelas y cuentos, se han convertido en películas de televisión. En 1987 fue presidenta de la asociación Mystery Writers of America (Escritores de novelas de misterio de América) y, durante muchos años, sirvió en su consejo de directores. En 1996, se casó con John Conheeney. Actualmente viven en Saddle River, Nueva Jersey, y entre ellos tienen dieciséis nietos.

Toma mi corazón

Toma
mi corazón

MARY HIGGINS CLARK

Traducción de Ignacio Gómez Calvo

VINTAGE ESPAÑOL
Una división de Random House, Inc.
Nueva York

PRIMERA EDICIÓN VINTAGE ESPAÑOL, ABRIL 2010

Copyright de la traducción © 2010 por Ignacio Gómez Calvo

Información de catalogación de publicaciones disponible en la
Biblioteca del Congreso de los Estados Unidos.

Vintage ISBN: 978-0-307-47542-8

www.grupodelectura.com

Impreso en los Estados Unidos de América
10   9   8   7   6   5   4   3   2   1

Agradecimientos

Vivimos en una época de milagros médicos. Todos los días se salvan vidas que en una generación anterior se habrían perdido. He escrito varios libros sobre este tema y he disfrutado muchísimo contando esta clase de historias.

Siempre es un placer empezar los agradecimientos dando las gracias a mi amigo y editor desde hace muchos años, Michael Korda, quien con la ayuda de la editora jefe Amanda Murray me guía y me alienta desde la primera página hasta el final. Muchas gracias.

Gracias siempre a la directora adjunta del departamento de corrección Gypsy da Silva, a mi publicista Lisl Cade y a mis lectoras Irene Clark, Agnes Newton y Nadine Petry. Qué equipo más estupendo tengo.

Muchas gracias al doctor Stuart Geffner, director del departamento de trasplantes renales y de páncreas del Centro Médico Saint Barnabas en Livingston, New Jersey, por su amabilidad al responder a mis preguntas sobre los trasplantes de corazón a vida o muerte.

Un agradecimiento especial a Lucki, el pequeño maltés de mi hija Patty y mi nieto Jerry. Lucki sirvió de inspiración a la perra de Emily, Bess, que aparece en este libro. Le debo una invitación.

Y ahora es el momento de que vosotros, mis amigos y lectores, empecéis a pasar estas páginas. Como dirían mis antepasados irlandeses: «Espero que lo paséis en grande».

1

Fue la persistente sensación de que se avecinaba un desastre, y no la tormenta del nordeste, la que hizo que Natalie huyera de Cape Cod y volviera a New Jersey el lunes por la mañana antes de que amaneciera. Había albergado la esperanza de encontrar refugio en la acogedora casa del cabo que había sido de su abuela y ahora era de ella, pero la gélida aguanieve que azotaba las ventanas no había hecho más que aumentar el terror que experimentaba. Luego, cuando un apagón había sumido la casa en la oscuridad, se había quedado desvelada, convencida de que todos los sonidos que oía los hacía un intruso.

Después de quince años, estaba segura de que había descubierto por casualidad quién había estrangulado a su compañera de piso, Jamie, cuando las dos eran jóvenes actrices que luchaban por abrirse camino. Y él sabe que yo lo sé, pensó; lo vi en sus ojos.

El viernes por la noche él había ido con un grupo de personas a la última representación de *Un tranvía llamado deseo* en el teatro Omega. Ella interpretaba a Blanche DuBois, el papel más exigente y satisfactorio de su carrera hasta la fecha. Había recibido críticas maravillosas, pero el papel había tenido un grave efecto emocional en ella. Por ese motivo, después de la función, cuando alguien llamó a la puerta de su camerino, sintió la tentación de no contestar. Pero abrió, y todos entraron en tropel para felicitarla, y de repente lo reconoció. Ahora rondaba los cincuenta y la cara se le había redondeado, pero sin duda era la persona cuya foto había desaparecido de la cartera de Jamie cuando habían hallado su cadáver. Jamie se había mostrado muy reservada con respecto a él, al que únicamente se refería como Jess, «como lo llamo cariñosamente», según decía.

Me quedé tan sorprendida que cuando nos presentaron lo llamé «Jess», pensó Natalie. Todo el mundo hablaba atropellándose, así que estoy segura de que nadie se percató. Pero él me oyó decir su nombre.

¿A quién se lo puedo contar? ¿Quién me creería? ¿Mi palabra contra la de él? ¿Mi recuerdo de una pequeña foto que Jamie había escondido en su cartera? La encontré porque le había dejado mi tarjeta de crédito y la necesitaba. Ella estaba en la ducha y me dijo que la sacara de su cartera. Fue entonces cuando vi la foto, metida en uno de los compartimientos, detrás de un par de tarjetas de visita.

Lo único que Jamie me contó sobre él es que había probado suerte en el mundo de la interpretación, pero no era lo bastante buen actor y que había prometido divorciarse. Yo traté de decirle que era la historia más vieja del mundo, recordaba Natalie, pero ella no quiso escucharme. Ambas habían compartido piso en el West Side hasta la terrible mañana en que Jamie fue estrangulada cuando hacía footing en Central Park. Su cartera estaba en el suelo y le faltaban el dinero y el reloj. Y también la foto de «Jess». Se lo dije a la policía, seguía recordando, pero no se lo tomaron en serio. Se habían producido una serie de atracos de madrugada en el parque, y estaban convencidos de que Jamie había resultado ser una de las víctimas, casualmente la única víctima mortal.

Había estado diluviando en Rhode Island y Connecticut, pero a medida que Natalie recorría Palisades Parkway, comenzó a escampar. Conforme avanzaba vio que las carreteras se estaban secando.

¿Estaría a salvo en casa? No estaba segura. Veinte años antes, después de enviudar, a su madre, que había nacido y se había criado en Manhattan, le produjo satisfacción vender la casa y comprar un pequeño piso cerca del Lincoln Center. El año anterior, cuando Natalie se separó de Gregg, tuvo noticias de que la modesta casa del norte de New Jersey en la que se había criado estaba otra vez en venta.

—Natalie —le advirtió su madre—, estás cometiendo un grave error. Creo que es una locura que no intentes salvar tu matrimonio. Volver corriendo a casa nunca es la solución. No puedes recrear el pasado.

Natalie sabía que era imposible que su madre entendiera que la esposa que Gregg deseaba y necesitaba era alguien que ella jamás podría ser.

—Fui injusta con Gregg al casarme con él —dijo—. Él necesitaba una mujer que fuera una madre para Katie, y yo no puedo serlo. El año pasado estuve fuera de casa seis meses. La cosa no funciona. Sinceramente, creo que cuando me vaya de Manhattan, entenderá que nuestro matrimonio ha acabado.

—Sigues enamorada de él —insistió su madre—. Y él de ti.

—Eso no significa que seamos buenos el uno para el otro.

Tengo razón en eso, pensó Natalie, mientras tragaba saliva para deshacer el nudo que se le formaba en la garganta cuando se permitía pensar en Gregg. Ojalá pudiera hablar con él de lo que había ocurrido el viernes por la noche. ¿Qué le diría? «Gregg, sé con seguridad quién mató a mi amiga Jamie, pero no tengo la más mínima prueba que me respalde. ¿Qué hago?» No se lo podía preguntar. Existían muchas posibilidades de que fuera incapaz de resistirse si él le pedía que lo volvieran a intentar. Pese a que le había mentido y le había dicho que le interesaba otro hombre, Gregg no había dejado de llamarla por teléfono.

Cuando salió de la avenida y se metió en Walnut Street, Natalie cayó en la cuenta de que tenía muchas ganas de tomar un café. Había conducido sin parar, y eran las ocho menos cuarto. Un día normal a esas horas ya se habría tomado como mínimo dos tazas.

La mayoría de las casas de Walnut Street, en Closter, habían sido derribadas y sustituidas por viviendas de lujo. Ella solía bromear diciendo que ahora tenía setos de dos metros a los lados de su casa, lo que le ofrecía intimidad total respecto a sus vecinos. Años antes, los Keene vivían a un lado y los Foley al otro. Hoy día apenas sabía quiénes eran sus vecinos.

Percibió algo hostil al enfilar el camino de entrada de la casa y apretar el mando a distancia para abrir la puerta del garaje. Mientras la puerta empezaba a levantarse, sacudió la cabeza. Gregg tenía razón al decir que se convertía en todos los papeles que interpretaba. Antes de la tensión del encuentro con Jess, ya tenía los nervios destrozados, como Blanche DuBois.

Metió el coche en el garaje y frenó, pero por algún motivo no apretó el mando a distancia inmediatamente después para cerrar la puerta. En lugar de ello, abrió la portezuela del coche del lado del conductor, abrió la puerta de la cocina y entró.

Entonces notó que unas manos enguantadas la arrastraban hacia el interior, la obligaban a darse la vuelta y la derribaban. Dio con la cabeza contra el suelo de madera noble, lo que envió oleadas de dolor a través del cráneo; aun así, vio que el agresor llevaba un chubasquero de plástico y los zapatos cubiertos con plásticos.

—Por favor —dijo Natalie—, por favor. —Levantó las manos frente a la pistola que le apuntaba al pecho.

La respuesta de él al ruego de Natalie fue el chasquido que sonó cuando el desconocido desbloqueó el seguro del arma.

2

A las ocho menos diez, puntual como siempre, Suzie Walsh salió de la carretera 9W y se dirigió a la casa de la que era su jefa desde hacía mucho tiempo, Catherine Banks. Durante treinta años había sido la asistenta de aquella viuda de setenta y cinco años. Llegaba a las ocho de la mañana y se marchaba después de comer, a la una del mediodía, todos los días laborables.

Ferviente aficionada al teatro, Suzie estaba encantada de que el año anterior la famosa actriz Natalie Raines hubiera comprado la casa situada al lado de la de la señora Banks. Natalie era la actriz favorita de Suzie. Tan solo dos semanas antes, la había visto en una de las representaciones limitadas de *Un tranvía llamado deseo* y había llegado a la conclusión de que nadie podría haber interpretado mejor a la frágil heroína Blanche DuBois, ni siquiera Vivien Leigh en la película. Con sus facciones delicadas, su cuerpo esbelto y su cascada de pelo rubio claro, era la viva encarnación de Blanche.

Hasta entonces Suzie no había coincidido cara a cara con Raines. Siempre tenía la esperanza de encontrarse con la actriz algún día en el supermercado, pero todavía no había sucedido. Siempre que iba en el coche a trabajar por la mañana, o cuando volvía a casa por la tarde, Suzie procuraba pasar despacio por delante de la casa de Raines, aunque por la tarde le obligaba a dar la vuelta a la manzana para llegar a la autopista.

Ese lunes por la mañana Suzie casi hizo realidad su sueño de ver a Natalie Raines de cerca. Cuando pasaba por delante de su casa, Raines estaba saliendo de su coche. Suzie suspiró. Ese simple atisbo de su ídolo fue como una chispa de magia para ella.

Ese mismo lunes a la una del mediodía, tras despedirse alegremente de la señora Banks y equipada con una lista de la compra para la mañana siguiente, Suzie se metió en su coche y salió del camino de entrada de la casa dando marcha atrás. Vaciló por un instante. No existía ni una posibilidad contra un millón de que viera a Natalie Raines dos veces el mismo día y además estaba cansada; pero la costumbre se impuso, giró a la izquierda y pasó despacio por delante de la casa de al lado.

Entonces paró bruscamente. La puerta del garaje de Raines estaba abierta y también la del lado del conductor de su coche, exactamente como estaban por la mañana. Ella nunca dejaba la puerta del garaje abierta, y desde luego no era la clase de persona que dejaba abierta la puerta del coche todo un día. Tal vez debería ocuparme de mis asuntos, pensó Suzie, pero no puedo.

Se metió en el camino de entrada de la residencia y salió del coche. Entró en el garaje con paso vacilante. Era pequeño, y tuvo que cerrar a medias la puerta del coche de Raines para llegar a la puerta de la cocina. Para entonces estaba convencida de que pasaba algo. Al echar un vistazo al coche había descubierto un bolso en el asiento del pasajero y una maleta en el suelo de la parte de atrás.

Cuando llamó a la puerta de la cocina y vio que no respondían, esperó, y a continuación, incapaz de marcharse insatisfecha, giró el pomo. La puerta no estaba cerrada con llave. Aun temiendo que terminaran deteniéndola por ingreso ilegal, algo hizo que Suzie abriera la puerta y entrara en la cocina.

Entonces se puso a gritar.

Natalie Raines estaba desplomada en el suelo de la cocina, con su jersey de punto manchado de sangre. Tenía los ojos cerrados, pero de sus labios brotaba un grito tenue de dolor.

Suzie se arrodilló junto a ella al tiempo que sacaba el móvil de su bolsillo para marcar el número de emergencias.

—El ochenta de Walnut Street, en Closter —gritó a la operadora—. Natalie Raines. Creo que le han disparado. Deprisa. Deprisa. Se está muriendo.

Colgó el teléfono. Mientras acariciaba la cabeza de Natalie, dijo en tono tranquilizador:

—Señora Raines, se pondrá bien. Van a mandar una ambulancia. Llegará en cualquier momento, se lo aseguro.

El sonido de los labios de Natalie cesó. Un instante después su corazón se paró.

Su último pensamiento fue la frase que Blanche DuBois pronuncia al final de la obra: «Siempre he dependido de la bondad de los extraños».

3

La noche anterior había soñado con Mark, uno de esos sueños vagos y decepcionantes en los que oía su voz y lo buscaba por una casa oscura y cavernosa. Emily Kelly Wallace se despertó con el familiar peso que solía instalarse en su cabeza después de esa clase de sueños, pero decidió que ese día no iba a permitir que se apoderara de ella.

Echó un vistazo a Bess, la perra maltesa de cuatro kilos que su hermano Jack le había regalado por Navidad. Bess se hallaba profundamente dormida en la otra almohada; la visión de la perra le proporcionó un consuelo inmediato. Emily salió de la cama, agarró la bata que siempre tenía a mano en el frío dormitorio, cogió a Bess, que se despertó de mala gana, y bajó la escalera de su casa de Glen Rock, New Jersey, en la que había vivido la mayor parte de sus treinta y dos años de vida.

Después de que una bomba en una carretera de Irak arrebató la vida de Mark tres años atrás, había decidido que no quería seguir viviendo en el piso que habían compartido. Aproximadamente un año después, cuando ella se estaba recuperando de una operación, Sean Kelly, su padre, le había cedido su modesta casa de estilo colonial. Viudo desde hacía muchos años, iba a volver a casarse y se trasladaría a Florida.

—Em, es lo más sensato —le había dicho—. No hay hipoteca. Los impuestos no son altos. Conoces a la mayoría de los vecinos. Inténtalo. Luego, si prefieres hacer otra cosa, véndela y tendrás la entrada para otra casa.

Pero ha salido bien, pensó Emily mientras entraba a toda prisa en la cocina con Bess bajo el brazo. Me encanta vivir aquí. La cafetera conectada a un temporizador a las siete de la mañana estaba anunciando con un chirrido que el café estaba listo. Su desayuno consistía en un zumo de naranja recién exprimido, un bollo tostado y dos tazas de café. Emily cogió la segunda taza y subió corriendo la escalera para ducharse y cambiarse de ropa.

Un jersey de cuello alto rojo nuevo daba una nota alegre a su traje de chaqueta y pantalón gris oscuro del año pasado. Ideal para el juzgado, pensó, además de un reforzante en aquella mañana nublada de marzo y el sueño con Mark. Se tomó un instante para pensar si se dejaba suelto sobre los hombros su pelo castaño liso, pero optó por recogérselo. A continuación se puso rápidamente un poco de rímel y de perfilador de labios. Mientras se colocaba unos pendientes de plata cayó en la cuenta de que ya no se ponía colorete. Cuando estaba enferma nunca salía sin él.

Al volver abajo, dejó salir a Bess al patio trasero otra vez y acto seguido, tras darle un apretón cariñoso, la encerró en su jaula.

Veinte minutos más tarde entraba en el aparcamiento del palacio de justicia del condado de Bergen. Aunque solo eran las ocho y cuarto, como siempre el aparcamiento ya estaba casi medio lleno. Emily era fiscal auxiliar desde hacía seis años y no había momento en que se sintiera más a gusto que al salir del coche y cruzar el asfalto hacia el juzgado. Con su figura alta y esbelta, no se dio cuenta de la cantidad de miradas de admiración que la seguían al pasar rápidamente por delante de los coches que estaban llegando. Tenía la mente centrada en el fallo que iba a pronunciar el jurado de acusación.

Durante los últimos días, el jurado de acusación había estado oyendo los testimonios del caso por el asesinato de Natalie Raines, la actriz de Broadway que había muerto a tiros en su casa casi dos años antes. Aunque siempre había sido considerado sospechoso, su marido Gregg Aldrich había sido detenido formalmente tan solo tres semanas antes, cuando había aparecido un supuesto cómplice. Se esperaba que el jurado emitiera una acusación en breve.

La mató él, se dijo Emily categóricamente mientras entraba en el palacio de justicia, atravesaba el vestíbulo de alto techo y, desdeñando el ascensor, subía por la escalera al segundo piso. Daría lo que fuera por encargarme de la acusación de ese caso, pensó.

La sección de la fiscalía, en el ala oeste del tribunal, acogía a cuarenta fiscales auxiliares, setenta investigadores y veinticinco secretarias. Introdujo el código en la puerta de seguridad con una mano, la abrió empujando, saludó con la mano a la telefonista y a continuación se quitó la chaqueta antes de llegar al pequeño cubículo sin ventanas que constituía su despacho. Un perchero, dos archivadores de metal grises, dos sillas desemparejadas para las entrevistas con testigos, un escritorio que debía de tener cincuenta años y una silla giratoria para ella componían el mobiliario. Las plantas colocadas encima de los archivadores y en la esquina de su escritorio constituían, según Emily, su intento por reverdecer Estados Unidos.

Lanzó su chaqueta al inestable perchero, se sentó en su silla y cogió el expediente que había estado estudiando la noche anterior. El caso Lopez, una disputa doméstica que había acabado en homicidio. Los niños pequeños, ahora huérfanos de madre, y un padre en la prisión comarcal. Y mi trabajo consiste en meterlo en la cárcel, pensó Emily al tiempo que abría el expediente. El comienzo del juicio estaba fijado para la semana siguiente.

A las once y cuarto sonó su teléfono. Era Ted Wesley, el fiscal.

—Emily, ¿puedo verte un momento? —preguntó. Colgó sin esperar respuesta.

Edward «Ted» Scott Wesley, el fiscal del condado de Bergen, era innegablemente un hombre atractivo a sus cincuenta años. Con una estatura de casi un metro noventa, tenía un porte que no solo le hacía parecer más alto, sino que también le confería un aire de autoridad que, como en una ocasión había escrito un reportero, «resultaba reconfortante para las personas de bien y desconcertante para cualquiera que tuviera un motivo para no dormir de noche». Sus ojos de color negro azulado y su cabeza redonda con el pelo moreno, que ahora lucía leves rastros de canas, completaban la imagen de un líder imponente.

Para sorpresa de Emily, después de llamar a la puerta entornada y entrar en su despacho, se dio cuenta de que su jefe la estaba escrutando.

Finalmente, el hombre dijo resueltamente:

—Hola, Emily, estás estupenda. ¿Te encuentras bien?

No era una pregunta hecha a la ligera.

—Como nunca. —Ella intentó parecer despreocupada, incluso desdeñosa, como si se estuviera preguntando por qué se molestaba en preguntarlo.

—Es importante que te encuentres bien. El gran jurado ha acusado a Gregg Aldrich.

—¡Lo han acusado!

Sintió una descarga de adrenalina. Aunque estaba convencida de que lo acusarían, Emily también sabía que el caso estaba basado en gran parte en pruebas circunstanciales y sin duda en el juicio no iba a haber nada seguro.

—Me saca de quicio ver a ese asqueroso en las páginas de cotilleos, convertido en la comidilla de la temporada cuando todos sabemos que dejó morir desangrada a su mujer. Natalie Raines era una gran actriz. Cuando salía al escenario era pura magia.

—No permitas que la vida social de Aldrich te saque de quicio —dijo Wesley suavemente—. Enciérralo para siempre. El caso es tuyo.

Era lo que ella esperaba oír. Aun así, tardó un rato en asimilarlo. Se trataba de la clase de juicio que un fiscal como Ted Wesley se reservaba para él. Seguro que iba a salir en los titulares, y a Wesley le encantaban los titulares.

El fiscal sonrió ante el asombro de ella.

—Emily, que quede entre nosotros. Me han chivado que en otoño va a crearse un puesto importante con la nueva administración. Me interesa, y a Nan le encantaría vivir en Washington. Como ya sabes, ella se crió allí. No me gustaría estar en medio de un juicio si la oferta prospera. Así que Aldrich es tuyo.

Aldrich es mío. Aldrich es mío. Era el tipo de caso jugoso que había estado esperando antes de que enfermara hacía dos años. Cuando volvió a su despacho, Emily se planteó llamar a su padre, pero acto seguido descartó la idea. Él solo le recomendaría que no trabajara demasiado. Y eso es lo mismo que le diría su hermano, Jack, un diseñador informático que trabajaba en Sillicon Valley. De todas formas, ahora Jack está seguramente camino del trabajo, pensó. Solo son las ocho y media en California.

Mark, Mark, sé que estarías muy orgulloso de mí...

Cerró los ojos un instante, invadida por una oleada de puro anhelo, y a continuación sacudió la cabeza y cogió el expediente del caso Lopez. Una vez más, leyó hasta la última línea. Los dos tenían veinticuatro años; dos hijos; separados; él volvió suplicando un arreglo; ella salió del piso como un huracán e intentó pasar por delante de él en la gastada escalera de mármol del viejo bloque de pisos. Él afirmó que ella se había caído. La canguro que los siguió desde el piso juró que él la había empujado, pero al estudiar las fotos de la escalera, a Emily le pareció que ella no podía haberlo visto.

Sonó el teléfono. Era Joe Lyons, el defensor de oficio asignado a Lopez.

—Emily, quiero que hablemos del caso Lopez. En tu oficina lo habéis entendido todo mal. Él no la empujó. Ella tropezó. Fue un accidente.

—No según la canguro —contestó Emily—. Pero hablemos. A las tres en punto me va bien.

Al colgar, Emily miró la foto del lloroso acusado al oír la lectura del acta de acusación. Experimentaba una desagradable sensación de incertidumbre. Reconocía que tenía dudas sobre el caso. Tal vez la mujer realmente se había caído. Tal vez había sido un accidente.

Antes era muy dura, se dijo suspirando.

Estoy empezando a pensar que a lo mejor debería haberme hecho abogada defensora.

4

Esa misma mañana Zachary Lanning había estado observando a Emily mientras desayunaba en su cocina a través de las tablillas inclinadas de las anticuadas persianas de la casa. Zachary había instalado un micrófono en un armario encima de la nevera, aprovechando que un trabajador había dejado abierta la puerta de la cocina, y escuchaba las palabras de Emily dirigidas hacia su perra, que tenía en el regazo mientras comía.

Es como si hubiera estado hablando conmigo, pensó Zach alegremente, mientras apilaba cajas en el almacén de la carretera 46 donde trabajaba. Solo estaba a veinte minutos en coche de la casa de alquiler en la que había estado viviendo bajo una nueva identidad desde que había escapado de Iowa. Trabajaba desde las ocho y media hasta las cinco y media, un turno perfecto para sus necesidades. Podía observar a Emily temprano y verla cuando se iba a trabajar. Cuando ella volvía a casa por la tarde, podía visitarla de nuevo mientras preparaba la cena. A veces ella tenía compañía, y eso le ponía furioso. Ella le pertenecía.

De una cosa estaba seguro: no había ningún hombre especial en su vida. Sabía que era viuda. Cuando se veían por casualidad en la calle, ella se mostraba simpática pero distante. Él le había dicho que era muy mañoso, por si alguna vez necesitaba una chapuza, pero había comprendido al instante que ella no iba a llamarlo nunca. Como el resto de gente a lo largo de toda su vida, ella lo rechazaba con una mirada. No entendía que él la estaba observando, vigilándola. No entendía que estaban destinados a estar juntos.

Pero eso iba a cambiar.

Con su constitución delgada, su estatura media, su pelo rubio ralo, sus ojillos marrones y sus casi cincuenta años, Zach era la clase de persona anodina a la que la mayoría de la gente no recordaba haber conocido.

Sin duda, la mayoría de la gente jamás se imaginaría que estaba siendo buscado por todo el país después de haber asesinado a sangre fría, un año y medio antes, en Iowa, a su esposa, sus hijos y su madre.

5

—Gregg, lo he dicho antes y volveré a decirlo durante los próximos seis meses porque necesitas oírlo.

El abogado Richard Moore no miraba al cliente sentado a su lado mientras el chófer se abría paso despacio entre la multitud de reporteros que seguían gritándoles preguntas y enfocándolos con las cámaras en el aparcamiento del palacio de justicia del condado de Bergen.

—Este caso depende del testimonio de un mentiroso que es un delincuente profesional —continuó Moore—. Es patético.

El día anterior el jurado había hecho públicos los cargos. La oficina del fiscal había avisado a Moore, y habían acordado que Aldrich se entregaría por la mañana.

En ese momento acababan de salir de la sala de justicia del juez Calvin Stevens, quien había citado a Gregg y había fijado una fianza de un millón de dólares que había sido pagada de inmediato.

—Entonces, ¿por qué ha votado el jurado a favor de la acusación? —preguntó Gregg Aldrich, con un tono monocorde de voz.

—Hay un dicho entre abogados: un fiscal puede acusar a un sándwich de jamón si le apetece. Es muy fácil conseguir una acusación, sobre todo en un caso importante. Lo único que implica una acusación es que hay suficientes pruebas para que el fiscal siga adelante. La prensa ha mantenido este caso en primera plana. Natalie era una estrella, y cualquier mención a ella ayuda a vender periódicos. Y ahora Jimmy Easton, un ladrón pillado con las manos en la masa en pleno robo, dice que le pagaste para matar a tu mujer. Una vez que se celebre el juicio y te absuelvan, el público perderá interés por el caso rápidamente.

—¿Como perdió interés por O. J. después de que lo absolvieran del asesinato de su mujer? —preguntó Aldrich, con un dejo burlón en la voz—. Richard, tú y yo sabemos que aunque el jurado me declare inocente (y tú eres mucho más optimista que yo respecto a ese desenlace), este caso no se terminará hasta que el tipo que mató a Natalie llame a la puerta del fiscal y confiese. Mientras tanto, estoy libre bajo fianza y he entregado mi pasaporte, lo que significa que no puedo salir del país, algo terrible para alguien de mi profesión. Claro que eso no es nada comparado con el hecho de que tengo una hija de catorce años cuyo padre va a aparecer en primera plana de los periódicos, en la televisión y en internet durante un futuro próximo.

Richard Moore se abstuvo de hacer más comentarios tranquilizadores. Gregg Aldrich, un hombre realista y muy inteligente, no era el tipo de cliente que los aceptaba. Por una parte, Moore era consciente de que el caso dependía de un testigo al que sabía que podía dejar en ridículo en el interrogatorio. Por otra, Aldrich tenía razón cuando decía que al haber sido formalmente acusado del asesinato de su esposa, independientemente de cuál fuera el veredicto, para algunas personas nunca quedaría libre de la sospecha de que era el asesino. Pero prefiero que tenga que lidiar con esa situación, pensó Moore irónicamente, antes que acabar en la cárcel de por vida.

¿Y era el asesino? Había algo que Gregg Aldrich no le estaba contando. Moore estaba seguro. No esperaba nada parecido a una confesión por parte de Aldrich, pero ahora que había pasado un día desde que se habían hecho oficiales los cargos, estaba empezando a preguntarse si la información que Aldrich se estaba callando se volvería contra él en el juicio.

Moore miró por la ventanilla. Era un día de marzo deprimente, totalmente a tono con el estado de ánimo que se respiraba dentro del coche. Ben Smith, el investigador privado y ocasional chófer que trabajaba para él desde hacía veinticinco años, estaba al volante. Por la ligera inclinación de su cabeza, Moore sabía que Ben estaba siguiendo todo lo que él y Aldrich decían. El fino oído de Ben era una ventaja en su trabajo, y Moore a menudo lo usaba como recordatorio después de mantener conversaciones con clientes en el coche.

Durante cuarenta minutos se mantuvieron en silencio. Luego pararon enfrente del bloque de pisos de Park Avenue, en Manhattan, donde vivía Gregg Aldrich.

—Ya está, al menos de momento —dijo Aldrich al abrir la puerta del coche—. Richard, ha sido un detalle que hayas venido a recogerme y me hayas traído. Como te dije antes, podría haber quedado contigo en otra parte y haberte ahorrado la molestia de ir y volver por el puente.

—No ha sido ninguna molestia, y voy a pasar el resto del día en mi despacho de Nueva York —dijo Moore en tono pragmático. Le tendió la mano—. Gregg, recuerda lo que te he dicho.

—Lo tengo grabado a fuego en la cabeza —aseguró Aldrich, cuyo tono de voz seguía siendo apagado.

El portero se apresuró a cruzar la acera para abrir la puerta del coche. Mientras Gregg Aldrich le daba las gracias con un murmullo, miró al hombre a los ojos y vio la expresión de emoción apenas oculta que sabía que algunas personas experimentan cuando se convierten en espectadores directos de una sensacional historia criminal. Espero que te lo estés pasando bien, pensó amargamente.

Cuando estaba en el ascensor camino de su piso en la planta quince, se preguntó a sí mismo: ¿Cómo ha podido pasar todo esto? ¿Por qué había seguido a Natalie a Cape Cod? ¿De veras había ido a New Jersey ese lunes por la mañana? Sabía que ese día estaba tan alterado, cansado y furioso que cuando había llegado a casa había salido a correr por Central Park como hacía habitualmente, y más tarde se había sorprendido al darse cuenta de que había estado haciendo footing casi dos horas y media.

¿O no había sido así?

Se horrorizó al darse cuenta de que no estaba seguro.

6

Emily reconocía para sus adentros que la combinación de la muerte de Mark y su propia enfermedad la habían destrozado; y a ello tenía que sumar el matrimonio de su padre, su decisión de trasladarse a Florida, y el hecho de que su hermano Jack hubiera aceptado un trabajo en California; todo ello, golpes emocionales que la habían dejado aturdida.

Sabía que se había manifestado animosa cuando su padre y su hermano mostraron su preocupación por dejarla en aquel momento de su vida. También sabía que el hecho de que su padre le hubiera cedido la casa, con el sincero consentimiento de Jack, les había permitido liberar sus conciencias.

Y no es que deban sentirse culpables, pensaba. Su madre había muerto hacía doce años. Su padre y Joan salían desde hacía cinco. Los dos rondaban los setenta, les encantaba navegar y tenían derecho a disfrutar de ello todo el año. Y desde luego Jack no podía dejar pasar ese trabajo. Él tiene a Helen y dos hijos en los que pensar.

Dicho eso, Emily sabía que la imposibilidad de ver regularmente a su padre, su hermano y su familia habían hecho que le resultara todavía más difícil acostumbrarse a la pérdida de Mark. Sin duda era maravilloso estar otra vez en casa; su «vuelta a la cuna» tenía propiedades curativas. Por otra parte, los vecinos que seguían allí desde que ella era una niña eran de la edad de sus padres. A los que habían vendido sus casas los habían sustituido familias con niños pequeños. La única excepción era el hombrecillo que vivía en la casa alquilada de al lado, el que le había dicho tímidamente que era muy mañoso por si necesitaba que le arreglara algo.

Había sentido la tentación inmediata de rechazarlo de plano. Lo último que deseaba o necesitaba era un vecino que intentara pegarse a ella con el pretexto de la amabilidad. Pero pasaron los meses, y las pocas veces que veía a Zach Lanning era cuando los dos llegaban o salían de sus casas al mismo tiempo, y Emily empezó a bajar la guardia.

Durante las primeras semanas después de que le asignaran el juicio de Aldrich, pasó muchas horas revisando y empapándose del expediente. Enseguida necesitó salir del despacho a las cinco, correr a casa para sacar a pasear y dar de comer a Bess, y luego volver al despacho hasta las nueve o las diez de la noche.

Le gustaban las exigencias de su trabajo. Le daba menos tiempo para recrearse en su pena. Y cuanto más sabía sobre Natalie, más afinidad sentía con ella. Las dos habían vuelto a su hogar de la infancia: Natalie a causa de un matrimonio roto, y Emily de un corazón roto. Emily había descargado montones de información sobre la vida y la carrera de Natalie. Ella creía que Natalie era rubia natural, pero la documentación sobre su pasado le reveló que se había teñido el pelo a los veintipocos años. Al ver sus primeras fotos, a Emily le sorprendió descubrir que existía un auténtico parecido entre las dos. El hecho de que los abuelos de Natalie procedieran del mismo condado de Irlanda donde habían nacido sus abuelos le hizo preguntarse si cuatro o cinco generaciones atrás habrían sido consideradas «primas de beso», la expresión irlandesa para referirse a la familia extensa.

Si bien le encantaba el proceso de preparación de un nuevo caso y no le importaban las horas de trabajo, Emily no tardó en darse cuenta de que correr del despacho a casa para cuidar de Bess requería demasiado tiempo. Además, se sentía culpable porque Bess pasaba sola gran parte del día y también de la noche.

Alguien más se había dado cuenta. Zach Lanning había empezado a preparar su jardín para plantar en primavera. Un día, a media tarde, se lo encontró esperando después de dejar a Bess en casa.

—Señorita Wallace —comenzó, desviando ligeramente la mirada—. No he podido evitar fijarme en que ha venido corriendo a casa por la perra. Y veo que se marcha deprisa. Quería decirle que adoro los perros, pero mi casero es alérgico y no me deja tener uno en casa. Me gustaría mucho disfrutar de la compañía de su perra (he oído que la llama Bess) al volver a casa. Si su casa es como esta, el porche de la parte de atrás debe de estar cerrado y climatizado. Si quisiera dejar la jaula allí fuera y darme una llave del porche, podría sacarla, darle de comer y llevarla a dar un largo paseo. Mi patio está vallado, y la perra podría correr un poco mientras yo trabajo en el jardín. Luego la dejaría otra vez en su porche y cerraría la puerta. De esa forma no tendría que preocuparse por ella. Apuesto a que la perra y yo nos llevaríamos muy bien.

—Es muy amable por su parte, Zach. Deje que lo piense. Ahora mismo tengo mucha prisa. Le llamaré mañana u otro día. ¿Su número de teléfono está en el listín?

—Solo dispongo de móvil —respondió él—. Deje que se lo anote.

Mientras Emily sacaba el coche del camino de entrada de su casa para volver al despacho, Zack disimuló apenas la emoción. Una vez que tuviera la llave de su porche, sería fácil tomar una impresión con cera de la cerradura de la puerta que daba al resto de la casa. Quiere de verdad a esa bola de pelo inútil, pensó. Y cuando esté dentro, iré a su habitación y registraré los cajones.

Quiero tocar toda su ropa.

7

Alice Mills temblaba ante la idea de ser citada a declarar en el juicio. La pérdida de su única hija, Natalie Raines, le había dejado más perplejidad que rencor. ¿Cómo pudo Gregg hacerle eso?, era la pregunta que se hacía una y otra vez de día y que le perseguía de noche. Tenía un sueño recurrente en el que intentaba ponerse en contacto con Natalie. Tenía que prevenirla. Le iba a ocurrir algo terrible.

Pero entonces el sueño se convertía en pesadilla. Mientras Alice corría a ciegas en la oscuridad, notaba que tropezaba y se caía. El leve aroma del perfume de Natalie le inundaba las fosas nasales. Sin verlo, sabía que se había tropezado con el cadáver de Natalie.

Y entonces se despertaba y gritaba: «¿Cómo pudo hacerle eso?», al tiempo que se incorporaba bruscamente.

Después del primer año, la pesadilla se había vuelto menos frecuente, pero cuando Gregg fue acusado y estalló el vendaval periodístico, volvió a intensificarse. Por ese motivo cuando Alice recibió una llamada a mediados de abril de la fiscal auxiliar Emily Wallace para pedirle que acudiera a una entrevista a la mañana siguiente, se quedó levantada la noche antes en el cómodo sillón donde solía echar una cabezada mientras veía la televisión. Tenía la esperanza de que si se quedaba dormida allí, tendría un sueño ligero que le impediría sumirse en la pesadilla.

Su presunción fue vana. Pero esta vez gritó el nombre de Natalie al despertarse. Durante el resto de la noche, Alice se quedó despierta pensando en su difunta hija, reflexionando acerca del hecho de que Natalie hubiera nacido con tres semanas de antelación y hubiera venido al mundo el día de su treinta cumpleaños. Naturalmente, después de un matrimonio en el que, para su pesar, no habían nacido hijos durante ocho años, Natalie se había convertido en un auténtico regalo del cielo.

Alice también recordó la noche, unas semanas antes, en que sus hermanas habían insistido en llevarla a cenar para celebrar su setenta cumpleaños y habían brindado por ella en la mesa. Les daba miedo pronunciar el nombre de Natalie. Pero yo insistí en brindar también por ella, recordó Alice. Incluso bromeamos.

«Creedme, Natalie no habría permitido que celebráramos su cuarenta cumpleaños —había dicho ella—. ¿Os acordáis? Siempre nos decía que en el mundo del espectáculo hay que ser eternamente joven.»

Ella es eternamente joven, pensó Alice, suspirando, cuando se levantó de la butaca a las siete de la mañana y alargó el brazo para ponerse las zapatillas. Sus rodillas artríticas siempre estaban peor por la mañana. Hizo una mueca al levantarse, atravesó la sala de estar de su pequeño piso en la calle Sesenta y cinco Oeste, cerró las ventanas y subió las persianas. Como siempre, la visión del río Hudson a su paso por Manhattan le levantó el ánimo.

Natalie había heredado su amor por el agua. Por ese motivo iba tan a menudo a Cape Cod, aunque solo fuera a pasar un par de días.

Alice se apretó el cinturón de su bata de algodón suave. Le encantaba el aire fresco, pero durante la noche había refrescado, y ahora hacía frío en la sala de estar. Subió el termostato, entró en la cocina y alargó la mano hacia la cafetera. Estaba programada para encenderse a las siete menos cinco. El café se había hecho, y su taza estaba en el aparador de al lado.

Sabía que debía comer al menos una tostada, pero no le apetecía. ¿Qué me preguntará la fiscal?, pensó mientras se llevaba la taza al pequeño comedor y se sentaba ante la mesa en la silla que le ofrecía la mejor vista del río. ¿Y qué puedo añadir a lo que ya he contado a los detectives hace más de dos años? ¿Que Gregg quería que se reconciliaran y que yo animé a mi hija a que volviera con él?

¿Que yo quería a Gregg?

¿Que ahora.lo desprecio?

¿Que nunca entenderé cómo pudo hacerle eso?

Alice decidió ponerse un traje de chaqueta y pantalón negro para la entrevista. Su hermana se lo había comprado para el funeral de Natalie. Durante esos dos años había adelgazado un poco y sabía que el traje le quedaba holgado. Pero ¿qué más da?, se preguntó. Había dejado de arreglarse el pelo y ahora lo tenía totalmente canoso, con una ondulación natural que le ahorraba muchas visitas al salón de belleza. La pérdida de peso había hecho que las arrugas de su cara se acentuaran, y no tenía energías para hacerse tratamientos faciales, como siempre le recomendaba Natalie.

La cita estaba fijada para las diez. A las ocho, Alice bajó por la escalera, fue andando una manzana más allá del Lincoln Center, entró en el metro y tomó el tren que paraba en la estación de autobuses de Port Authority. Durante el breve trayecto, se sorprendió pensando en la casa de Closter. Un agente inmobiliario le había recomendado que no intentara venderla mientras se escribiera a diario sobre Natalie en los periódicos.

—Espere un poco —le había aconsejado—. Luego pinte el interior de blanco. Eso le dará un aire limpio y nuevo. Y entonces póngala en venta.

Alice sabía que el hombre no pretendía ser maleducado ni insensible, pero la idea de encubrir la muerte de Natalie le resultaba muy dolorosa. Cuando la exclusiva del agente sobre la venta de la casa venció, ella no la renovó.

Port Authority estaba, como siempre, llena de gente que entraba y salía corriendo del edificio, e iba y venía de los andenes para coger sus autobuses o pedir un taxi. Para Alice, como le ocurría allí adonde iba, el lugar era un recordatorio. Se veía a sí misma metiendo prisa a Natalie por la estación después del colegio para ir a un casting de publicidad como cuando todavía estaba en la guardería.

Incluso entonces la gente se paraba a mirarla, pensó Alice, mientras esperaba en la cola para comprar un billete de ida y vuelta a Hackensack, New Jersey, donde se hallaba el tribunal. Mientras el resto de las niñas llevaban el pelo largo, Natalie tenía un peinado estilo paje con flequillo. Era una niña preciosa y destacaba.

Pero era más que eso. Tenía encanto.

Después de todos aquellos años, habría resultado natural ir a la puerta 210 donde se encontraba el autobús con destino a Closter, pero Alice, a quien ahora le pesaban los pies, se dirigió a la puerta 232 y esperó al autobús que iba a Hackensack.

Una hora después estaba subiendo la escalera del palacio de justicia del condado de Bergen, y al colocar su bolso en el monitor de seguridad electrónico, preguntó tímidamente dónde estaba el ascensor para subir al despacho de la fiscal en el segundo piso.

8

Cuando Alice Mills estaba bajando del autobús en la manzana anterior al palacio de justicia, Emily se encontraba revisando sus notas de la entrevista con Billy Tryon y Jake Rosen, los dos detectives de homicidios que habían trabajado en el caso de Natalie Raines desde el principio. Ellos formaban parte del equipo de la fiscalía que había respondido a la llamada de la policía de Closter después de que llegaran a casa de Natalie y encontraran su cadáver.

Tryon y Rosen se sentaron frente a su mesa. Como siempre, cuando Emily los miró, no pudo evitar percibir su distinta reacción ante los dos hombres. Jake Rosen, de treinta y un años, con un metro ochenta de estatura y el cuerpo delgado, el pelo rubio cortado al rape y un porte inteligente, era un investigador listo y diligente. Ella había trabajado con él varios años antes, cuando los dos habían sido destinados a la división juvenil, y se habían llevado bien. A diferencia de un par de colegas suyos, incluido Billy Tryon, a él nunca había parecido molestarle tener a una mujer como superior.

Tryon no estaba cortado por el mismo patrón. Emily y otras mujeres de la oficina del fiscal siempre percibían su hostilidad apenas velada. A todas les molestaba que por el hecho de ser primo del fiscal Ted Wesley nunca se hubieran formulado quejas contra él, pese a estar justificadas.

Era un buen investigador; Emily no lo dudaba. Pero era de dominio público que a veces se pasaba de la raya con los métodos que usaba para obtener ciertas condenas. A lo largo de los años, numerosos acusados habían presentado quejas contra él negando airadamente haber realizado las declaraciones verbales incriminatorias que él describía en los testimonios jurados. Aunque ella entendía que todos los detectives recibían ese tipo de queja en algún momento, no había duda de que Tryon había tenido muchas más de lo habitual.

Además, había sido el primer detective en responder cuando Easton había solicitado hablar con alguien de la oficina del fiscal después de su detención por robo.

Emily esperaba que la aversión que le inspiraba Tryon no se notara en su expresión al mirarlo repantigado en su silla. Con su cara curtida por los elementos, su pelo desgreñado y sus ojos perpetuamente medio cerrados, aparentaba más años de los cincuenta y dos que tenía. Estaba divorciado; se consideraba un mujeriego, y ella sabía que algunas mujeres de fuera de la oficina lo encontraban atractivo. La aversión de Emily había aumentado cuando se había enterado de que iba contando que ella no era lo bastante dura para llevar el caso. Pero después de estudiar el expediente, tuvo que reconocer que él y Rosen habían hecho un trabajo riguroso investigando la escena del crimen y entrevistando a los testigos.

Emily no perdió el tiempo con cumplidos. Abrió la carpeta de papel manila con el expediente, que tenía sobre la mesa.

—La madre de Natalie Raines llegará dentro de poco —dijo secamente—. He estado repasando vuestros informes y la declaración inicial que os hizo la noche que Natalie murió y su declaración escrita de unos días después.

Alzó la vista hacia los dos hombres.

—Por lo que veo aquí, la primera reacción de la madre fue negarse rotundamente a creer que Gregg Aldrich pudiera tener algo que ver con la muerte.

—Así es —confirmó Rosen en voz baja—. La señora Mills dijo que quería a Gregg como a un hijo y que había suplicado a Natalie que volviera con él. Creía que Natalie trabajaba demasiado y quería que dedicara más tiempo a su vida privada.

—Cualquiera pensaría que debería querer matarlo —dijo Tryon sarcásticamente—. Y en cambio estaba toda preocupada y disgustada por él y su hija.

—Creo que entendía la frustración de Aldrich —dijo Rosen, volviéndose hacia Emily—. Todos los amigos de ella que entrevistamos estuvieron de acuerdo en que Natalie era adicta al trabajo. Lo irónico de la situación es que lo que lo llevó a cometer el asesinato podría haber despertado lástima a los miembros del jurado. Incluso a su suegra le dio lástima. Ella no creía que lo hubiera hecho.

—¿Cuándo fue la última vez que uno de vosotros habló con ella? —preguntó Emily.

—La llamamos poco antes de que la declaración de Easton se publicara en los periódicos. No queríamos que ella la leyera. Estaba muy afectada. Antes de eso, llamó unas cuantas veces para ver si había habido algún progreso en la investigación —dijo Rosen.

—La vieja quería hablar con alguien —intervino Tryon, en un tono de voz indiferente—, así que hablamos con ella.

—Qué detalle —soltó Emily—. He visto en la declaración de la señora Mills que dijo que la compañera de piso de Natalie, Jamie Evans, había sido asesinada en Central Park quince años antes de que Natalie muriera. ¿Le preguntasteis si creía que pudiera haber alguna relación con el caso?

—Dijo que era imposible —respondió Tryon—. Nos contó que Natalie no conocía al novio de su compañera de piso. Lo que sí sabía era que estaba casado y que le había prometido divorciarse. Natalie había aconsejado a su compañera de piso que rompiera porque sabía que él la estaba engañando. Natalie dijo que había visto su foto una vez, y cuando desapareció de la cartera de su compañera después del asesinato, pensó que podía haber una relación, pero los detectives a cargo de la investigación no le hicieron caso. Por esa época había habido una serie de atracos en el parque. La cartera de Jamie Evans estaba en el suelo y faltaban las tarjetas de crédito y el dinero, y su reloj y sus pendientes también habían desaparecido. La policía creyó que se había resistido y había acabado muerta. De todas formas, nunca descubrieron quién era el novio, pero a fin de cuentas creyeron que se trataba de un robo que había salido mal.

Sonó el teléfono. Emily lo cogió.

—Emily, la señora Mills está aquí —le comunicó la recepcionista.

—De acuerdo. Vamos para allá.

Rosen se levantó.

—¿Por qué no voy a buscarla yo, Emily?

Tryon no se movió.

Emily lo miró.

—Necesitaremos otra silla —dijo—. ¿Te importa traer otra?

Tryon se puso en pie sin prisa.

—¿De veras hace falta que nos quedemos los dos? Estoy terminando mi informe sobre el caso Gannon. No creo que la mamá vaya a darnos ninguna sorpresa.

—Se llama señora Alice Mills. —Emily no hizo el más mínimo esfuerzo por ocultar su irritación—. Te agradecería que fueras un poco más comprensivo.

—No te agobies, Emily. No necesito que me den órdenes. —La miró a los ojos—. Y ten presente que yo ya llevaba casos en esta oficina cuando tú ibas al colegio.

Cuando Tryon se marchó, Rosen entró con Alice Mills. Con un rápido movimiento, Alice observó la pena grabada en la cara de la anciana, el ligero temblor de su cuello, el hecho de que el traje que llevaba pareciera quedarle demasiado grande. Todavía de pie, Emily se presentó, le dio el pésame y la invitó a sentarse. Cuando la mujer se recostó en su silla, Emily explicó a la madre de Natalie Raines que iba a ocuparse del juicio y que haría todo lo posible por lograr que condenaran a Gregg Aldrich y se hiciera justicia a Natalie.

—Y llámeme Emily, por favor —concluyó.

—Gracias —dijo Alice Mills suavemente—. Debo decirle que

la gente de su oficina ha sido muy amable conmigo. Ojalá pudieran devolverme a mi hija.

Una imagen de Mark diciéndole adiós por última vez cruzó la cabeza de Emily.

—Ojalá pudiera devolvérsela —contestó Emily, con la esperanza de que no se notara el temblor de su voz.

Durante la siguiente hora, Emily repasó las declaraciones que Mills había realizado dos años antes, en tono coloquial y actitud pausada. Para gran consternación suya, pronto quedó claro que la madre de Natalie seguía dudando de que Gregg Aldrich hubiera cometido el crimen.

—Cuando me contaron lo de Easton, me quedé pasmada y destrozada, aunque al menos era un alivio saber la verdad. Pero cuanto más leía sobre ese tal Easton, más me asombraba.

Si el jurado piensa lo mismo, estoy perdida, pensó Emily, y pasó al siguiente tema que quería tratar.

—Señora Mills, la compañera de piso de Natalie, Jamie Evans, murió en Central Park hace muchos años. Tengo entendido que Natalie creía que el hombre misterioso con el que estaba saliendo podía ser el responsable.

—Jamie y Natalie han muerto las dos —dijo Alice Mills, moviendo la cabeza al tiempo que parpadeaba para reprimir las lágrimas—. Y las dos asesinadas... ¿Quién podría haber imaginado una tragedia tan horrible? —Se enjugó los ojos con un pañuelo de papel y prosiguió—. Natalie estaba equivocada —dijo—. Vio la foto de ese hombre en la cartera de Jamie una vez, pero eso fue como mínimo un mes antes de que Jamie muriera. Puede que incluso la hubiera sacado Jamie. Creo que la reacción de Natalie fue parecida a lo que yo siento ahora. Ella y Jamie estaban muy unidas. Necesitaba culpar a alguien, castigar a alguien por su muerte.

—¿Como usted quiere castigar a Gregg Aldrich? —preguntó Emily.

—Yo quiero castigar al asesino, sea quien sea.

Emily apartó la vista del dolor visible en la cara de la otra mujer. Esa era la parte de su trabajo que temía. Era consciente de que la empatía que sentía cuando veía la angustia de la familia de una víctima era lo que la empujaba a ofrecer la mejor acusación posible en el tribunal. Pero hoy, por algún motivo, más que nunca, la pena que presenciaba la conmovía en lo más hondo. Sabía que era inútil intentar aliviar la pena de aquella mujer con palabras.

Pero puedo ayudarla demostrando no solo a un jurado sino también a ella misma que Gregg Aldrich fue el responsable de la muerte de Natalie y merece la sentencia más dura que el juez pueda imponerle: la cadena perpetua sin libertad condicional.

Entonces hizo algo que no esperaba hacer. Cuando Alice Mills se estaba levantando para marcharse, Emily se puso en pie, rodeó la mesa apresuradamente y abrazó a la desconsolada madre.

9

La mesa del despacho de Michael Gordon en el piso decimoter-
cero del Rockefeller Center estaba llena de periódicos de todo
el país, una imagen habitual por las mañanas. Antes de que acabara el día, los habría escudriñado todos en busca de crímenes
interesantes que abordar en su programa nocturno, *Primera tribuna*, del canal 8.

Antiguo abogado defensor, la vida de Michael había cambiado radicalmente a los treinta y cuatro años, cuando había sido
invitado a ese mismo programa como miembro de un grupo de
expertos que analizaban los juicios de crímenes que tenían lugar
en Manhattan. Sus comentarios perspicaces, su vivo ingenio y
su moreno atractivo irlandés le habían garantizado frecuentes
invitaciones al programa. Un buen día, cuando el antiguo presentador se retiró, le pidieron que se hiciera cargo del espacio, y
ahora, dos años después, el programa era uno de los más popu-
lares del país.

Nacido en Manhattan, Mike vivía en un piso de Central Park
West. Pese a ser un codiciado soltero, y a las numerosas invitaciones que le llovían, pasaba muchas noches tranquilamente en
casa trabajando en el libro para cuya escritura le habían contratado: un análisis de los grandes crímenes del siglo XX. Tenía pensado iniciarlo con el asesinato de Stanford White cometido por
Harry Thaw en 1906 y terminarlo con el primer juicio de O. J.
Simpson en 1995.

Era un proyecto que le fascinaba. Había llegado a creer que

la mayoría de los crímenes domésticos tenían su raíz en los celos. Thaw tenía celos porque White había tenido relaciones íntimas con su mujer cuando ella era muy joven. Simpson tenía celos porque su mujer estaba siendo vista en compañía de otro hombre.

¿Y Gregg Aldrich, un hombre al que admiraba y que le caía bien? Michael había sido amigo íntimo de Gregg y Natalie antes de que se casaran. Había hablado elocuentemente en las exequias de Natalie y había invitado con frecuencia a Gregg y su hija Katie los fines de semana, durante dos inviernos desde la muerte de Natalie, a su refugio de esquí en Vermont.

Siempre he pensado que la policía se precipitó al referirse públicamente a Gregg como un «sospechoso», pensaba Michael, mientras echaba un vistazo distraídamente a los periódicos de su mesa y los dejaba a un lado. ¿Qué pienso ahora? No lo sé.

Gregg lo había llamado el mismo día que había sido acusado.

—Mike, me imagino que vas a cubrir el juicio en tu programa.

—Sí.

—Te lo voy a poner fácil. No voy a preguntarte si crees la versión de Easton, pero creo que será mejor que nos evitemos hasta después del juicio.

—Creo que tienes razón, Gregg. —Se hizo un silencio incómodo entre ellos.

No se habían visto mucho durante los últimos seis meses. De vez en cuando habían coincidido en el teatro o en un cóctel, y únicamente se habían saludado con la cabeza de pasada. El comienzo del juicio estaba fijado para el 15 de septiembre, el próximo lunes. Mike sabía que lo cubriría como siempre, mostrando cada noche los momentos más destacados del testimonio del día, seguidos de un debate con su grupo de expertos legales. El programa estaba amenizado con fragmentos de procesos actuales.

Conociendo a Gregg, estaba seguro de que a primera vista se

mostraría sereno independientemente de las acusaciones que le lanzara la fiscal. En las exequias de Natalie había estado sereno. Más tarde, por la noche, cuando solo quedaban la madre de Natalie, Katie y Mike en su piso, de repente había roto a llorar desconsoladamente y, avergonzado, había salido corriendo de la habitación.

No cabía la menor duda de que estaba loco por Natalie. Pero ¿había sido aquel arrebato producto de la pena o de los remordimientos? ¿O del terror ante la perspectiva de pasar el resto de su vida en la cárcel? Mike ya no estaba seguro. Por algún motivo, la imagen de Scott Peterson clavando carteles con la foto de su esposa desaparecida cuando en realidad había sido él quien la había asesinado y arrojado su cadáver al océano Pacífico aparecía cada vez que pensaba en la noche que Gregg se había venido abajo.

—Mike.

Su secretaria le hablaba por el interfono.

—Sí. Dime, Liz.

—Katie Aldrich está aquí. Le gustaría verte.

—¡Katie! Claro. Hazla pasar.

Mike se apresuró a levantarse y rodeó su mesa. Cuando la puerta se abrió, recibió a la chica rubia y esbelta de catorce años con los brazos abiertos.

—Katie, te he echado de menos. —Cuando la abrazó notó que ella estaba temblando.

—Mike, estoy muy asustada. Dime que es imposible que declaren culpable a mi padre.

—Katie, tu padre tiene un buen abogado, el mejor. Todo depende del testimonio de un ladrón convicto.

—¿Por qué no te hemos visto desde hace seis meses? —La joven escrutó su cara detenidamente.

Mike la condujo a los cómodos sillones situados enfrente de las ventanas que daban a la pista de patinaje del Rockefeller Center. Una vez que estuvieron sentados, él le cogió la mano.

—Katie, fue idea de tu padre, no mía.

—No, Mike. Cuando te llamó para proponértelo lo que deseaba era ponerte a prueba. Dijo que si tú estuvieras convencido de que es inocente no habrías aceptado.

Mike se sintió avergonzado al ver la ira y el dolor que se reflejaban en los ojos de ella. ¿Tenía razón?

—Katie, soy periodista. No debo estar al tanto de la defensa de tu padre, y si entrara y saliera de vuestra casa, sería inevitable que me enterara de cosas que no debería saber. Tal como están las cosas, voy a tener que decir a los espectadores varias veces que soy y he sido amigo íntimo de tu padre, pero que no hablaré con él hasta que termine el proceso.

—¿Puedes ayudar a influir en la opinión pública para que si lo absuelven —Katie vaciló—, cuando lo absuelvan, la gente entienda que es un hombre inocente que ha sido acusado injustamente?

—Katie, la gente tendrá que tomar esa decisión por sí misma.

Katie Aldrich apartó las manos de las de él y se levantó.

—Tengo que volver a Choate para el semestre de otoño, pero no voy a ir. Me buscaré un tutor para hacer el trabajo de clase. Voy a ir al juicio todos los días. Papá necesita a alguien de confianza a su lado. Esperaba que tú también estuvieras allí. Papá siempre ha dicho que eras un abogado defensor alucinante.

Sin esperar a que él contestara, corrió hacia la puerta. Al posar la mano en el pomo se volvió hacia él.

—Espero que tengas mucha audiencia, Mike —dijo—. Si la tienes, seguro que te dan un buen plus.

10

A finales de la semana antes de que empezara el juicio, Emily albergaba un optimismo moderado respecto al éxito de la preparación del caso. El verano se había esfumado sin que se diera cuenta. En julio había conseguido tomarse una semana de vacaciones para visitar a su padre y su mujer, Joan, en Florida, y luego había pasado cinco días de agosto con su hermano Jack y su familia en California.

Había sido maravilloso verlos a todos, pero en lo más recóndito de su mente, sus pensamientos la hacían volver sobre el caso. Durante julio y agosto había entrevistado meticulosamente a los dieciocho testigos que iba a citar y se había aprendido sus testimonios prácticamente de memoria.

La intensidad de la preparación también había supuesto un punto de inflexión en el proceso de superación de la muerte de Mark. Aunque todavía lo echaba mucho de menos, ya no se torturaba una docena de veces al día con la frase que había estado consumiendo gran parte de su energía. «Si hubiera sobrevivido, si hubiera sobrevivido...»

En lugar de ello, al reunirse con los futuros testigos, la cara de Gregg Aldrich invadía ahora su conciencia. Estaba especialmente presente cuando los amigos de Natalie relataban lo angustiada que se ponía cada vez que, después de una comida o una cena, revisaba sus mensajes de móvil e invariablemente hallaba como mínimo una llamada o un mensaje de texto de Gregg en el que le imploraba que diera otra oportunidad a su matrimonio.

—La vi echarse a llorar en varias ocasiones —dijo airadamente Lisa Kent, una vieja amiga íntima de Natalie—. Ella le tenía mucho cariño; más que eso, estoy segura de que lo quería. Era su matrimonio lo que no funcionaba. Ella esperaba poder mantenerlo como agente, pero no tardó en darse cuenta de que él se emocionaba demasiado con ella para que se vieran y se tocaran a todas horas, aunque solo fuera a nivel profesional.

Emily sabía que Kent sería una buena testigo.

Un viernes a media tarde, tres días antes del comienzo del juicio, Ted Wesley la visitó en su despacho. Desde el momento en que lo vio, supo que estaba eufórico.

—Cierra la puerta —dijo—. Tengo algo que contarte.

—A ver si lo adivino —dijo Emily—. ¡Has recibido noticias de Washington!

—Hace un cuarto de hora. Eres la primera persona de la oficina a la que se lo cuento. El presidente va a anunciar mañana que me propone como candidato para ser el nuevo secretario de Justicia.

—Ted, eso es maravilloso. ¡Qué honor! Y nadie se lo merece más que tú. —Se alegraba sinceramente por él.

—Todavía no hay que echar las campanas al vuelo. Las audiencias del Senado para confirmarlo se fijarán las próximas semanas. Me alegro de que sea así. Quiero estar aquí para el juicio de Aldrich. Quiero ver cómo cae ese tipo.

—Yo también. Es una suerte que Easton recuerde tantos detalles de la sala de estar de Gregg Aldrich. Incluso con los antecedentes de Easton, no sé cómo va a justificar eso Moore.

—Y también tienes la llamada hecha al móvil de Easton desde el móvil de Aldrich. Yo tampoco sé cómo Moore va a librarse de eso. —Wesley se recostó en su silla—. Emily, debes saber que hubo cierto descontento en la oficina cuando te di el caso. Lo hice porque creo que estás lista y porque sé que puedes presentar bien el caso al jurado.

Emily sonrió tristemente.

—Si me dijeras cómo puedo hacer que Jimmy Easton deje

de parecer el ser repulsivo que es y se convierta en un testigo creíble, te estaría eternamente agradecida. Le hemos comprado un traje azul oscuro para que lo lleve cuando testifique, pero los dos sabemos que con él va a estar como pez fuera del agua. Ya te dije que cuando hablé con Jimmy en la cárcel me di cuenta de que, por suerte, el color betún de su pelo se estaba destiñendo, pero no ha mejorado su apariencia en lo más mínimo.

Wesley frunció el ceño pensativamente.

—Emily, me da igual el aspecto que tenga Easton. Tienes la llamada de móvil que le hizo Aldrich y la descripción de la sala de estar. Aunque dé una impresión lamentable, no pueden cambiar esos dos hechos.

—Entonces, ¿por qué Moore va a llevar el caso a juicio? No han querido negociar ningún tipo de acuerdo, ni siquiera cuando Easton entró en juego. No sé qué planean, ni si Easton resistirá el interrogatorio de Moore.

—Dentro de poco lo averiguaremos —dijo Wesley en tono sosegado.

Emily percibió la diferencia en su voz y creyó leerle el pensamiento. Le pone nervioso que absuelvan a Aldrich, pensó. No solo sería un fracaso para mí. Se consideraría un error de juicio por su parte al cederme el caso. No sería la mejor forma de empezar las audiencias para la confirmación de su cargo.

Tras felicitar otra vez a Wesley por su nominación, Emily volvió a casa. Pero al día siguiente temprano ya estaba de nuevo en su despacho revisando sus notas para el juicio, y durante el fin de semana acabó pasando la mayor parte de las horas que estuvo despierta allí.

Menos mal que tengo a Zach, pensó varias veces durante esos días. Recordaba lo reticente que se había mostrado a tener algo más que una relación superficial con él y lo agradecida que estaba ahora de que hubiera estado dando de comer y sacando a pasear a Bess. Incluso lo había hecho cuando ella se había ido de vacaciones, insistiendo en que no era necesario llevar a Bess a una residencia canina.

—Nos hemos hecho amigos —había dicho Zach con su actitud tímida y retraída—. Conmigo estará a salvo.

Pero el domingo por la noche, cuando Emily volvió a casa a las diez de la noche, le pareció inquietante encontrar a Zach sentado en el porche con Bess en el regazo viendo la televisión.

—Nos estamos haciendo compañía —explicó Zach, sonriendo—. Pensaba que usted iba a salir a cenar con unas amigas.

Emily estaba a punto de contestar que se había llevado un sándwich y fruta al despacho porque iba a trabajar hasta tarde, pero se detuvo. No debía a Zach ninguna explicación. En ese momento se dio perfecta cuenta de que Zach, en su aislamiento, aun no siendo consciente de ello, se estaba centrando cada vez más no solo en Bess, sino también en ella.

Era una sensación espeluznante, y por un instante la hizo estremecerse.

11

La noche del domingo antes del juicio, Richard Moore y su hijo Cole, que le había ayudado a preparar la defensa, habían cenado con Gregg Aldrich y Katie en el restaurante selecto del bloque de pisos de Gregg. Habían reservado una sala privada para poder hablar abiertamente y al mismo tiempo proteger a Gregg de las miradas curiosas del resto de los comensales.

Moore, que era un experto anecdotista, logró arrancar sonrisas e incluso unas cuantas risitas a Gregg y Katie mientras les servían las ensaladas y los platos principales. Visiblemente relajada, Katie se levantó y pidió permiso para irse antes del postre.

—Prometí a mi padre que si me dejaba quedarme durante el juicio, haría las tareas que me mandaran. Voy a empezar ahora mismo.

—Qué niña más fuerte y madura es —dijo Moore a Aldrich después de que Katie se marchara—. Has hecho un trabajo estupendo educándola.

—No deja de sorprenderme —dijo Aldrich en voz baja—. Me ha dicho que no se iba a quedar para el postre porque estaba segura de que querríamos tener una conversación de última hora. ¿Tenía razón?

Richard Moore miró a su cliente a través de la mesa. En los seis meses que habían pasado desde que lo habían acusado, Gregg había envejecido diez años. Había adelgazado y, si bien su cara conservaba su atractivo, parecía cansado y tenía unos profundos círculos debajo de los ojos.

Cole, una versión más joven de Richard, se había metido de lleno en el caso y había expresado a su padre lo preocupado que estaba por el resultado.

—Papá, tiene que entender que le conviene aceptar un acuerdo. ¿Por qué crees que no nos ha dejado negociar nunca con la fiscal?

Era una pregunta que Richard Moore se había hecho a menudo, y pensaba que él podía tener la respuesta. Gregg Aldrich necesitaba convencer no solo al jurado, sino también a sí mismo de que era inocente. Gregg tan solo se había referido una vez al hecho de estar sorprendido, incluso impresionado, de haber vuelto a casa la mañana de la muerte de Natalie y haberse dado cuenta de que había estado haciendo footing más de dos horas. Era casi como si se estuviera cuestionando a sí mismo, recordaba Moore. ¿Era porque negaba hasta tal punto haberla matado que su mente se había protegido del recuerdo? No sería la primera vez que lo veo, pensaba. Y en privado, Cole y yo hemos coincidido en que probablemente mató a Natalie...

El camarero se acercó a la mesa. Los tres pidieron un espresso y se saltaron el postre. Entonces Richard Moore se aclaró la garganta.

—Gregg —dijo suavemente—. No estaría haciendo lo mejor para ti si no sacara otra vez el tema a colación. Sé que nunca has querido que hablemos con la oficina del fiscal de un acuerdo, pero todavía no es tarde para pedirles que lo consideren. Te expones a pasar el resto de tu vida en la cárcel. Sinceramente, creo que ellos también están nerviosos con este caso. Creo que podría lograr que consideraran la posibilidad de rebajar la sentencia a veinte años. Es mucho tiempo, pero estarías en la calle a los sesenta y pocos y todavía te quedarían muchos años por delante.

—¡Veinte años! —soltó Gregg Aldrich—. Solo veinte años. ¿Por qué no les llamamos ahora mismo? Si esperamos, puede que no nos ofrezcan un trato tan bueno.

Estaba levantando la voz. Estampó la servilleta sobre la

mesa, y al ver que el camarero volvía a entrar en la sala, hizo un esfuerzo visible por calmarse. Cuando el camarero se marchó de nuevo, desplazó la vista de Richard a Cole y luego otra vez a Richard.

—Aquí estamos los tres, sentados con nuestros trajes de diseño, en una sala privada de un restaurante de Park Avenue, y me estás aconsejando que para evitar morir en la cárcel pase los próximos veinte años de mi vida allí. Y eso si tienen la generosidad de aceptar.

Cogió su taza y se bebió el espresso de un trago.

—Richard, voy a ir a juicio. No voy a abandonar a mi hija. Y debería mencionar otro pequeño detalle: ¡yo quería a Natalie! Bajo ningún concepto le habría hecho eso. Y como ya te he dejado claro, tengo intención de declarar. Y ahora, si me disculpáis, voy a intentar dormir. Mañana estaré en tu despacho a las ocho de la mañana, y luego nos presentaremos en el tribunal. Como un equipo, espero.

Los Moore se miraron entre ellos, y a continuación habló Richard.

—Gregg, no volveré a sacar ese tema. Vamos a hacérselas pasar canutas. Y te prometo que no voy a tener piedad con Easton.

12

El 15 de septiembre dio comienzo el juicio del estado de New Jersey contra Gregg Aldrich. Presidía la sala el honorable Calvin Stevens, un veterano de la magistratura criminal, el primer afroamericano destinado al tribunal superior del condado de Bergen, y considerado un juez duro pero justo.

Cuando la elección del jurado estaba a punto de empezar, Emily miró a Aldrich y a su abogado Richard Moore. Tal y como ella había pensado en muchas ocasiones durante la preparación del caso, Aldrich había escogido al tipo adecuado para que lo representara. Moore era un hombre delgado y atractivo de sesenta y tantos años con la cabeza cubierta de cabello moreno canoso. Impecablemente vestido con un traje azul marino, una camisa azul claro y una corbata azul estampada, exudaba un aire de confianza serena. Emily sabía que era la clase de abogado que mostraría una actitud cordial y respetuosa hacia los miembros del jurado, y que a ellos les caería bien.

También sabía que mostraría la misma actitud hacia los testigos que no perjudicaran a su cliente y que se reservaría los ataques más duros para los que sí lo hicieran. Conocía perfectamente su historial de victorias en casos en los que el estado se veía obligado, como dentro de poco le iba a ocurrir a ella, a citar como testigo a un delincuente profesional como Jimmy Easton, quien afirmaría que el acusado le había pedido que cometiera el crimen.

Sentado junto a Moore se hallaba su hijo y socio Cole Moore, a quien ella conocía bien y con quien simpatizaba. Cole había pasado cuatro años ejerciendo de fiscal auxiliar en su oficina antes de empezar a trabajar para su padre cinco años antes. Era un buen abogado y, junto con su padre, formaba un formidable equipo defensor.

Aldrich estaba sentado al otro lado de Richard Moore. Debía de estar aterrado ante la perspectiva de pasar la vida en la cárcel, pero por fuera parecía calmado y sereno. A sus cuarenta y dos años, era uno de los agentes teatrales más importantes del negocio. Famoso por su vivo ingenio y su encanto, no era difícil entender por qué Natalie Raines se había enamorado de él. Emily sabía que tenía una hija de catorce años de su primer matrimonio que vivía con él en Nueva York. La madre de la niña había muerto joven, y la investigación de la oficina del fiscal había revelado que Aldrich albergaba la esperanza de que Natalie fuera una segunda madre para ella. Ese había sido uno de los motivos de la ruptura, según los amigos de Natalie. Incluso ellos habían reconocido que para Natalie no había nada más importante que su carrera.

Serán unos buenos testigos, pensó Emily. Demostrarán al jurado lo enfadado y frustrado que se sentía Aldrich antes de perder el control y matar a Natalie.

Jimmy Easton. Él iba a decidir el juicio. Por suerte, su testimonio iba a ser corroborado. Varios testigos creíbles iban a ser citados para declarar que lo habían visto con Aldrich en un bar dos semanas antes de que Natalie Raines fuera asesinada. Y lo que era todavía mejor, reflexionó Emily una vez más, Easton había descrito con precisión la sala de estar del piso de Aldrich en Nueva York. A ver cómo justifica eso Moore, se dijo Emily de nuevo para tranquilizarse.

Aun así, iba a ser duro lograr la condena. El juez se había dirigido a los miembros del jurado y les había informado de que estaba en juego una acusación de asesinato y de que, incluyendo la elección del jurado y teniendo en cuenta la deliberación del mismo, el proceso seguramente duraría unas cuatro semanas.

Emily miró por encima del hombro derecho. En la primera fila de la sala de justicia había varios reporteros, y era consciente de que Aldrich y sus abogados habían sido retratados por cámaras de televisión y fotógrafos al entrar en el tribunal. También sabía que una vez que el jurado fuera nombrado y ella y Moore pronunciaran sus alegatos iniciales, la sala de justicia estaría abarrotada. El juez había decidido que el proceso podía ser televisado, y Michael Gordon, el presentador del programa por cable *Primera tribuna*, tenía pensado cubrirlo.

Tragó saliva para combatir la repentina sequedad de su garganta. Tenía en su haber más de veinte juicios con jurado y había ganado la mayoría, pero aquel era de largo el caso más prominente en el que había participado. Una vez más, se dijo: No hay nada seguro.

El primer miembro potencial del jurado, una abuela que rondaba los setenta años, estaba siendo interrogada en el tribunal. Fuera del alcance del oído del resto del jurado, el juez le preguntó si tenía alguna opinión formada sobre el acusado.

—Bueno, señoría, ya que me lo pregunta, y como soy una persona sincera, creo que es culpable como el pecado.

No hizo falta que Moore dijera nada. El juez Stevens lo hizo por él. Con educación pero también con firmeza, dijo a la mujer visiblemente decepcionada que quedaba descartada.

13

La tediosa labor de elegir y tomar juramento al jurado llevó tres días. A las nueve de la mañana del cuarto día, el juez, el jurado, los abogados y el acusado se reunieron. El juez Stevens dijo a los miembros del jurado que los abogados iban a pronunciar sus alegatos iniciales. Les dio unas instrucciones generales y explicó que como la fiscal tenía la carga de la prueba, ella procedería primero.

Emily se levantó de su silla respirando hondo y se acercó al jurado.

—Buenos días, damas y caballeros. Como el juez Stevens les ha dicho, me llamo Emily Wallace y soy fiscal auxiliar de la oficina del fiscal del condado de Bergen. Me han otorgado la responsabilidad de presentarles las pruebas que el estado ha reunido en el caso del estado contra Gregg Aldrich para que las estudien y las repasen. Como también les ha dicho el juez Stevens, lo que estoy diciendo ahora y lo que el señor Moore diga en su discurso no son pruebas. Las pruebas vendrán de la mano de los testigos que prestarán declaración y de las pruebas instrumentales. El objetivo de mi discurso inicial es ofrecerles una visión general del caso para que cuando cada testigo preste declaración, entiendan mejor en qué lugar del esquema total del caso encaja ese testimonio.

»Cuando hayan acabado todos los testimonios, tendré otra ocasión de dirigirme a ustedes en la recapitulación, y entonces podré decirles que los testigos de la acusación y las pruebas físicas han demostrado sin que quede lugar a dudas que Gregg Aldrich asesinó brutalmente a su esposa.

Durante los siguientes cuarenta y cinco minutos, Emily expuso minuciosamente la investigación y las circunstancias que habían conducido a la acusación de Aldrich. Comunicó a los miembros del jurado que, a decir de todos, Natalie Raines y Gregg Aldrich habían sido muy felices al inicio de su matrimonio, que duró cinco años. Habló de la carrera de Natalie como actriz y de la importancia de Aldrich como su agente teatral. Les explicó que las pruebas demostrarían que a medida que pasaba el tiempo, las exigencias de la carrera de Natalie, incluidas las largas separaciones cuando se iba de gira, habían empezado a crear una tensión considerable.

Tras bajar la voz, esbozó la creciente frustración de Aldrich al verse en esas circunstancias y la decepción, que desembocó en una intensa ira, que le causaba que Natalie no pasara más tiempo en casa con él y su hija. Empleando un tono compasivo, relató que la primera esposa de Aldrich había muerto cuando su hija, Katie, solo tenía tres años y que él albergaba la esperanza de que Natalie se convirtiera en una segunda madre para ella. Katie tenía siete años cuando se casaron. Emily indicó que presentaría testigos que habían sido amigos de la pareja y que darían fe de las repetidas declaraciones de ira y frustración hechas por Gregg, en las que se quejaba de que Natalie estaba consumida por su carrera y se había distanciado emocionalmente de los dos.

A continuación informó al jurado de que Natalie y Aldrich tenían un acuerdo prenupcial de separación de bienes. Sin embargo, declaró, gran parte de los ingresos de Gregg Aldrich procedían de ser agente de Natalie. Cuando ella se separó de él un año antes de su muerte, le dijo que todavía lo quería mucho y que deseaba que siguiera siendo su agente. Pero a medida que pasaban los meses y Natalie se convencía de que el resentimiento de Aldrich imponía una ruptura total, él tuvo que hacer frente a la pérdida de los considerables ingresos de su cliente más exitosa.

Emily explicó que las pruebas demostrarían que Gregg había pedido la reconciliación a Natalie en repetidas ocasiones, pero que ella lo había rechazado. Dijo a los miembros del jurado que después de su separación, Natalie había comprado su hogar de la infancia en Closter, New Jersey, a media hora en coche del piso en el centro de Manhattan donde Gregg seguía residiendo con su hija. Emily explicó que Natalie se sentía a gusto y feliz en su casa, que le brindaba proximidad respecto al teatro de Nueva York y al mismo tiempo distancia emocional y física respecto a Gregg. Poco después de su traslado, y segura de su decisión, Natalie entabló un pleito de divorcio. Los testigos darían fe de que Gregg había quedado destrozado, pero aun así no se había convencido de que su matrimonio había acabado.

Emily prosiguió. Las pruebas demostrarían que Gregg Aldrich, cada vez más desesperado, había empezado a acechar a Natalie. La noche del viernes antes del asesinato de Natalie, cometido el lunes a primera hora de la mañana, Aldrich había asistido a la última función en Broadway de *Un tranvía llamado deseo*, sentado en la última fila para que ella no lo viera. Había sido visto por otras personas que atestiguarían que había lucido una expresión pétrea durante toda la representación y que había sido la única persona del público que no se había levantado para dar una ovación de pie al final.

Mientras los miembros del jurado escuchaban atentamente, desplazando la vista de Emily a la mesa de la defensa, Emily continuó.

—Los registros telefónicos revelan que a la mañana siguiente, el sábado, 14 de marzo, Gregg recibió la que sería la última llamada de teléfono de Natalie. Según su propia declaración a la policía después de que el cuerpo fuera hallado, Natalie le dejó un mensaje en el que le comunicaba que se había ido a pasar el fin de semana a su casa de Cape Cod. Le dijo que el lunes tenía intención de asistir a la reunión que iban a tener su nuevo agente y él en el despacho en Manhattan.

Emily relató que Aldrich había explicado a la policía que dicha reunión había sido fijada para que él y su nuevo agente pudieran revisar los contratos y las ofertas pendientes de Natalie delante de ella. Gregg había reconocido a la policía que en el mensaje Natalie le decía que necesitaba estar sola, y le rogaba que no se pusiera en contacto con ella por ningún motivo durante el fin de semana.

Entonces Emily se volvió hacia Gregg, como si quisiera enfrentarse con él.

—Gregg Aldrich respondió a esa petición —dijo, alzando la voz—. Aunque en un principio negó haber tenido más contacto con Natalie antes de su muerte, la policía puso en entredicho su palabra con los registros que no tardó en obtener. Media hora después de esa llamada telefónica, su tarjeta de crédito fue usada para alquilar un coche, un sedán Toyota negro, que tuvo dos días y con el que hizo un total de mil cien kilómetros. El propio alquiler resulta especialmente significativo, pues el acusado ya tenía un coche, que permaneció guardado en el garaje del bloque de pisos donde vivía.

»¿Y qué dijo acerca de sus motivos para ir allí? Querrá hacer creer a este jurado —argumentó Emily— que su único propósito al hacer el viaje era ver si su esposa pasaba el fin de semana con otro hombre. Aldrich también querrá hacerles creer que si hubiera visto a otra persona con ella, habría cejado en su empeño por reconciliarse con ella y habría aceptado el divorcio.

Emilly puso los ojos en blanco y se encogió de hombros.

—Así de simple —dijo—. Después de rogarle que volviera con él, el mismo hombre que la estaba acechando en un coche de alquiler que le servía de escondite, iba a volver a casa. Pero no contaba con que un vecino lo viera al volante de ese coche.

»Gregg Aldrich vive muy bien. En Cape Cod hay buenos hoteles, pero él se hospedó en un motel barato de Hyannis. Reconoció que ese sábado pasó por delante de la casa de Natalie dos veces y que no vio ningún coche ni a ninguna persona allí. También reconoció que el domingo pasó por delante de su casa dos veces, la última a las ocho de la tarde, y que le dio la impresión de que Natalie estaba sola. Afirmó que condujo durante cinco horas hasta Nueva York y se fue inmediatamente a la cama. Declaró que se despertó a las siete de la mañana del lunes, salió a hacer footing en Central Park a las siete y veinte, corrió o caminó durante más de dos horas, y devolvió el Toyota en la agencia de alquiler que había a seis manzanas de su casa a las diez de la mañana.

La voz de Emily adquirió poco a poco un tono sarcástico.

—¿Y qué dijo a la policía cuando le preguntaron por qué había alquilado un coche, en lugar de conducir su propio vehículo de lujo? Declaró que el plazo de revisión de su coche había vencido y no quería hacer más kilómetros con él. —Sacudió la cabeza—. Qué historia más penosa. Me permito afirmar que Gregg Aldrich alquiló un vehículo que Natalie no habría reconocido si le hubiera dado por mirar por la ventana. No quería que Natalie supiera que la estaba acechando.

Emily respiró hondo.

—Pero él conocía sus costumbres. Natalie detestaba conducir con tráfico. No le importaba conducir a altas horas de la noche o muy temprano. Me permito afirmar que Gregg Aldrich sabía que Natalie volvería a su casa de Closter el lunes en algún momento comprendido entre primera hora de la mañana y media mañana. Él llegó antes que ella. Oirán decir a la asistenta de su vecina, Suzie Walsh, que vio a Natalie salir de su coche en su garaje pocos minutos antes de las ocho. Les dirá que cinco horas después, a la una, cuando pasó por delante de la casa de Natalie en su vehículo, vio que la puerta de su coche seguía abierta e intuyó que pasaba algo. La oirán decir que decidió entrar en la casa y que halló a Natalie moribunda en el suelo de la cocina. Oirán decir a los detectives que no había señales de que la entrada hubiera sido forzada, pero la madre de Natalie les dirá que su hija tenía guardada una llave de la puerta de atrás, que tenía una cerradura distinta, en una piedra artificial del jardín. Esa llave había desaparecido. Y lo que es muy significativo, Gregg Aldrich sabía dónde buscar esa llave ya que él había comprado esa piedra artificial a Natalie.

»El estado reconoce que no se recuperaron pruebas físicas que relacionaran a Gregg Aldrich con la escena del crimen —prosiguió Emily—. De ahí que en los dos primeros años de esta investigación, pese a que existían considerables pruebas circunstanciales concernientes a Gregg Aldrich, la oficina del fiscal del condado de Bergen reconoció que no bastaba con las sospechas. Gregg Aldrich no fue detenido hasta hace seis meses. Fue detenido cuando se presentó la oportunidad. Esa oportunidad llegó en la persona de Jimmy Easton.

Esta es la parte más difícil pensó Emily, mientras bebía un sorbo de agua.

—Comenzaré mi mención al señor Easton diciéndoles inmediatamente que es un delincuente profesional. Ha tenido condenas por delitos graves a lo largo de veinte años y ha pasado varios períodos en la cárcel. Hace seis meses volvió a hacer lo que más ha hecho durante su vida adulta: cometió otro delito. Entró a robar en una casa de Old Tappan, pero lo atraparon cuando huía de ella con dinero y joyas. Una alarma silenciosa se disparó y alertó a la policía del robo. Cuando estaban tramitando su detención en la jefatura de policía local, sin duda era consciente de que se enfrentaba a un largo período en la cárcel. Entonces dijo a la policía que tenía información importante relacionada con el asesinato de Natalie Raines. Inmediatamente, los detectives de la oficina del fiscal respondieron y hablaron con él.

Los miembros del jurado estaban escuchando atentamente. Emily percibió su reacción negativa cuando detalló el historial previo de Easton, que constaba de allanamiento de morada, robo, falsificación y venta de estupefacientes. Antes de abordar lo que Easton había contado a los detectives, introdujo el tema diciendo que no esperaría que un jurado lo creyera a menos que las palabras del delincuente contaran con una confirmación de peso. Y afirmó que existía dicha confirmación.

Emily dijo al jurado sin rodeos que, como cabía esperar, el señor Easton no cooperaba por pura bondad. A cambio de su testimonio, la oficina del fiscal había accedido a reducir su pena por allanamiento de morada a cuatro años de prisión, seis años menos de los diez que le podían haber caído como delincuente habitual. Les dijo que en ocasiones los acuerdos de aquel tipo eran necesarios para obtener información en un caso más grave. Hizo hincapié en que Easton cumpliría condena, pero también en que se beneficiaría de su cooperación.

Emily respiró hondo. Sabía perfectamente que los miembros del jurado estaban muy atentos y que escuchaban todo lo que decía. Les contó que Easton había informado a los detectives de que había tenido un encuentro casual con Gregg Aldrich en un bar de Manhattan dos semanas antes de que Natalie Raines fuera asesinada. Easton dijo que Aldrich estaba bebiendo mucho y que parecía muy deprimido. Declaró que Aldrich había empezado a hablar con él en el bar y que le había comentado que quería deshacerse de su mujer. Easton explicó a la policía que había sido puesto en libertad condicional hacía poco y que no conseguía trabajo por culpa de sus antecedentes penales. Vivía en una habitación alquilada de Greenwich Village y hacía trabajillos de vez en cuando.

—Damas y caballeros del jurado, Jimmy Easton mencionó a Aldrich sus antecedentes penales y también le dijo que, por el precio adecuado, se ocuparía encantado de su problema. Aldrich le ofreció cinco mil dólares por adelantado y veinte mil después de que cometiera el crimen. Oirán declarar al señor Easton que el acuerdo se zanjó y que Aldrich dio a Easton muchos detalles sobre el horario de Natalie y el lugar donde vivía. Damas y caballeros, también oirán que los registros telefónicos indican que se realizó una llamada desde el móvil de Aldrich al móvil de Easton. Descubrirán que Jimmy Easton fue al piso de Gregg Aldrich, el interior del cual describirá detalladamente, y aceptó el pago de los cinco mil dólares. Sin embargo, el señor Easton les dirá que después le entró mucho miedo a que lo atraparan y tuviera que pasar el resto de su vida en la cárcel. También les dirá que entonces escribió una carta al señor Aldrich en la que le informaba de que no podía seguir adelante. Damas y caballeros, me permito afirmar que, trágicamente para Natalie Raines, fue en ese punto cuando Gregg Aldrich decidió matarla él mismo.

Emily concluyó dando las gracias a los miembros del jurado por su atención. Mientras el juez les decía que a continuación hablaría el señor Moore, volvió despacio a su silla. Saludó con la cabeza de forma casi imperceptible a Ted Wesley, que estaba sentado en la primera fila. Me alegro de que haya terminado, pensó. Creo que ha ido bastante bien. Vamos a oír lo que tiene que decir Moore sobre nuestro testigo estrella.

Moore se levantó y movió la cabeza de forma teatral como para librarse de las tonterías que se había visto obligado a soportar. Dio las gracias al juez, se dirigió a la tribuna del jurado con pasos acompasados y se apoyó ligeramente en la barandilla.

Como vecinos que charlan por encima de una valla, pensó Emily sarcásticamente. Lo hace siempre. Quiere ser su mejor amigo.

—Damas y caballeros, me llamo Richard Moore. Mi hijo Cole Moore y yo representamos a Gregg Aldrich. Queremos empezar dándoles las gracias por las semanas que han robado de su vida personal para prestar servicio en este jurado. Los dos se lo agradecemos mucho. Su papel nos parece importantísimo. La vida y el futuro de Gregg están literalmente en sus manos. Hemos pasado mucho tiempo eligiendo a este jurado, y cuando dije que el jurado era «satisfactorio», estaba diciendo que Gregg y yo sabíamos que las personas aquí sentadas iban a ser justas. Y eso es lo único que les pedimos.

»La fiscal acaba de dedicar casi una hora a repasar lo que describe como las pruebas del caso. La han oído tan bien como yo. Durante dos años no hubo ninguna detención relacionada con este caso. Hasta entonces, la policía sabía que Gregg y Natalie, como muchas otras parejas, se encontraban en pleno divorcio. Como muchas otras personas en situación de divorcio, Gregg estaba desconsolado. Les aseguro que él declarará al respecto.

Les dirá, como dijo a la policía mucho antes de ser detenido, que fue a Cape Cod porque quería saber si ella estaba con otra persona. Lo hizo porque quería saber si tenía sentido continuar buscando la reconciliación.

»Le oirán decir que ella estaba sola y que luego se marchó de Cape Cod y volvió a Nueva York. En ningún momento habló con ella.

»La fiscal auxiliar Wallace les ha hecho hincapié en las dos horas que Gregg Aldrich estuvo fuera de su casa la mañana que Natalie fue asesinada. Sin embargo, descubrirán que el ejercicio de esa mañana formaba parte de una rutina diaria. La oficina del fiscal quería hacerles creer que esa mañana logró viajar a New Jersey con el tráfico de hora punta, mató a Natalie y luego volvió a Nueva York con el tráfico de hora punta en esas dos horas. Quería hacerles creer que asesinó a la mujer que sabía que no estaba comprometida con nadie, y con la que quería reconciliarse desesperadamente. Esas eran más o menos todas las pruebas con que contaban hasta que apareció Jimmy Easton. Ese ciudadano modelo, ese salvador del caso: un hombre que ha pasado la mitad de su vida adulta en la cárcel y gran parte del resto bajo libertad condicional.

Moore sacudió la cabeza y continuó, bajando la voz de forma sarcástica.

—Jimmy Easton fue detenido otra vez cuando huía de una casa en la que había robado. Una vez más, había invadido el hogar de una familia y lo había saqueado. Por suerte, la alarma silenciosa alertó a la policía y fue atrapado. Pero para Jimmy Easton no estaba todo perdido. Gregg Aldrich era su billete de salida de una larga condena por delincuente habitual. Oirán cómo ese mentiroso patológico, ese sociópata, transformó un encuentro casual en un bar con Gregg Aldrich, donde la breve conversación que mantuvieron versó sobre béisbol, en un siniestro plan para asesinar a la mujer que Gregg amaba. Oirán que Gregg supuestamente ofreció a ese completo extraño veinticinco mil dólares por cometer el crimen. Oirán que Easton aceptó la propuesta y luego oirán que poco después tuvo remordimientos de conciencia, al parecer por primera vez en su vida, y acabó echándose atrás en el trato.

»Esos son los disparates que el estado les pide que se traguen. Esas son las pruebas a partir de las cuales les piden que destruyan la vida de Gregg Aldrich. Damas y caballeros, les aseguro que Gregg Aldrich testificará y les explicará, de forma satisfactoria, cómo es posible que Easton pueda describir su sala de estar y por qué figura una llamada telefónica a él en el registro.

Tras volverse y señalar con el dedo a Emily, Moore rugió:

—Por primera vez en más de veinte encuentros con el sistema penal, Easton va a testificar para el estado en lugar de ser procesado por él.

Mientras Moore regresaba sin prisa a su silla, el juez se dirigió a Emily.

—Fiscal, llame a su primer testigo.

14

Desde que había encontrado a Natalie moribunda, Suzie Walsh se había convertido en una celebridad entre sus amigas. Había contado y vuelto a contar por qué había tenido la seguridad de que pasaba algo cuando había visto la puerta del coche de Natalie y la del garaje abiertas al salir de trabajar, exactamente como estaban cinco horas antes.

—Algo me hizo investigar, aunque tenía miedo de que me detuvieran por entrar ilegalmente —narraba con voz entrecortada—, y cuando entré y vi a esa preciosa mujer desplomada en el suelo, con el jersey blanco todo lleno de sangre, gimiendo, os aseguro que casi me muero yo también. Me temblaban tanto las manos que cuando llamé a emergencias creía que no acertaría. Y entonces...

Sabiendo que la policía consideraba al marido de Natalie, Gregg Aldrich, sospechoso del homicidio y que algún día podía ser acusado, Suzie había ido media docena de veces al palacio de justicia del condado de Bergen cuando se celebraban procesos criminales solamente para familiarizarse con lo que se encontraría cuando la citaran como testigo. Los juicios le habían parecido muy emocionantes, y se había fijado en que algunos testigos hablaban demasiado y recibían indicaciones del juez para que respondieran a las preguntas sin dar su opinión. Suzie sabía que a ella le costaría lograrlo.

Cuando dos años después Gregg fue acusado formalmente del asesinato de Natalie y Suzie comprendió que tendría que testificar en el juicio, ella y sus amigas tuvieron una larga discusión sobre la ropa que debía llevar al tribunal.

—Puedes aparecer en primera plana de los periódicos —la advirtió una de ellas—. Yo de ti me compraría un traje de chaqueta y pantalón blanco o marrón. Ya sé que te encanta el rojo, pero me parece demasiado alegre para alguien que va a describir lo que vio ese día.

Suzie encontró exactamente lo que buscaba en su tienda favorita. Se trataba de un traje de chaqueta y pantalón de tweed marrón recorrido por hilo rojo oscuro. El rojo no solo era su color preferido, sino que también le traía suerte. El simple hecho de que tuviera un poco en el estampado, y de que el patrón del traje también hiciera que su cuerpo de talla cuarenta pareciera más delgado, le daba seguridad.

Aun así, y pese a haberse teñido y arreglado el pelo el día antes, Suzie se puso muy nerviosa cuando la llamaron a la tribuna de los testigos. Colocó la mano sobre la Biblia, juró que diría la verdad, toda la verdad y nada más que la verdad, y se sentó en la silla de los testigos.

La fiscal, Emily Wallace, es muy atractiva, pensó Suzie, y parecía muy joven para ocuparse de un caso tan importante. También era agradable, y después de las primeras preguntas, Suzie empezó a relajarse. Había hablado tantas veces con sus amigas de lo que le había pasado que no le costó contestar a todo sin vacilar.

En respuesta a las preguntas de Emily, Suzie explicó que había entrado en el garaje, había visto el bolso y la maleta de Natalie Raines en su coche, y había llamado a la puerta. Al ver que no tenía el cerrojo echado, la abrió y entró en la cocina. Suzie se disponía a explicar que no tenía por costumbre entrar en casa de la gente sin que la invitaran, pero que esa vez, debido a lo que había visto, era una situación distinta. Sin embargo, se detuvo. Limítate a contestar las preguntas, pensó.

Entonces Emily Wallace le pidió que describiera con sus palabras lo que había encontrado en la cocina.

—La vi allí mismo. Si hubiera dado dos pasos más, habría tropezado con ella.

—¿A quién vio, señora Walsh?

—Vi a Natalie Raines.

—¿Estaba viva?

—Sí. Estaba gimiendo como un gato herido.

Suzie oyó que alguien empezaba a sollozar. Desplazó la vista rápidamente a la tercera fila, donde una mujer, a la que reconoció por las fotos de los periódicos como la tía de Natalie Raines, sacó un pañuelo de su bolso y se lo llevó a los labios. Cuando Suzie la miró, la cara de la anciana adoptó una expresión de angustia, pero no emitió más sonidos.

Suzie describió cómo había llamado al teléfono de emergencias y se había arrodillado junto a Natalie.

—Tenía sangre por todo el jersey. Yo no sabía si podía oírme, pero sé que a veces las personas que parecen inconscientes en realidad no lo están y se enteran de si alguien les habla, así que le dije que se iba a poner bien y que una ambulancia estaba en camino. Y entonces, de repente, dejó de respirar.

—¿La tocó usted?

—Le puse la mano en la frente y la acaricié. Quería que sintiera que no estaba sola. Debía de haber pasado mucho miedo allí tumbada, sufriendo tanto y sabiendo que se estaba muriendo. Yo habría tenido miedo, se lo aseguro.

—Protesto. —Richard Moore saltó de su silla.

—Se acepta la protesta —dijo el juez—. Señora Walsh, por favor, limítese a responder a la pregunta sin comentarios añadidos. Fiscal, repita la pregunta.

—¿La tocó usted? —volvió a preguntar Emily.

—Le puse la mano en la frente y la acaricié —dijo Suzie con cautela, temerosa del abogado defensor.

Sin embargo, cuando llegó el turno de Moore, solo le hizo unas cuantas preguntas y se mostró muy simpático. Le resultó un poco embarazoso reconocer ante él que casi siempre pasaba por delante de la casa de Natalie Raines por las tardes cuando salía de trabajar, aunque eso supusiera dar la vuelta a la manzana para llegar a la avenida. Pero reparó en que algunas personas de la sala sonreían cuando dijo que admiraba tanto a Natalie que le gustaba mucho verla, aunque solo alcanzara a vislumbrarla fugazmente.

—¿Cuándo fue la última vez que vio a Natalie Raines antes de que entrara en la casa? —preguntó Moore.

—Como ya he dicho, la vi salir de su coche por la mañana.

—No hay más preguntas —dijo Moore secamente.

Casi se sintió decepcionada al acabar. Cuando abandonó la tribuna, Suzie miró detenidamente a Gregg Aldrich. Es un hombre guapo, pensó. Entiendo que una mujer tan hermosa como Natalie Raines se enamorara de él. Sus ojos tenían una expresión muy triste. Qué falso es. Dan ganas de vomitar.

Esperaba que él viera la mirada despectiva que le lanzó al salir de la sala de justicia.

15

Debido a su larga amistad con Gregg, y a que los comentarios de Katie habían hecho mella en él, Michael Gordon esperaba sentirse emocionalmente afectado en el juicio del estado de New Jersey contra Gregg Aldrich. Sin embargo, lo que no esperaba era experimentar la sensación casi fatalista de que Gregg no solo era culpable, sino que iba a ser condenado por el asesinato de Natalie.

Tal como esperaba, el juicio captó la atención de todo el país. Natalie había sido una gran estrella de Broadway y había sido candidata al Oscar. Gregg, un habitual de los actos poblados de estrellas, era una figura conocida entre los ávidos lectores de la prensa del corazón cuyas vidas giraban en torno a esos famosos. Después de la muerte de Natalie, Gregg se había convertido en un objetivo buscado por los fotógrafos. Cada vez que acompañaba a una actriz a un acto, se rumoreaba que tenía una relación con ella.

Los titulares de las revistas del corazón también se habían centrado en el hecho de que era «sospechoso» de la muerte de Natalie.

Michael sabía que Gregg cargaba con mucho equipaje en el juicio, pero aparte de eso había un elemento inesperado: las noticias también se centraban en la joven y hermosa fiscal Emily Wallace y en la destreza con que estaba llevando la acusación contra Aldrich.

Como antiguo abogado defensor, Michael advertía que Emily estaba cerrando las puertas a la posibilidad de que la muerte de Natalie hubiera sido un crimen fortuito. Los detectives de la oficina, Billy Tryon y Jake Rosen, eran unos buenos testigos, elocuentes y rápidos en sus respuestas a las preguntas que ella hacía.

Declararon que la entrada de la casa de Natalie no había sido forzada. Nadie había manipulado el sistema de seguridad. Un ladrón profesional podría haber abierto la pequeña caja fuerte que había en el armario del dormitorio de Natalie con un abrelatas, pero no había señales de que la hubieran tocado. Las pruebas parecían indicar que el responsable había salido por la puerta trasera y había huido a través del jardín y la zona con árboles situada detrás hasta la calle. Había llovido por la noche, y creían que el autor podía haber llevado algún tipo de plástico que le cubriera los zapatos, ya que había sido imposible obtener una huella útil, aunque había dos marcas claras en la zona de la hierba especialmente blanda. El número de pie oscilaba entre un cuarenta y cuatro y un cuarenta y seis.

Gregg Aldrich calzaba un número cuarenta y cinco.

Presentaron como prueba el registro del sistema de seguridad. La última vez que había sido encendido había sido el viernes, 13 de marzo, a las cuatro de la tarde. Había sido desconectado a las once de la noche del mismo día, según declaró el instalador de seguridad, y no había sido reajustado, lo que indicaba que la casa no había estado protegida durante el fin de semana ni la mañana del lunes, cuando Natalie Raines había sido asesinada.

Cuando la madre de Natalie, Alice Mills, subió al estrado declaró que Natalie guardaba una llave dentro de una piedra artificial en el jardín de la casa de Closter.

—Gregg conocía la existencia de esa piedra —aseguró—. Él se la compró a Natalie. Cuando ella vivía con él, siempre perdía o se olvidaba la llave de casa. Por eso cuando se mudó a Closter él le dijo que le convenía tener una llave a mano, o acabaría fuera de casa una noche fría.

El siguiente comentario de Alice Mills fue eliminado del acta, pero todos los presentes en la sala lo oyeron. Empezó a sollozar y, mirando a Gregg, gritó:

—¡Siempre fuiste tan protector con Natalie...! ¿Cómo pudiste cambiar tanto? ¿Cómo pudiste llegar a odiarla tanto para hacerle eso?

El siguiente testigo era un dependiente de unos grandes almacenes con una copia del recibo que demostraba que Gregg había pagado la piedra con su tarjeta de crédito.

El testimonio del forense fue objetivo y preciso. Por la posición del cuerpo, creía que Natalie Raines había sido atacada nada más entrar por la puerta. Un hematoma en la parte de atrás de la cabeza hacía pensar que la habían agarrado, la habían lanzado al suelo y luego le habían disparado a quemarropa. La bala no le había dado en el corazón por poco. La causa de la muerte había sido hemorragia interna.

—Si hubiera recibido ayuda inmediata después de que le dispararan, ¿habría podido sobrevivir? —preguntó Wallace.

—Desde luego.

Esa noche la mesa redonda de *Primera tribuna* se centró en Emily Wallace.

—La mirada que lanzó a Aldrich después de hacer la última pregunta al forense era puro teatro —comentó Peter Knowles, un fiscal jubilado—. Lo que estaba diciendo al jurado era que después de que Aldrich disparara a Natalie, podría haberle salvado la vida. Y en lugar de eso la dejó morir desangrada.

—Yo no me lo trago —dijo enérgicamente Brett Long, un psicólogo criminal—. ¿Por qué iba él a arriesgarse a que entrara otra persona después de que se fuera y la ayudara? Aldrich o quienquiera que le disparó creía que estaba muerta.

Eso era exactamente lo que estaba pensando Michael. ¿Por qué no lo he dicho yo antes?, se preguntó. ¿Es porque no quiero prestar a Gregg la más mínima ayuda? ¿Tan seguro estoy de que es culpable? En lugar de mostrarse de acuerdo con Brett Long, dijo:

—Emily Wallace tiene el don de conseguir que todos los miembros del jurado se sientan como si estuviera manteniendo una conversación íntima con ellos. Todos sabemos lo efectivo que es eso.

Al final de la segunda semana de juicio, se invitó a los espectadores a expresar sus opiniones sobre la culpabilidad o inocencia de Gregg en la página web de *Primera tribuna*. El número de visitas fue apabullante, y el setenta y cinco por ciento de los internautas votó a favor del veredicto de culpabilidad. Cuando uno de los expertos del programa felicitó a Michael por la cantidad de respuestas, este se acordó del amargo comentario de Katie sobre el plus que conseguiría con la difusión del juicio.

A medida que la red parecía cerrarse en torno a Gregg cada día que pasaba, Michael experimentaba la sensación cada vez más intensa de haber abandonado a su amigo e incluso de estar influyendo en la opinión pública contra él. ¿Y los miembros del jurado?, se preguntaba. Ellos debían evitar las noticias sobre el juicio. Michael se preguntaba cuántos de ellos veían su programa cada noche y si se dejarían afectar por las votaciones.

¿Veía Gregg *Primera tribuna* al llegar a casa? Por algún motivo, Michael estaba seguro de que sí. Y también se preguntaba si por casualidad Gregg estaba reaccionando ante Emily Wallace de la misma forma que él: sintiendo que, por inquietante que pareciera, había algo en ella que le recordaba a Natalie.

16

Zach sabía que había cometido un error. No debería haber estado viendo la televisión en el porche de Emily aquella noche cuando ella había llegado a casa. Inmediatamente, los ojos de la mujer habían adquirido una mirada de preocupación, y se había mostrado muy fría al darle las gracias por cuidar de Bess.

Él sabía que el único motivo por el que ella no había clausurado el acuerdo entre ambos todavía era por el juicio, pero estaba convencido de que no tardaría en hallar una excusa para librarse de él. O lo que era aún peor, ¿haría algún tipo de investigación sobre él? Después de todo, era fiscal. Ella no debía sospechar.

Zachary Lanning había sido el nombre que había elegido para su nueva identidad durante los meses que había planeado su venganza sobre Charlotte, su madre y sus hijos. Trataba de evitar pensar en sus otros nombres, aunque a veces afloraban a la superficie cuando dormía.

En Des Moines había sido Charley Muir, y en esa vida había sido electricista y bombero voluntario. Charlotte era su tercera esposa, pero él no se lo dijo. Utilizó sus ahorros para comprarle una casa. Charley y Charlotte, sonaba muy acogedor. Pero a los dos años ella lo echó. Su madre vino a vivir con ella y los niños. Acampó en mi casa, pensaba, aunque nunca venía de visita cuando yo vivía allí. Charlotte solicitó el divorcio, y el juez le adjudicó la casa y una pensión alimenticia porque ella afirmaba que había dejado un buen trabajo para quedarse en casa y cocinar para él. Charlotte era una mentirosa. Ella odiaba aquel trabajo.

Entonces descubrió que ella estaba saliendo con uno de los muchachos del parque de bomberos, Rick Morgan. Oyó cómo Rick le contaba a alguien que Charlotte se había divorciado porque tenía miedo de él, porque él le daba repelús...

Había sido un placer observar cómo Emily Wallace se pasaba todo el verano preparando un caso para condenar a un tipo por matar a su mujer. Y va a conseguirlo, pensaba Zach, así de lista es. ¡Pero no es tan lista como para saber que he matado a cinco personas a la vez! Se enorgullecía de que el nombre y la cara de Emily aparecieran en todos los medios de comunicación; era casi como si también le estuvieran echando flores a él.

Nadie está más cerca de ella que yo, pensaba. Miro sus correos electrónicos. Registro su escritorio. Toco su ropa. Leo las cartas que le escribió su marido desde Irak. Conozco a Emily mejor que ella misma.

Sin embargo, de momento tenía que hacer algo para despejar sus sospechas. Fue de reconocimiento por el barrio y encontró a una chica del instituto interesada en trabajar después de las clases. Entonces, el viernes por la noche de la segunda semana del juicio, estuvo atento esperando a que Emily llegara a casa y la detuvo cuando salía del coche.

—Emily, lo siento mucho. Voy a hacer el turno de cuatro a once en el almacén por un tiempo —mintió—. No voy a poder cuidar de Bess.

Le molestó mucho ver que esta vez la expresión de los ojos de Emily era de puro alivio. A continuación le habló de la chica que vivía más abajo en la misma manzana, quien estaba dispuesta a sacar a pasear y dar de comer a Bess como mínimo hasta el día de Acción de Gracias, cuando comenzaría los ensayos de la función escolar.

—Zach, es todo un detalle por tu parte —le dijo Emily—. La verdad es que ahora voy a tener unos horarios más razonables, así que no necesitaré ayuda.

Podría haber añadido también las palabras «nunca más». Zach sabía que Emily no iba a volver a dejar entrar y salir de su casa a nadie.

—Bueno, aquí tienes el número, por si acaso, y la llave —dijo Zach, y acto seguido, sin mirarla, añadió tímidamente—: Veo *Primera tribuna* todas las noches. Lo estás haciendo estupendamente. Estoy deseando ver cómo tratas a Aldrich cuando suba al estrado. Debe de ser una persona terrible.

Emily le dio las gracias sonriendo y se metió la llave en el bolsillo. Un final feliz, pensó mientras subía los escalones hacia la puerta de su casa. Estaba buscando una forma de poner fin a la situación, y el pobre hombre lo ha hecho por mí.

Zach observó con los ojos entornados cómo se marchaba. Tan seguro como que Charlotte lo había echado de su casa, Emily lo había echado de su vida. Él había albergado la esperanza de que Emily dejaría que la chica del barrio la ayudara a cuidar de la perra y luego se alegraría de que él se encargara otra vez. Eso no iba a pasar.

La furia que se había apoderado de él en otros momentos de su vida volvió a invadirlo. Tomó una decisión. Eres la siguiente, Emily, pensó. Yo no acepto el rechazo. No lo he aceptado nunca y no lo voy a aceptar ahora.

Una vez que estuvo dentro de casa, por algún motivo inexplicable, Emily se sintió intranquila y cerró con dos vueltas la puerta tras ella. Luego, cuando llegó al porche trasero y sacó a Bess de su jaula, se le ocurrió que no sería mala idea poner un cerrojo a la puerta del porche.

¿Por qué tengo esta sensación de temor?, se preguntó. Tenía que ser el juicio.

He hablado tanto de Natalie que me siento como si me hubiera convertido en ella.

17

Desde que había empezado el juicio, Gregg Aldrich se había acostumbrado a ir directamente al despacho de su abogado desde el palacio de justicia y a pasar un par de horas repasando las declaraciones de los testigos de la acusación que habían estado ese día en el estrado. Luego un coche lo llevaba a casa. Katie, inflexible en su deseo de acompañarlo en el tribunal, había accedido a volver a casa en torno a las cuatro, cuando se hacía una pausa en el juzgado, para reunirse allí con su tutor.

También había accedido, ante la insistencia de su padre, a pasar como mínimo algunas noches con sus amigas de la escuela de Manhattan antes de que fuera interna al instituto de Choate, en Connecticut.

Las noches que estaba en casa veían juntos *Primera tribuna.* Inevitablemente, al ver los momentos destacados del juicio y la mesa redonda, a Katie le invadían la ira y las lágrimas.

—Papá, ¿por qué nunca te defiende Michael? —preguntaba—. Cuando íbamos a esquiar con él era muy simpático y siempre estaba diciendo lo mucho que hiciste por la carrera de Natalie. ¿Por qué no lo dice ahora, que podría beneficiarte?

—Se va a enterar —era la respuesta habitual de Gregg a su hija—. No volveremos a esquiar con él. —Y agitaba el puño ante la televisión con falsa indignación.

—¡Oh, papá! —decía Katie riéndose—. Lo digo en serio.

—Yo también —contestaba Gregg, ahora en voz baja.

Gregg reconocía para sus adentros que las noches que Katie

salía unas horas con sus amigas le brindaban un necesario descanso. Durante el día, el cariño que sentía brotar de ella sentada unas filas por detrás de él en el tribunal le resultaba grato como una manta para alguien aquejado de hipotermia. Pero a veces necesitaba estar solo.

Esa noche Katie había salido a cenar. Gregg le había prometido que pediría la cena al servicio de habitaciones del restaurante del edificio, pero cuando ella se marchó, se sirvió un whisky doble con hielo y se puso cómodo en el estudio, con el mando a distancia de la televisión en la mano. Tenía pensado ver *Primera tribuna*, pero antes necesitaba hacer memoria.

En la reunión que había tenido lugar pocas horas antes, Richard y Cole Moore le habían advertido que Jimmy Easton subiría a la tribuna de los testigos al día siguiente y que todo el caso dependía de su credibilidad como testigo.

—Gregg, la parte crucial de su declaración es cuando hable de su cita contigo en tu casa —le había advertido Richard—. Te lo volveré a preguntar. ¿Existe alguna posibilidad de que él estuviera allí?

Gregg sabía que había respondido de forma acalorada.

—Jamás he visto a ese mentiroso en mi casa, y no me lo vuelvas a preguntar. —Pero le obsesionaba la pregunta. ¿Cómo podía Easton afirmar que había estado allí? ¿Me estoy volviendo loco?

Mientras bebía un sorbo de whisky, Gregg se preparó para su visionado nocturno de *Primera tribuna*, pero cuando el programa empezó, el efecto relajante que le había provocado el whisky de malta desapareció. Un setenta y cinco por ciento de los espectadores que habían contestado a la encuesta por internet creían que era culpable.

¡Un setenta y cinco por ciento!, pensó Gregg con incredulidad. ¡Un setenta y cinco por ciento!

En la pantalla apareció un vídeo del juicio en el que se veía a Emily Wallace mirándolo directamente. Su expresión de desdén y displicencia le hizo acobardarse como lo había hecho en la sala de justicia. Todas las personas que contemplaban aquel programa también la estaban viendo. Inocente hasta que se demuestre lo contrario, pensó amargamente. Se le da muy bien demostrar que soy culpable.

Aparte de lo evidente, había algo en Emily Wallace que le inquietaba. Uno de los expertos de *Primera tribuna* había definido su actuación como «puro teatro». Tiene razón, pensó Gregg, mientras cerraba los ojos y bajaba el volumen de la televisión. Se metió la mano en el bolsillo y sacó la hoja de papel doblada que se parecía a las muchas otras que había garabateado durante el día en el juzgado. Había estado haciendo cálculos. El coche de alquiler tenía recorridos veinticuatro mil quinientos kilómetros hechos cuando lo cogió, y cuando lo devolvió marcaba mil cien kilómetros más. Ochocientos setenta representaban el viaje de ida y vuelta de Manhattan a Cape Cod. Había ido del motel de Hyannis a la casa de Natalie cinco veces entre el sábado por la tarde y el domingo por la noche. Unos treinta kilómetros cada vez. Como mucho, sumarían otros ciento sesenta.

Quedan suficientes kilómetros para que fuera a casa de Natalie el lunes por la mañana, la matara y volviera a Manhattan a tiempo, pensó Gregg. ¿Es posible que lo haya hecho? ¿Cuándo he hecho footing más de dos horas? ¿Estaba tan aturdido que no recuerdo haber ido allí?

¿Es posible que la haya dejado morir desangrada?

Abrió los ojos y subió el volumen con el mando a distancia. Su antiguo amigo íntimo estaba diciendo:

—Mañana habrá fuegos artificiales en el juzgado cuando el testigo estrella de la acusación, Jimmy Easton, declare que Gregg Aldrich lo contrató para matar a su esposa, la aclamada actriz Natalie Raines.

Gregg pulsó el botón de apagado del mando y apuró su bebida.

18

—Señoría, el estado llama a James Easton.

La puerta que daba a la celda de detención temporal se abrió. Easton salió y se dirigió despacio a la silla de los testigos, escoltado por dos alguaciles. Cuando Emily lo miró, le vino a la cabeza el refrán favorito de su madre: «Aunque la mona se vista de seda, mona se queda».

Jimmy llevaba el traje azul marino, la camisa blanca y la corbata azul estampada que Emily había elegido personalmente para su aparición en el tribunal. A pesar de sus protestas, el barbero de la cárcel le había cortado el pelo, pero aun así, como Emily había comentado a Ted Wesley, seguía pareciendo el farsante que era en realidad.

Por su larga experiencia previa ante jueces de lo criminal, Easton sabía lo que venía a continuación. Se detuvo al llegar a la zona situada justo delante del tribunal. El juez Stevens le indicó que dijera su nombre y apellido y luego que deletreara este último timo.

—James Easton, E-A-S-T-O-N.

—Por favor, señor, levante la mano derecha para prestar juramento —le mandó el juez.

La expresión pía de la cara de Jimmy cuando juró decir la verdad, toda la verdad y nada más que la verdad despertó un coro de risitas entre varios espectadores de la sala.

Genial, pensó Emily, desanimada. Ojalá el jurado tenga una mentalidad abierta con mi testigo estrella.

El juez Stevens dio un martillazo brusco y advirtió de que cualquier persona que reaccionara verbalmente o de forma visible ante el testimonio de un testigo sería expulsado inmediatamente y se le prohibiría asistir a más sesiones.

Cuando Jimmy se sentó en la silla de los testigos, Emily se acercó a él despacio con expresión seria. Su estrategia consistía en preguntarle enseguida por sus antecedentes penales y por el acuerdo al que había llegado con ella. Ya había abordado su pasado como antiguo criminal en su alegato inicial y ahora deseaba sacarle los detalles de inmediato. Esperaba que al enfrentarse de lleno a esas circunstancias como mínimo expresara al jurado que iba a ser franca con ellos y que su testigo, pese a su lista de delitos, merecía credibilidad.

Estoy caminando sobre hielo, pensó, y tal vez el hielo se rompa. Pero conforme iba haciendo una pregunta tras otra en tono impersonal, las respuestas de Jimmy Easton le parecían las mejores que podía esperar. Con tono humilde y actitud vacilante, reconoció sus múltiples detenciones y sus frecuentes condenas en la cárcel. Luego, de repente, añadió gratuitamente:

—Pero nunca he tocado un pelo a nadie, señora. Por eso no pude cumplir el trato y matar a la mujer de Aldrich.

Richard Moore se levantó de golpe.

—Protesto.

¡Muy bien, Jimmy!, pensó Emily. ¿Qué más daba que no constara en acta? El jurado lo había oído alto y claro.

El testimonio de Easton dio comienzo a última hora de la mañana. A las doce y veinte, advirtiendo que Emily se disponía a centrar su interrogatorio en la implicación de Easton con Gregg Aldrich, el juez Stevens dijo:

—Señora Wallace, como falta poco para la pausa de la comida de las doce y media, se levanta la sesión hasta la una y media.

En el momento ideal, pensó Emily. Así al menos los antecedentes de Jimmy quedarán algo separados de su declaración sobre Aldrich. Gracias, juez.

Con rostro impasible, aguardó en la mesa de la acusación

hasta que Easton fue escoltado otra vez a la celda por un alguacil y los miembros del jurado salieron de la sala. A continuación
se dirigió al despacho de Ted Wesley a toda prisa. Él había estado en la sala de justicia toda la mañana, y Emily quería saber su
reacción al modo en que había tratado a Easton.

En las dos semanas que habían transcurrido desde que se había anunciado su candidatura a secretario de Justicia de Estados
Unidos, se había armado un gran revuelo mediático en torno a
él, y había recibido un trato por lo general muy favorable. ¿Por
qué no va a ser así?, se preguntó Emily mientras avanzaba apresuradamente por el pasillo. Ted había sido un destacado abogado y había militado en círculos republicanos antes de que lo
nombraran fiscal.

Cuando entró en el despacho vio un montón de recortes sobre su mesa que seguro que hablaban de su candidatura. Saltaba
a la vista que estaba de muy buen humor.

—¡Emily! —la saludó—. Acércate. Echa un vistazo a esto.

—Seguro que ya he visto la mayoría. Estás teniendo una
prensa fabulosa. Enhorabuena.

—A ti tampoco te va mal. Me estás robando protagonismo
con lo bien que estás llevando el caso.

Wesley había pedido sándwiches y café. Abrió la bolsa y
empezó a sacar la comida.

—Te he pedido uno de jamón y queso suizo con pan de centeno. Y café solo. ¿Correcto?

—Perfecto. —Ella aceptó el sándwich que él le ofreció.

—Pues siéntate y relájate unos minutos. Quiero hablar contigo.

Emily acababa de empezar a desenvolver su sándwich. Pasa
algo, pensó, y le lanzó una mirada interrogativa.

—Emily, te voy a dar un consejo. No has querido hacer público ni hablar de que te hicieron un trasplante de corazón hace
dos años y medio. Todo el mundo en esta oficina sabe que te ope-
raron del corazón y, cómo no, estuviste de baja por enfermedad
varios meses. Pero como fuiste muy discreta con los detalles,

creo que yo soy el único que sabe que esa operación consistió en un trasplante.

—Es verdad —dijo Emily en voz baja, al tiempo que abría el envase de mostaza y la esparcía por el pan—. Ted, ya sabes cómo me afectó la muerte de Mark. Me volví loca. La gente fue muy amable, pero me asfixiaba la compasión. Y luego, no había pasado un año, cuando de repente me tuvieron que cambiar la válvula aórtica, todo se repitió. De todas formas, se esperaba que estuviera de baja tres meses. Pero cuando la válvula falló tan rápido, acabé necesitando un trasplante, y eso que tuve la suerte de conseguir uno de inmediato. Volví al hospital discretamente y le conté lo que pasó a muy pocas personas, incluido tú.

Ted se inclinó hacia delante en su silla, sin hacer caso a su sándwich y mirándola con gran preocupación.

—Emily, entiendo y siempre he entendido por qué no has querido hablar de esto. Vi tu reacción cuando te pregunté hace seis meses si te encontrabas bien para aceptar este caso. Sé que no quieres que te consideren frágil. Pero afrontémoslo: te estás ocupando de un caso muy importante y te estás haciendo muy famosa. El caso aparece en *Primera tribuna* todas las noches, y no paran de mencionar tu nombre. Hablan de ti. Es cuestión de días que empiecen a hurgar y, créeme, lo averiguarán. Es de gran interés humano. Entre el trasplante y la pérdida de Mark en Irak, te vas a convertir en carne de la prensa sensacionalista, aunque seguramente se portarán bien contigo.

Emily bebió un sorbo de café.

—¿Cuál es tu consejo, Ted?

—Estate preparada. Ten por seguro que te harán preguntas, pero no dejes que te afecte. Te guste o no, te has convertido en una figura pública.

—Oh, Ted, no soporto esa idea —protestó Emily—. Nunca he querido hablar de ello. Sabes que algunos ya hacen que sea bastante duro ser una mujer y trabajar en la oficina del fiscal.

Incluido y sobre todo tipos como tu primo, pensó.

—Emily, créeme, admiro que nunca me hayas dejado darte un trato preferente por tus problemas de salud.

—Hay algo más —dijo Emily en voz queda—. Mark no esperaba morirse. Estaba convencido de que volvería a casa. Tenía muchos planes para el resto de nuestra vida. Incluso discutíamos los nombres que le íbamos a poner a nuestros hijos. Ahora me doy perfecta cuenta de que estoy viva porque otra persona murió. Quienquiera que fuera, él o ella tenía planes y esperanzas para el futuro. Eso nunca me ha resultado fácil de aceptar.

—También lo entiendo. Pero hazme caso: estate preparada para cuando te pregunten por eso.

Emily dio un bocado al sándwich y forzó una sonrisa.

—Cambiando de tema, ¿crees que me está yendo bien con Jimmy Easton?

—Emily, he visto cómo Richard Moore se retorcía cuando Jimmy hablaba de sus antecedentes y del acuerdo para rebajarle la condena. Le has cortado las alas a Moore al tratarlo todo de frente. Has conseguido hacer saber al jurado que crees que Easton es un auténtico canalla, pero que en este caso no está mintiendo.

Emily dio unos mordiscos rápidos al sándwich y envolvió el resto.

—Gracias, Ted. Esperaba que opinaras así. —Vaciló, tratando de deshacer el nudo que se le había formado en la garganta—. Y gracias por todo lo demás... Tu apoyo cuando perdí a Mark... Cuando enfermé... Y por darme este caso; no lo olvidaré nunca.

Ted Wesley se levantó.

—Te has ganado todo el apoyo que te he dado —dijo sinceramente—. Y créeme, Em, si logras que condenen a Aldrich, veo al nuevo fiscal ofreciéndote el puesto de primer fiscal auxiliar. Créeme, no es una exageración. ¡Vuelve ahí y haz que el jurado crea a Easton! Haz que piensen que se ha vuelto religioso.

Emily se rió al levantarse de la silla.

—Si consigo hacer eso, podría vender un caballo muerto a un policía montado, como decía mi abuelo de mí. Hasta luego, Ted.

19

Aunque no había forma de que él lo supiera, Jimmy Easton comió exactamente lo mismo que Emily: un sándwich de jamón y queso con pan de centeno y un café solo. La única diferencia es que él se quejó al carcelero de que le habría gustado que tuviera más mostaza.

—Lo tendremos en cuenta mañana si sigues aquí —dijo el carcelero, sarcásticamente—. No queremos que te desagrade nuestra cocina.

—Estoy seguro de que hablarás con el chef —gruñó Jimmy—. Y dile que la próxima vez le ponga una rodaja de tomate.

El carcelero no contestó.

Aparte de la falta de mostaza, Jimmy se sentía bastante bien respecto a su intervención hasta el momento. Recitar todos sus delitos del pasado había sido en cierto modo como confesarse. «Perdóneme, padre, porque he pecado. Hace treinta años, más o menos, desde la última vez que me confesé. Me han detenido dieciocho veces y he estado en la cárcel tres veces durante un total de doce años. Hace seis meses desvalijé cuatro casas en una semana y fui tan tonto que me dejé pillar en la última, pero siempre he sabido que me guardaba un as en la manga.»

Por supuesto, no le había dicho eso a un sacerdote. En lugar de ello, se había soltado la lengua hablando de Aldrich con el tipo de la oficina del fiscal, y por eso ahora estaba allí sentado, todo emperifollado, y no cumpliendo una condena de diez años.

Jimmy bebió el último trago de café. A lo mejor debía decirle al listillo del poli que le había llevado el sándwich que al día siguiente, si seguía allí, le gustaría que le pusieran un vaso más grande. Y pepinillos, pensó sonriendo. Echó un vistazo al reloj de la pared. Era casi la una. El juez volvería al cabo de media hora. «Todos en pie ante el tribunal.» ¿Y por qué no «Todos en pie ante Jimmy Easton»? Más tarde, algunos presos de la cárcel lo verían en el programa *Primera tribuna*. Haría todo lo posible por ofrecerles una buena actuación.

Jimmy se levantó e hizo sonar los barrotes de su celda.

—¡Quiero ir al váter! —gritó.

A la una y media, puntualmente, estaba otra vez en el estrado. Al sentarse, Jimmy recordó las indicaciones de Emily Wallace.

—Ponte derecho. No cruces las piernas. Mírame. Ni se te ocurra actuar delante del jurado.

Apuesto a que no le ha molestado que añadiera que no he tocado un pelo a nadie, pensó Jimmy. Miró a Emily con expresión de seriedad. A veces, cuando ella lo entrevistaba en la cárcel, llevaba el pelo recogido. Ese día lo llevaba suelto hasta los hombros, pero no suelto y desaliñado, sino con todos los mechones lisos, como una cascada. Llevaba un traje de chaqueta y pantalón azul oscuro, casi del mismo tono que sus ojos. No había duda de que era una chica guapa. Uno de los muchachos le había dicho que podía ser muy dura si iba a por uno, pero no iba a por él; eso estaba claro.

—Señor Easton, ¿conoce al acusado, Gregg Aldrich?

Jimmy cerró los labios y se tragó la respuesta que habría dado en otras circunstancias: «Ya lo creo». En lugar de ello, contestó en voz baja pero de forma audible:

—Sí, lo conozco.

—¿Cuándo conoció al señor Aldrich?

—Hace dos años y medio, el 2 de marzo.

—¿En qué circunstancias conoció al señor Aldrich?

—Yo estaba en Vinnie's-on-Broadway. Es un bar de la calle Cuarenta y seis Oeste, en Manhattan.

—¿Qué hora era?

—Eran las seis y media más o menos. Estaba tomando una copa, y el tipo del taburete de al lado me pidió que le pasara el plato de los frutos secos. Pero primero cogí un par de almendras saladas, y él dijo que también eran sus preferidas, con lo que empezamos a hablar.

—¿Se dijeron sus nombres?

—Sí. Yo le dije que me llamaba Jimmy Easton, y él dijo que se llamaba Gregg Aldrich.

—¿Se encuentra el señor Aldrich en esta sala?

—Pues claro. Quiero decir, sí.

—¿Puede señalarlo y describir brevemente cómo va vestido?

Jimmy señaló la mesa del acusado.

—Es el que está sentado en medio de los otros dos hombres. Lleva un traje gris y una corbata azul.

—Que conste en acta que el señor Easton ha identificado al señor Aldrich —dijo el juez Stevens.

Emily retomó su interrogatorio.

—¿Entabló conversación con Gregg Aldrich, señor Easton?

—Creo que sería más correcto decir que Aldrich empezó a hablar conmigo. Iba algo cocido...

—¡Protesto! —gritó Moore.

—Se acepta la protesta —dijo el juez Stevens, y a continuación añadió—: Por favor, señor Easton, limítese a responder la pregunta que se le plantea.

Jimmy trató de poner cara de arrepentido.

—De acuerdo. —Vio la expresión de Emily y añadió apresuradamente—: Señoría.

—Señor Easton, ¿sería tan amable de describir con sus propias palabras la conversación que mantuvo con el señor Aldrich?

Ha llegado el momento, pensó Emily. Mis argumentos empiezan y terminan aquí.

—Bueno, verá —empezó Jimmy—, los dos tomamos un par de copas y estábamos un poco deprimidos. Normalmente yo no digo que he estado en la cárcel, ¿sabe? Es un poco vergonzoso, pero llevaba todo el día buscando trabajo y me habían rechazado en todas partes, así que le dije a Aldrich que para un tipo como yo era difícil llevar una vida honrada aunque uno quisiera.

Jimmy se removió en la silla de los testigos.

—Es lo que me pasa a mí —aseguró a la sala.

—¿Cómo reaccionó Gregg Aldrich cuando le dijo eso?

—Al principio no reaccionó. Sacó su teléfono móvil y marcó un número. Contestó una mujer. Cuando se enteró de que era él se enfadó. Gritaba tanto que yo la oía. Chillaba: «¡Gregg, déjame en paz!». Luego debió de colgar, porque él se puso colorado, y noté que estaba hecho una furia. Entonces me miró y dijo: «Era mi mujer. ¡La mataría!».

—¿Puede repetir eso, señor Easton? —preguntó Emily.

—Me miró y dijo: «Era mi mujer. ¡La mataría!».

—Gregg Aldrich dijo: «Era mi mujer. ¡La mataría!» —repitió Emily, con la intención de que el jurado asimilara las palabras.

—Sí.

—Y esa conversación tuvo lugar aproximadamente a las seis y media del 2 de marzo, hace dos años y medio.

—Sí.

Emily miró de soslayo a Gregg Aldrich. Estaba moviendo la cabeza como si no diera crédito a lo que acababa de oír. Vio el sudor que tenía en la frente. Moore le estaba susurrando algo tratando de calmarlo. No va a servir de nada, pensó. Apenas he arañado la superficie.

—Señor Easton, ¿cuál fue su reacción cuando el señor Aldrich declaró eso?

—Sabía que estaba muy enfadado. Más bien, furioso. Tenía la cara toda colorada y dio un golpe con el móvil contra la barra, pero aun así pensé que estaba de guasa. Así que dije en broma: «Estoy sin blanca. Por veinte mil pavos, yo le hago el trabajo».

—¿Qué pasó entonces?

—Un tipo que acababa de entrar en el bar vio a Aldrich y fue derecho hacia él.

—¿Le presentó el señor Aldrich a ese hombre?

—No. El tipo solo se paró a decir que había visto a Natalie en *Un tranvía llamado deseo* y que estaba magnífica. Esa fue la palabra que usó, «magnífica».

—¿Cuál fue la reacción del señor Aldrich?

—Dijo con voz de cabreo que Natalie estaba magnífica en todos los papeles que interpretaba, y luego dio la espalda al tipo. Así que el tipo se encogió de hombros y entró en el comedor, y vi que se juntaba con unas personas sentadas a una mesa.

—¿Sabía usted que ese hombre estaba hablando de Natalie Raines?

—Me lo imaginé enseguida. Me gusta ir al cine y la había visto en la película por la que la nominaron al Oscar. También había visto los anuncios de *Un tranvía llamado deseo*.

Emily bebió un sorbo de agua.

—Señor Easton, después de ese breve encuentro, ¿qué le dijo el señor Aldrich?

—Yo le dije en broma: «Eh, su mujer es Natalie Raines. El precio por cargármela acaba de subir».

—¿Cómo reaccionó el señor Aldrich a ese comentario?

—Me miró y no dijo nada durante un rato, y luego dijo: «¿Y cuál es tu precio, Jimmy?».

—¿Cómo respondió usted a esa pregunta?

—Dije, todavía medio en broma: «Cinco mil por adelantado y veinte mil cuando haya cumplido el trato».

—¿Qué dijo entonces el señor Aldrich?

—Dijo: «Deja que lo piense. Dame tu número de teléfono». Así que se lo anoté y me marché, pero tenía ganas de ir al váter. Supongo que creyó que me había ido, porque a los cinco minutos, cuando me estaba lavando las manos, sonó el teléfono. Era Aldrich. Dijo que aceptaba mi oferta y que me pasara por su casa al día siguiente para recoger los cinco mil en efectivo.

—¿El señor Aldrich le pidió que se pasara por su casa al día siguiente? Eso debía de ser el 3 de marzo.

—Sí, a eso de las cuatro. Dijo que entonces la asistenta ya se habría ido, y añadió que me esperaría en la esquina de su edificio y que me acompañaría para que el portero no tuviera que anunciarme. Dijo que llevara gafas de sol y un sombrero. Hice lo que me pidió, y nos vimos en la esquina. Luego esperó a que unas personas salieran de un coche y entraran en el edificio, y subimos con ellos en el ascensor.

—¿Fue a su casa y le dio cinco mil dólares para que matara a Natalie Raines?

—Sí, y me dio su dirección de New Jersey y sus horarios del teatro.

—¿Puede describir la casa del señor Aldrich, señor Easton?

—Está en la planta decimoquinta. Es muy lujosa. Ya sabe, solo hay dos pisos por planta. Un gran vestíbulo. La sala de estar estaba pintada de una especie de color blanco, y había una gran chimenea de mármol con muchas tallas en el centro. La alfombra era una de esas alfombras orientales, casi toda de color azul y rojo. Recuerdo que había un sofá azul enfrente de la chimenea y sillones sin brazos a los lados. Había otro pequeño sofá debajo de la ventana y muchos cuadros en las paredes.

—¿Cuánto tiempo estuvo allí?

—No mucho. Él no me invitó a sentarme. Noté que estaba muy nervioso. Entonces abrió el cajón de la mesita que había al lado del sofá y sacó el dinero. Cuando lo conté vi que había cinco mil pavos.

—¿Qué hizo usted a continuación?

—Le pregunté cómo recibiría el resto del dinero cuando acabara el trabajo.

»Él dijo que seguramente la poli lo interrogaría cuando apareciera el cuerpo porque se estaban divorciado, así que me llamaría una semana después del funeral desde un teléfono público y quedaría conmigo en el cine de la calle Cincuenta y siete con la Tercera Avenida.

—¿Ese era el trato cuando se despidió de Gregg Aldrich?

—Sí, pero luego me puse a pensar. Como Natalie Raines es tan famosa, si le pasa algo se armará un buen follón y habrá polis por todas partes. Podría acabar pasando el resto de mi vida en la cárcel. Con los cinco mil pavos en la mano, sabía que probablemente no seguiría adelante con el plan. No soy un asesino.

—¿Cómo le dijo al señor Aldrich que no iba a seguir con el plan?

—Le escribí una carta en la que le decía que no creía que fuera la persona adecuada para el trabajo que él quería y que le daba las gracias por el adelanto no reembolsable que me había dado.

Las carcajadas insolentes que sonaron en la sala despertaron la reacción airada del juez, quien una vez más prohibió los estallidos de toda clase. Acto seguido, el juez dijo a Emily que continuara.

—¿Qué hizo con los cinco mil dólares, señor Easton?

—Lo de siempre. Me lo gasté todo en el juego.

—¿Cuándo envió la carta con la que se echaba atrás en el trato para asesinar a Natalie Raines?

—El 12 de marzo por la mañana se la mandé a Gregg Aldrich a su casa. La eché en el buzón que hay al lado de la casa de huéspedes de Greenwich Village donde vivo.

—¿Por qué le escribió?

—Porque me dijo que no le llamara por teléfono, que él ya había cometido un error llamándome aquella vez. Y yo sabía que recibiría la carta. Ya sabe lo que se suele decir: «Ni la lluvia, ni la tormenta, ni la noche cerrada impiden al cartero terminar su ronda». Además, tenía que agradecerle el pago.

Jimmy no pudo evitar girarse y sonreír al jurado, con la esperanza de que captaran el chiste. Sabía que se estaban tragando todo lo que decía, y era agradable no ser la persona a la que juzgaban para variar.

—La carta en la que se echaba atrás en el acuerdo para asesinar a Natalie Raines fue enviada el 12 de marzo —dijo Emily despacio, y se volvió para mirar a los miembros del jurado. Esperaba que estuvieran haciendo cálculos. Gregg Aldrich debía de haberla recibido el viernes 13 o el sábado 14.

Esperaba que se acordaran de lo que les había dicho en su alegato inicial. El viernes 13 por la noche él había asistido a la última función de Natalie, y los testigos que lo habían visto habían declarado que había permanecido sentado con expresión pétrea en la última fila y que había sido el único espectador que no había participado en la ovación en pie que le habían dedicado. El sábado, 14 de marzo, había alquilado un coche y había seguido a su esposa a Cape Cod.

Aguardó un largo rato y miró al juez Stevens.

—No hay más preguntas, señoría —dijo.

20

Richard Moore se levantó despacio. Durante las dos horas siguientes, después de repasar los extensos antecedentes penales
de Jimmy Easton, empezó a atacar a su testigo. Pero cuanto más
declaraba Jimmy, más reforzaba nuestros argumentos, pensaba
Emily con satisfacción.

Moore no dejaba de intentar dar un sesgo distinto a hechos
como que Gregg había conocido a Jimmy en Vinnie's-on-Broadway, que Gregg había llamado a Natalie delante de Jimmy, que
un conocido, Walter Robinson, había hecho un comentario a
Gregg sobre la interpretación de Natalie en *Un tranvía llamado
deseo* y que poco después Gregg había llamado a Jimmy a su teléfono móvil.

Sin embargo, pese a su destreza como abogado, Richard
Moore no lograba desconcertar a Jimmy ni pillarlo en una con-
tradicción. Cuando le preguntó: «¿No es verdad que Gregg Aldrich y usted solo mantuvieron una conversación informal sobre deporte?», Jimmy contestó: «Si considera pedirme que mate
a su mujer una conversación informal, por supuesto».

—¿No es cierto que en un bar ruidoso le resultaría imposible oír lo que Natalie Raines le dijo a Gregg? —preguntó Moore.

—Ella era actriz. Sabía cómo proyectar la voz. Es un mila-
gro que todo el bar no oyera sus gritos —contestó Jimmy.

Jimmy se lo está pasando en grande, pensó Emily. Le está
gustando ser el centro de atención. A ella le preocupaba el hecho de que se estaba volviendo demasiado locuaz, y el juez Ste-

vens, cada vez más irritado, no paraba de recordarle que ciñera sus respuestas a las preguntas que le planteaban.

—En cuanto a la llamada telefónica de Gregg Aldrich a su teléfono móvil, ¿no es cierto que cuando estaban en el bar le dijo a Gregg que había perdido el móvil desde que había llegado al local? ¿No es verdad que le pidió que marcara su número para que el teléfono sonara y así pudiera encontrarlo? ¿No es eso lo que realmente ocurrió?

—De ninguna manera. No perdí mi móvil en ningún momento —respondió Jimmy—. Siempre lo llevo sujeto al cinturón con una pinza. Ya se lo he dicho, él me llamó cuando estaba lavándome las manos en el servicio.

El relato de Jimmy de su visita a la casa de Aldrich era lo que más preocupaba a Emily, pues se trataba de la parte más débil de sus argumentos. El portero no lo había visto. La asistenta no lo había visto. Que él hubiera estado allí, que hubiera recibido el dinero y que se hubiera echado atrás en el trato más tarde, era su palabra contra la de Gregg.

Cuando Natalie vivía en aquel piso le habían realizado varias entrevistas para revistas allí, y en algunas aparecían fotos de la sala de estar. Emily estaba segura de que Moore sacaría el máximo partido a esas fotos para demostrar que el conocimiento de la distribución del piso y el modo en que estaba amueblado se podía adquirir fácilmente.

Esa fue exactamente la estrategia de Moore. Presentó a Easton una tras otra las páginas en las que aparecía la sala de estar y le pidió que dijera al jurado lo que veía.

Las respuestas de Easton fueron un recital palabra por palabra de lo que había dicho recordar de su visita a la casa.

—Conoció a Gregg Aldrich en un encuentro casual en el bar —le espetó Moore—. Usted sabía quién era su mujer. Luego, cuando fue asesinada, se inventó una historia para la próxima vez que lo pillaran robando y la tenía lista para negociar.

Moore prosiguió con expresión de desprecio y tono de mofa:

—Ahora lea al jurado las frases subrayadas del artículo sobre Gregg Aldrich y Natalie Raines. —Entregó una página de *Vanity Fair* a Jimmy.

Sin dejarse amedrentar en lo más mínimo por las acusaciones de Moore, Easton sacó unas gafas para leer de su bolsillo.

—Mi vista ya no es lo que era —explicó. Se aclaró la garganta antes de leer en voz alta—: «Ni Gregg ni Natalie han deseado nunca tener servicio interno. La asistenta llega a las ocho de la mañana y se marcha a las tres y media. Cuando no salen por la noche, cenan en el restaurante de su edificio o piden la comida al servicio de habitaciones».

Dejó la página y miró a Moore.

—¿Y qué?

—¿No es verdad que cualquiera que lea ese artículo sabría que la asistenta se habría ido a las cuatro, la hora a la que dice que estuvo en casa de Aldrich?

—¿Cree que leo *Vanity Fair*? —dijo Jimmy riéndose con incredulidad.

Una vez más, los que seguían el juicio como público se rieron y, una vez más, fueron reprendidos por el juez. Esta vez era evidente que estaba muy enfadado, y dijo que si volvía a ocurrir, señalaría a un alguacil las personas que habían estado riéndose y serían expulsadas de la sala.

El golpe final de los intentos de Moore por pintar a Jimmy como un mentiroso vino cuando le pidió que volviera a examinar las fotos de la sala de estar y le dijera si había algún elemento en la habitación del que no habría tenido conocimiento si hubiera visto esas fotos antes de prestar declaración.

Jimmy empezó a sacudir la cabeza y a continuación dijo:

—Eh, un momento. ¿Ve la mesita de al lado del sofá? —La señaló—. Ahí es donde Aldrich tenía guardado el dinero que me dio. No sé si aún chirría, pero no vea el ruido que hizo al abrirla. Recuerdo que pensé que debía engrasarla o algo por el estilo.

Emily lanzó una mirada a Gregg Aldrich.

Su tez se había vuelto tan pálida que se preguntó si estaba a punto de desmayarse.

21

Como había mentido a Emily diciéndole que había cambiado de horario de trabajo, Zach se dio cuenta de que era importante que ella no lo viera ni a él ni a su coche cuando volviera del palacio de justicia. El problema era que ahora que el juicio había empezado y se levantaba la sesión a las cuatro, Emily llegaba a casa pronto, entre las cinco y media y las seis. Eso significaba que él no podía volver a casa cuando salía de trabajar, sino que tenía que quedarse fuera hasta que anochecía y confiar en que ella no lo viera meter el coche en el garaje.

Era un motivo más para tenerle antipatía.

Poco después de que devolviera la llave a Emily, ella había instalado un cerrojo en la puerta del porche trasero. Zach lo había descubierto cuando trataba de colarse en su casa, aproximadamente una semana después de que dejara de cuidar de Bess. Había llamado al trabajo diciendo que estaba enfermo, porque echaba de menos tocar las cosas de Emily. Había intentado entrar en la casa una mañana, después de que ella se marchara, pero se lo había impedido el nuevo cerrojo. Sin embargo, ella era demasiado tonta para percatarse de que había hecho una copia de la llave que abría la puerta principal, pero le daba miedo usarla. Sabía que era muy arriesgado andar en el porche delantero de su casa. Siempre existía la posibilidad de que un vecino fisgón lo viera allí.

El único contacto real que ahora tenía con ella consistía en escucharla en la cocina por la mañana cuando le hablaba a Bess.

Se había planteado colocar un micrófono o incluso una cámara en varios lugares de la casa, pero había decidido que también era demasiado arriesgado. Si ella hubiera encontrado algún aparato, habría hecho que media oficina del fiscal abarrotara el lugar, y se abrían presentado en la puerta de su casa en cuestión de minutos. Estaba casi seguro de que ella no había reparado en el diminuto micrófono que había encima de su nevera. Estaba fuera de su línea de visión.

Discreción, se recordaba Zach. Mantén siempre la discreción. Así, cuando llegue el momento podré hacer lo que tengo que hacer, y luego desapareceré. Me dio resultado en Iowa, en Dakota del Norte y en Nuevo México. Charlotte, Lou y Wilma. Lou y Wilma no tenían familia cerca cuando se había deshecho de ellas.

Cuando llegara el momento de Emily, tendría que desaparecer de New Jersey. Empezó a elaborar un plan sobre el lugar al que podía trasladarse.

Una mañana, hacia el final de la tercera semana de juicio, cuando estaba mirando a través de las tablillas de la persiana, Zach vio a Emily servirse su primera taza de café y se levantó súbitamente.

—Bess —la oyó decir—, no hay tiempo que perder. Hoy es el gran día. Gregg Aldrich va a subir al estrado y podré interrogarlo. Voy a hacerle picadillo.

A continuación, cuando pasó por delante de la nevera camino de la escalera, redujo el paso y añadió:

—Bess, es una locura, pero en cierto sentido me da lástima. Debo de estar perdiendo la chaveta.

22

Richard Moore estaba seguro de que el día que hiciera subir a Gregg a la tribuna de los testigos, Emily llegaría temprano a su despacho. Por eso estaba esperándola a las siete de la mañana cuando llegó al palacio de justicia. Era viernes, 3 de octubre.

En cuanto Emily lo vio supo por qué estaba allí. Le invitó a pasar a su despacho y le ofreció café.

—Si te tomas una taza cuando está recién hecho, no está tan malo —le aseguró—. Pero si esperas que sea como el de Starbucks o Dunkin' Donuts, será mejor que pases.

Moore sonrió.

—Con una presentación así, no sé cómo negarme, pero no, gracias, Emily. —La sonrisa desapareció con la rapidez con que había brotado—. Emily, lo que te voy a decir tiene que quedar entre estas cuatro paredes, ¿vale?

—De acuerdo. Depende de lo que me digas.

—Mi cliente insiste en que es inocente. No sabe que ahora estoy hablando contigo y sin duda se pondría furioso si se enterara. Pero lo que quiero preguntarte es: ¿sigue en pie la oferta de homicidio involuntario con agravantes y una condena de veinte años?

A Emily le pasó por la cabeza la imagen de Gregg Aldrich, pálido y afectado, pero negó con la cabeza.

—No, Richard —dijo enfáticamente—. A estas alturas, y por varios motivos, ya no sigue en pie. En primer lugar, si Aldrich hubiera aceptado el trato cuando se le ofreció hace meses, le habría evitado a la madre de Natalie toda la tensión y el sufrimiento de declarar en el juicio. —Moore asintió lentamente, como si esperara esa respuesta.

Al darse cuenta de lo enfadada que parecía, Emily dijo:

—Voy a por café. La cafetera está en el pasillo. Ahora mismo vuelvo.

Cuando volvió, se aseguró de emplear un tono de voz desprovisto de emoción.

—Richard, sabes toda la preparación que hace falta para un juicio. He estado trabajando día y noche durante meses y ahora tengo un montón de casos apilados esperándome. A estas alturas, quiero que el caso lo decida el jurado.

Richard Moore se levantó.

—Está bien. Lo entiendo. Y repito: Gregg Aldrich no ha autorizado esta visita. Él jura que es inocente y quiere que el jurado lo absuelva. ¿Absolver? En realidad, quiere que lo exoneren.

¡Que lo exoneren! Debe de estar loco, pensó Emily. Más vale que confíe en que un miembro del jurado le crea y no se acaben poniendo de acuerdo. Por lo menos, eso le brindaría unos cuantos meses más de libertad antes de un segundo juicio. Sin un asomo de sarcasmo en la voz, dijo:

—Sinceramente, dudo que Gregg Aldrich sea exonerado por este jurado o cualquier otro.

—Puede que tengas razón —contestó Moore, con tristeza. Una vez en la puerta, se volvió hacia atrás—: Reconozco que Easton estuvo mejor en el estrado de lo que yo esperaba, Emily. Y no me importa decirte que has hecho un trabajo estupendo.

Richard Moore no era dado a los cumplidos. Sinceramente complacida, Emily le dio las gracias.

—Y de una forma o de otra, me alegro de que esto vaya a acabar pronto, Emily. Ha sido un caso muy duro.

No esperó a que ella contestara.

23

El 3 de octubre por la mañana, Gregg Aldrich se levantó de la cama a las cinco de la madrugada. Como iba a subir a la tribuna de los testigos, se había ido a la cama excesivamente pronto y había cometido un error. Había dormido una hora hasta las once y luego solo había conseguido echar alguna que otra cabezada durante las seis horas siguientes.

Tengo que despejarme, pensó. Iré a correr al parque. No puedo prestar declaración estando tan aturdido. Levantó las persianas y cerró la ventana. La ventana daba al edificio del otro lado de la calle. Park Avenue nunca ofrece grandes vistas, pensó. En la Quinta Avenida se podía contemplar Central Park. O en East End Avenue se podía ver el río. En Park Avenue ves un edificio lleno de gente como tú que se puede permitir pagar un dineral.

La vista era mejor en Jersey City, pensó irónicamente. Desde el viejo piso podía vislumbrar la estatua de la Libertad. Pero después de que mi madre muriera, no veía el momento de marcharme. Mamá se obligó a seguir con vida hasta que me licencié en la Universidad St. John. Me alegro de que ahora no esté sentada en la sala de justicia, pensó, apartándose de la ventana.

Hacía fresco fuera, y decidió ponerse un chándal ligero. Mientras se vestía, se dio cuenta de lo mucho que pensaba en su madre últimamente. Se sorprendió recordando que, después de que ella muriera, había invitado a unos vecinos como Loretta Lewis a su edificio de cinco plantas sin ascensor para que se sirvieran de los muebles que les pudieran resultar útiles.

¿Por qué pensaba en eso? Porque Richard Moore va a hacer subir al estrado a la señora Lewis como testigo de solvencia moral para que diga lo «maravilloso» que fui como hijo y lo atento que fui con toda la gente mayor del edificio. Parece convencido de que va a despertar compasión por mí. Padre muerto cuando tenía nueve años, madre luchando contra el cáncer durante años, trabajando para pagarme la universidad... Moore les hará llorar por mí. Pero ¿qué tiene eso que ver con la muerte de Natalie? Moore dice que puede plantear la duda de que fuera capaz de matar a Natalie. ¿Quién sabe?

A las cinco y veinte, después de beberse de un trago una taza de café instantáneo, Gregg abrió la puerta de la habitación de Katie y la miró. Dormía profundamente, hecha una bola bajo la colcha, y solo su largo cabello rubio resultaba visible. Al igual que él, le gustaba dormir en una habitación fría.

Pero la noche anterior, después de que ella se fuera a la cama, Gregg la había oído sollozar y había acudido junto a ella.

—Papá, ¿por qué miente Jimmy Easton sobre ti? —dijo gimiendo.

Él se sentó en la cama y posó la mano en su hombro en actitud tranquilizadora.

—Katie, miente porque va a pasar mucho menos tiempo en la cárcel contando esa historia.

—Pero, papá, el jurado le cree. Sé que le cree.

—¿Tú le crees?

—No, claro que no. —Se incorporó rápidamente para colocarse sentada—. ¿Cómo puedes preguntármelo?

Se había sorprendido. Y yo me sorprendí por haberle hecho esa pregunta, pensó Gregg, pero si hubiera visto la más mínima duda en sus ojos, me habría destrozado. Katie había tardado mucho en dormirse. Ahora él esperaba que no se despertara hasta las siete como mínimo. Tenían que ir hacia el palacio de justicia a las ocho menos veinte.

Salió de casa y empezó a recorrer al trote las dos manzanas hacia Central Park y, al llegar, tomó el camino del norte. Por mucho que intentaba ordenar sus ideas para prepararse para la tribuna de los testigos, su cabeza no paraba de remontarse al pasado.

Mi primer trabajo en el mundo del espectáculo fue recogiendo entradas en el teatro Barrymore, rememoró, pero era lo bastante listo para frecuentar Sardi's y otros pubs hasta que Doc Yates me ofreció un trabajo en su agencia teatral. Para entonces ya había conocido a Kathleen.

Kathleen tenía un pequeño papel en una reposición de *Sonrisas y lágrimas* que se representaba en el Barrymore. Para los dos había sido amor a primera vista. Nos casamos la misma semana que acepté el trabajo de Doc Yates. Los dos teníamos veinticuatro años.

Profundamente sumergido en el pasado, Gregg avanzaba al trote hacia el norte, sin reparar ni en el viento frío ni en los otros corredores de primera hora de la mañana. Pasamos ocho años juntos, pensó. Escalé pronto en la agencia. Doc me preparó para el trabajo desde el primer día. Kathleen trabajaba de forma bastante continuada, pero en cuanto se quedó embarazada dijo alegremente:

—Gregg, cuando nazca el bebé me quedaré en casa. Tú serás el único que mantendrá a la familia.

Gregg Aldrich no se dio cuenta de que estaba sonriendo.

Esos años habían sido muy dulces y gratos. Tanto como insoportable lo fue que a Kathleen le diagnosticaran un cáncer de pecho, como el que había matado a su madre, y se fuera tan rápido, y que tuviera que volver del funeral junto a Katie, que tenía tres años, sollozando y llamando a gritos a su mamá.

El trabajo era la solución, y durante los primeros años tras la muerte de Kathleen, había trabajado casi continuamente. En la medida de lo posible, se ocupaba de las cosas de casa por la mañana hasta que Katie iba al parvulario a mediodía. Luego organizaba su horario para estar con ella a media tarde. Asistía a cócteles y primeras funciones, así como a estrenos cinematográficos con sus clientes, pero solo después de haber pasado una buena cantidad de tiempo con su hija.

Luego, cuando Katie tenía siete años, había conocido a Natalie en los premios Tony. Ella era candidata; llevaba un vestido verde esmeralda y unas joyas que, según le había confesado, le había prestado Cartier.

—Si pierdo este collar, prométeme que me pegarás un tiro —había dicho en broma.

«Prométeme que me pegarás un tiro.» Gregg sintió que se le revolvían las entrañas de dolor.

Ella no había ganado esa noche, y el tipo que la acompañaba se había emborrachado. Llevé a Natalie a su casa en el Village, recordó. Subí con ella a tomar una copa y me enseñó la obra que le habían pedido que leyera. Yo la conocía y le dije que se olvidara de ella, que la mitad de las actrices importantes de Hollywood la habían rechazado y el argumento era pésimo. Ella me dijo que su agente la iba a obligar a firmar el contrato, y yo le dije que en ese caso despidiera a su agente, y luego me acabé la copa y le di mi tarjeta.

Dos semanas más tarde Natalie lo había llamado para pedirle una cita, recordó. Y ese había sido el comienzo de un romance apasionado que había culminado en la capilla de los actores de la iglesia de San Malaquías. Tres meses después de su primer encuentro, él y Natalie estaban casados. Para entonces él se había convertido en su agente. En los cuatro años que estuvimos juntos, hice todo lo que pude por que su carrera progresara, pensó Gregg. Pero ¿cómo es que no sospeché siempre que nuestro matrimonio no podía durar?

Rodeó el lago y empezó a correr hacia el sur. ¿Hasta qué punto sus intentos por reconciliarse con ella tenían que ver con el verdadero amor y hasta qué punto con la obsesión?, se preguntó. Estaba obsesionado con ella. Pero también estaba obsesionado con la idea de recuperar lo que tenía: una mujer que me quería y una buena madre para Katie. No quería perder a Natalie y empezar otra vez desde el principio.

No quería que Natalie arrojara su carrera por la borda, y era lo que iba a pasar. Leo Kearns, el que iba a sustituirle, era un buen agente, pero habría intentado explotarla y habría vuelto a hacer lo que había hecho su primer agente.

¿Por qué la seguí a Cape Cod? ¿En qué estaba pensando? ¿En qué estaba pensando la mañana que murió?

Sin darse cuenta, Gregg había corrido hasta Central Park South y había emprendido el camino hacia el norte de nuevo.

Cuando volvió a su casa, encontró a Katie vestida y muy preocupada.

—Papá, son las siete y media. Tenemos que irnos dentro de diez minutos. ¿Dónde has estado?

—¡Las siete y media! Katie, lo siento. He estado pensando. He perdido la noción del tiempo.

Gregg corrió a la ducha. Es lo que me pasó la mañana que murió Natalie, pensó. Perdí la noción del tiempo. Y no fui a New Jersey entonces como tampoco he ido a New Jersey hoy.

Por primera vez estaba seguro de ello.

¡Casi seguro!, se corrigió.

24

A las nueve de la mañana Emily llamó al primero de sus testigos. Eddie Shea era un representante de la compañía telefónica Verizon, y declaró que sus registros demostraban que se había realizado una llamada desde el teléfono móvil de Gregg Aldrich a Natalie Raines a las 6.38 de la tarde del 2 de marzo de hacía dos años y medio y una llamada a Jimmy Easton esa misma tarde a las 7.10.

El segundo testigo era Walter Robinson, el inversor de Broadway que había hablado con Gregg en Vinnie's-on-Broadway y que recordaba haber visto a Easton sentado a su lado en la barra.

Cuando Robinson abandonó la tribuna de los testigos, Emily se volvió hacia el juez.

—Señoría, la fiscalía concluye su alegato.

El tribunal está abarrotado, pensó al sentarse tras la mesa de la acusación. Reconoció algunas caras conocidas entre el público, personas cuyos nombres aparecían en el suplemento del *New York Post* dedicado al corazón. Como siempre, el juicio se estaba grabando en vídeo. El día anterior la había parado en el pasillo Michael Gordon, el presentador de *Primera tribuna*, quien había elogiado su trabajo y le había ofrecido que asistiera como invitada a su programa cuando el juicio hubiera acabado.

—No estoy segura —había contestado ella.

Pero más tarde, Ted Wesley le había dicho que sería un gran empujón para su reputación aparecer como invitada en un programa de emisión nacional.

—Emily, si hay un consejo que espero que sigas, es que aproveches toda la publicidad buena que se te presente.

Ya veremos, pensó ella, mientras giraba la cabeza para mirar hacia la mesa de la defensa. Ese día Gregg Aldrich llevaba un traje azul marino de raya diplomática bien hecho, una camisa blanca y una corbata azul y blanca. Tenía más color en la cara que el día anterior, y se preguntó si habría estado haciendo footing antes. También parecía más seguro de sí mismo que el día anterior. No sé qué motivo tienes para estar tan seguro, pensó, con un ligero temor.

Ese día su hija, Katie, estaba sentada en la primera fila, justo detrás de su padre. Emily sabía que solo tenía catorce años, pero parecía extrañamente madura, con el porte erguido, expresión seria y el pelo rubio y suave hasta los hombros. Es una chica muy guapa, pensó Emily, y no era la primera vez que le pasaba por la cabeza. Me pregunto si se parece a su madre.

—Señor Moore, llame a su primer testigo —indicó el juez Stevens.

Durante las tres horas siguientes, Moore llamó a testigos de solvencia moral y testigos presenciales. La primera, Loretta Lewis, había vivido al lado de Gregg cuando era pequeño.

—Era imposible encontrar un joven más amable —dijo seriamente, con la voz ronca de la emoción—. Lo hacía todo por su madre. Ella siempre estaba enferma. Él siempre fue muy responsable. Recuerdo un invierno que hubo un apagón en nuestro edificio, y él fue de casa en casa, había veinte en el bloque, llamando a la puerta con velas para que la gente pudiera iluminarse. Incluso se aseguró de que todo el mundo estaba caliente. Al día siguiente, su madre me dijo que había cogido las mantas de su propia cama y se las había llevado a la señora Shellhorn porque las que ella tenía eran muy finas.

Una de las niñeras jubiladas de Katie dijo al jurado que no había conocido a un padre más abnegado.

—La mayoría de los progenitores no dedican el tiempo y el cariño que el señor Gregg dedicaba a Katie —declaró.

Ella había trabajado para él cuatro de los cinco años que Natalie y Gregg habían estado casados.

—Natalie era más amiga que madre para Katie. Cuando ella estaba en casa, la dejaba quedarse levantada más tarde de lo normal, o cuando la ayudaba a hacer los deberes le decía las respuestas en lugar de hacer que resolviera los problemas. Gregg le decía que no lo hiciera, pero no se enfadaba por ello.

El nuevo agente que Natalie había contratado antes de morir, Leo Kearns, era un testigo sorprendente para la defensa. Estaba en la lista de testigos, pero Emily no esperaba que Richard lo llamara. Kearns explicó que él y Gregg disentían básicamente en el rumbo que debía seguir la carrera de Natalie.

—Natalie tenía treinta y siete años —dijo—. Había recibido una nominación a un Oscar a la mejor actriz, pero de eso hacía tres años. Las obras de Tennessee Williams no tienen suficiente público para mantener a Natalie en el candelero. Necesitaba unas cuantas películas de acción bien promocionadas. Yo estaba seguro de que la situarían bien. Ella era una gran actriz, pero es de sobra sabido que en el mundo del espectáculo cumplir cuarenta años puede ser el principio del fin a menos que uno ya haya triunfado.

—A pesar de que usted se iba a convertir en el nuevo agente de Natalie Raines, y por lo tanto iba a sustituir a Gregg Aldrich, ¿mostró él alguna animosidad hacia usted? —preguntó Moore.

—No. Jamás. Las únicas diferencias que tuvimos Gregg y yo fueron en nuestras opiniones respecto a cómo debía evolucionar la carrera de Natalie.

—¿Había competido alguna vez por un cliente con Gregg Aldrich?

—En el pasado, dos de mis clientes se fueron con él. Y luego uno de los suyos se vino conmigo. Los dos entendíamos el negocio. Gregg es un profesional consumado.

La secretaria de Aldrich, Louise Powell, declaró que por mucha tensión que hubiera en el despacho, Gregg nunca perdía los estribos.

—Nunca le he oído levantar la voz —aseguró.

Declaró acerca de la relación de él con Natalie.

—Estaba loco por ella. Sé que la llamaba por teléfono muchas veces cuando ya habían roto, pero también lo hacía cuando estaban casados. Ella me dijo una vez que le encantaba que fuera tan atento. Creo que esas llamadas eran su forma de demostrarle que seguía siendo atento con ella. Natalie reclamaba atención, y Gregg lo sabía.

A las doce y diez, después de que Powell abandonara el estrado, el juez Stevens preguntó a Moore si tenía más testigos.

—Mi próximo y último testigo es el señor Gregg Aldrich, señoría.

—En ese caso, se levanta la sesión hasta la una y media —decretó el juez.

Emily reconocía para sus adentros que los testigos de la defensa eran muy buenos. Durante la pausa para comer se llevó un sándwich y un café a su despacho y cerró la puerta. Se percató de que de repente estaba experimentando un bajón emocional. Estoy yendo a matar y ahora mismo siento lástima por él, pensó. El hijo cariñoso, el padre viudo, el tipo al que la felicidad le da una segunda oportunidad y luego le escupe en la cara.

Planear sus actividades en función del horario de su hija desde luego no encaja en mi imagen de agente mujeriego, pensó.

Si Mark y yo hubiéramos tenido la suerte de tener un hijo, ¿me miraría como Katie Aldrich mira a su padre? Sin duda ella lo conoce mejor que nadie en el mundo.

Su sándwich sabía a cartón. ¿Será así la comida de la cárcel? El día anterior, después de que Jimmy fuera trasladado de nuevo a la cárcel, el carcelero le había dicho que Easton había comentado que si hoy volvía allí quería un segundo café y pepinillos.

Había sido un testigo fantástico, pensaba Emily ahora... ¡pero menudo canalla estaba hecho!

Cuando Jimmy había mencionado el cajón que chirriaba,

Gregg Aldrich había parecido a punto de desmayarse. Esa prueba afianzaba el testimonio de Easton. Era el primer paso hacia la victoria que iba a determinar la forma en que Gregg iba a pasar el resto de su vida.

La pregunta absurda que no dejaba de venirle a la mente era por qué Gregg Aldrich se había quedado tan pálido cuando Jimmy había hablado del cajón. ¿Era porque sabía que estaba acabado, o porque le parecía increíble que Jimmy Easton se acordara de ese detalle?

¿Me habría acordado yo de eso?, se preguntaba Emily, al tiempo que visualizaba a Easton en la sala de estar del piso de Park Avenue, sellando un trato para cometer un asesinato, y esperando con ansia los cinco mil dólares que estaba a punto de tener en las manos.

Emily descartó esas preguntas y cogió las notas que iba a usar cuando interrogara a Gregg Aldrich.

25

Paso a paso, Richard Moore fue guiando a Gregg Aldrich por la historia de su vida: su juventud en Jersey City, su traslado a Manhattan después de la muerte de su madre, el éxito como agente teatral, su primer matrimonio y la muerte de su primera esposa, y luego su matrimonio con Natalie.

—¿Estuvieron casados cuatro años? —preguntó Moore.

—En realidad, fueron casi cinco años. Vivíamos separados, aunque todavía no nos habíamos divorciado cuando Natalie murió un año después de haberse marchado de nuestra casa.

—¿Cómo describiría su relación con su esposa?

—Muy feliz.

—Entonces, ¿por qué se separaron?

—Fue decisión de Natalie, no mía —explicó Gregg, sin alterar la voz y en actitud serena, pero visiblemente seguro—. Decidió que nuestro matrimonio no iba bien.

—¿Por qué lo decidió?

—A lo largo de nuestro matrimonio, había aceptado en tres ocasiones papeles en películas u obras de teatro que requerían que rodara en exteriores o fuera de gira. Desde luego, reconozco que me entristecían esas separaciones, pero volaba con frecuencia para verla. Katie vino conmigo en un par de esas ocasiones, cuando coincidían con las vacaciones del colegio.

Miró directamente al jurado al tiempo que continuaba:

—Soy agente teatral. Desde luego que sabía que ella era una actriz de éxito y que tenía que pasar fuera de casa largos períodos.

Cuando protestaba porque Natalie insistía en participar en una obra que la haría viajar, en realidad era porque pensaba que la obra no le convenía, no porque quisiera que estuviera en casa para prepararme la cena. Esa era la interpretación de ella, no la mía.

Claro, pensaba Emily mientras garabateaba una pregunta que iba a hacer a Aldrich cuando le tocara interrogarlo: «¿Acaso las decisiones profesionales de ella no eran lo suficientemente acertadas como para convertirla en una estrella antes de conocerlo a usted?».

—¿Creaba tensión eso en su casa? —preguntó Moore.

—Sí, pero no por el motivo que Natalie creía. Lo diré una vez más. Cuando protestaba por la calidad de un guión, ella creía que lo estaba usando como una excusa para retenerla en casa. ¿Que si la habría echado de menos? Por supuesto. Yo era su marido, su agente y su mayor admirador, pero sabía que me había casado con una actriz de éxito. El hecho de que la echara de menos no era el motivo por el que me oponía a algunos contratos que ella insistía en firmar.

—¿Y no podía hacerle entender eso?

—Ese era el problema. Ella entendía lo mucho que Katie y yo la echábamos de menos cuando estaba lejos, y llegó a creer que sería menos doloroso si estuviéramos separados y siguiéramos siendo amigos.

—¿No es cierto que al principio, después de la separación, ella pensaba mantenerlo como su agente?

—Inicialmente, sí. Creo sinceramente que Natalie me quería casi tanto como yo a ella, y que deseaba seguir cerca de Katie y de mí. Creo que después de que nos separáramos, cuando yo todavía era su agente, a ella le entristecía mucho que nos reuniéramos por asuntos de negocios y luego nos marcháramos cada uno por su lado. Resultaba doloroso para los dos.

«¿Qué hay del dolor que sufrió su cartera cuando la perdió como cliente?», garabateó Emily en su cuaderno.

—Varios amigos de Natalie han declarado que le molestaban las frecuentes llamadas telefónicas que usted le hacía después de que se separaran —afirmó Moore—. ¿Quiere hacer el favor de hablarnos de eso?

—Es exactamente lo que ha dicho esta mañana mi secretaria, Louise Powell —contestó Aldrich—. Puede que Natalie actuara como si no deseara que la persiguiera, pero creo que tenía sentimientos encontrados respecto a tramitar el divorcio. Cuando estábamos juntos le encantaba que la llamara a menudo.

Moore preguntó por el cajón ruidoso donde Jimmy Easton había asegurado que Gregg tenía guardado el dinero del adelanto por matar a Natalie.

—Ese mueble lleva en mi casa desde que Kathleen y yo lo compramos en un mercadillo hace diecisiete años. Su chirrido se ha convertido en una especie de broma familiar. Decíamos que era un mensaje de los espíritus. Nunca sabré cómo se enteró Jimmy Easton de su existencia. Él nunca ha estado en mi salón conmigo presente y, que yo sepa, no ha estado nunca allí de ninguna manera.

Moore preguntó a Gregg por el encuentro con Easton en el bar.

—Estaba sentado en la barra tomando unas copas. Reconozco que me sentía muy deprimido. Easton estaba sentado en el taburete de al lado y empezó a hablar conmigo.

—¿De qué hablaron? —preguntó Moore.

—Hablamos de los Yankees y los Mets. La temporada de béisbol estaba a punto de empezar.

—¿Le dijo que estaba casado con Natalie Raines?

—No, no se lo dije. No era asunto suyo.

—Mientras estuvieron allí, ¿descubrió él que estaba casado con Natalie Raines?

—Sí. Walter Robinson, un inversor de Broadway, me vio y se acercó. Solo quería decirme que Natalie le había parecido maravillosa en *Un tranvía llamado deseo*. Easton le oyó y se enteró de que yo era el marido de Natalie. Me dijo que había leído en la revista *People* que nos íbamos a divorciar. Yo le dije educadamente que no me apetecía hablar del tema.

Moore preguntó por las llamadas realizadas desde el móvil de Gregg a Natalie y a Easton la noche que habían estado en el bar.

—Llamé a Natalie para saludarla. Ella estaba descansando en su camerino. Le dolía la cabeza y estaba muy cansada. Le molestó que la interrumpiera y, en efecto, levantó la voz, como ha declarado el señor Easton. Pero como ya he dicho, Natalie tenía sentimientos encontrados. El día antes había estado al teléfono veinte minutos diciéndome lo dura que le resultaba la separación.

Moore preguntó entonces por la llamada al teléfono de Easton.

A Emily se le hizo un nudo en el estómago porque no sabía cómo iba a explicarla Aldrich. Su abogado había propuesto una teoría alternativa durante el interrogatorio, pero Gregg no había hecho más declaraciones después de la aparición de Easton. Ella sabía que ese testimonio podía decidir el juicio.

—Un poco después de preguntarme por Natalie, Easton dijo que iba al lavabo de caballeros. Desde luego, a mí me daba igual lo que hiciera, sobre todo después de haberme preguntado por Natalie. A esas alturas tenía hambre y pedí una hamburguesa que me comí en la barra. Unos cinco minutos más tarde, Easton volvió y me dijo que no encontraba su móvil y que creía que lo había dejado en algún lugar del bar. Me pidió que marcara su número para ver si sonaba el teléfono y, con suerte, lo encontraba.

Gregg hizo una pausa y miró en dirección al jurado.

—Me dijo su número y lo marqué. Oí el tono por mi teléfono, pero no sonó ningún móvil en el bar. Dejé que sonara unas quince veces para que él pudiera dar una vuelta y ver si lo localizaba. Recuerdo que no se activó el buzón de voz; simplemente el teléfono siguió sonando. Unos treinta segundos más tarde, cuando todavía estaba sonando, él contestó y me dio las gracias. Dijo que lo había encontrado en el lavabo. Fue lo último que supe de él hasta que lo detuvieron por robar en una casa y le contó a la policía esa historia ridícula.

—Que usted sepa, ¿alguien más oyó que le pedía que lo llamara por teléfono?

—Creo que no. Había mucho ruido en el bar. Yo no conocía a ninguna persona más de las que estaban allí. Dos años después, Easton apareció contando esa mentira indignante. Ni siquiera sabía a quién preguntar si recordaba algo.

—Por cierto, ¿le dijo el señor Easton que era un delincuente profesional y que le estaba costando encontrar trabajo?

—¡De ninguna manera! —respondió Gregg.

—El viernes, 13 de marzo, de hace dos años —prosiguió Moore—, usted fue a ver a Natalie a su última representación de *Un tranvía llamado deseo*. Los testigos han afirmado que se sentó en la última fila, con cara impasible, y que no participó en la ovación en pie. ¿Cómo explica eso?

—No tenía intención de ir a ver la función, pero había oído hablar tanto de su interpretación que no pude resistirme. Compré una entrada para la última fila a propósito. No quería que Natalie me viera porque temía que se disgustara. No me levanté a aplaudir porque estaba emocionalmente agotado. Creo que en ese momento volví a darme cuenta de lo magnífica actriz que era.

—¿Recibió una llamada telefónica de ella a la mañana siguiente?

—Recibí un mensaje de ella en el móvil en el que me decía que había ido a Cape Cod, que asistiría a la reunión que teníamos programada el lunes, y me pedía que no la llamara durante el fin de semana.

—¿Cómo reaccionó usted a ese mensaje?

—Reconozco que me molestó. Natalie me había dado a entender antes que había conocido a otra persona. Era muy importante para mí saber si era verdad. Así que tomé la decisión de ir a Cape Cod. Decidí que si la veía con otra persona, tendría que aceptar que nuestro matrimonio había acabado.

«Pregúntale por qué no contrató a un investigador privado para que lo comprobara», escribió Emily en su bloc.

—¿Por qué alquiló un coche, un Toyota verde, para ir a

Cape Cod cuando su vehículo, un Mercedes-Benz, estaba en el garaje de su edificio?

—Como es natural, Natalie habría reconocido mi coche. La matrícula tenía las iniciales de los dos. Yo no quería que ella ni ninguna otra persona supiera que la estaba vigilando.

—¿Qué hizo cuando llegó a Cape Cod, Gregg?

—Me registré en un pequeño motel de Hyannis. Conocemos a muchas de las personas que viven allí, y no quería encontrarme con ninguna de ellas. Solo quería ver si Natalie estaba sola.

—¿Pasó por delante de su casa con el coche varias veces?

—Sí. Hace años transformaron el garaje en una sala de recreo y no llegaron a construir uno nuevo. No había un garaje donde pudiera estar el otro coche. Cuando pasé por delante de la casa, solo vi su coche en la entrada, y supe que estaba sola.

«Imagínese que ella hubiera recogido a alguien por el camino —escribió Emily en su cuaderno—. ¿Cómo puede dar por hecho que estuviera sola solo porque no había otro coche?»

—¿Qué hizo entonces, Gregg? —preguntó Moore.

—Pasé por delante de su casa el sábado a primera y última hora de la tarde, y el domingo tres veces. En todas esas ocasiones, únicamente vi su coche en la entrada. Los dos días el cielo estuvo nublado y las luces de la casa estuvieron encendidas, así que di por sentado que ella estaba allí. Luego, el domingo en torno a las ocho de la tarde, emprendí el camino de vuelta a Manhattan. Habían dicho que se avecinaba una tormenta muy fea y quería volver a casa.

—¿A esas alturas había tomado alguna decisión respecto a si seguir intentando reconciliarse con Natalie Raines?

—De camino a casa recuerdo que pensé en algo que había leído. No estoy seguro de si era acerca de Thomas Jefferson, pero creo que sí. En cualquier caso, la cita dice: «Nunca estoy menos solo que estando solo».

—«Nunca estoy menos solo que estando solo.» ¿Llegó a la conclusión de que ese era el caso de Natalie? —preguntó Moore.

—Sí. Creo que el domingo por la noche, camino de casa, me resigné a esa realidad.

—¿A qué hora llegó a casa?

—En torno a la una de la madrugada. Estaba agotado y me fui directo a la cama.

—¿Qué hizo el lunes por la mañana?

—Salí a hacer footing a Central Park. Luego devolví el coche de alquiler.

—¿A qué hora salió a hacer footing?

—A las siete y cuarto más o menos.

—Y devolvió el coche a las diez y cinco.

—Sí.

—¿Corrió ese día más de lo normal?

—Normalmente corro una hora aproximadamente y a veces sigo paseando después. En ocasiones, sobre todo cuando estoy dando vueltas a algo en la cabeza, pierdo la noción del tiempo.

¡Ya lo creo!, pensó Emily.

—¿Con qué frecuencia, señor Aldrich, pierde la noción del tiempo cuando hace footing o pasea? —preguntó Richard Moore, en tono comprensivo.

—No hay una pauta establecida, pero cuando tengo muchas cosas en la cabeza puede ocurrir.

Gregg se acordó de que le había sucedido esa misma mañana. Salí de casa antes de las cinco y media y volví a las siete y media. Tuve que correr a ducharme y cambiarme de ropa para llegar a tiempo. No se lo diré al jurado, pensó para sus adentros. Creerán que estoy chiflado.

No hay una pauta establecida, pero ocurrió la mañana que murió Natalie, pensó Emily. Qué oportuno.

Las siguientes preguntas de Richard Moore se centraron en la reacción de Gregg Aldrich cuando recibió la llamada en la que le comunicaron la muerte de Natalie.

—No podía creerlo. Parecía imposible. Me quedé totalmente destrozado.

—¿Qué hizo cuando se enteró?

—Salí de mi despacho inmediatamente y fui a ver a la madre de Natalie.

Gregg miró directamente a Alice Mills, que se hallaba sentada en la tercera fila. Aunque normalmente se aislaba a los testigos, a ella le habían permitido presenciar el resto del juicio después de prestar declaración.

—Estábamos perplejos y conmocionados. Lloramos juntos. Lo primero en lo que Alice pensó fue en Katie. —Su voz se llenó de tensión—. Ella sabía lo mucho que se querían Katie y Natalie. Insistió en que fuera enseguida a darle la noticia a Katie antes de que se enterara por otra persona.

Iban a dar las cuatro. Moore va a alargarlo para que el jurado se quede todo el fin de semana sintiendo lástima por Gregg, pensó Emily.

Profundamente decepcionada porque no iba a poder empezar su interrogatorio hasta el lunes, Emily se cuidó de mantener su porte imperturbable.

26

Esa noche el grupo de expertos de *Primera tribuna* coincidió en que Gregg Aldrich se había desenvuelto bien durante el interrogatorio y en que, si lograba resistir el interrogatorio de la acusación, existían bastantes posibilidades de que el jurado no se pusiera de acuerdo y alguna probabilidad de que lograra la absolución.

—El veredicto de este caso depende del testimonio de un ladrón —recordó al grupo de expertos el juez retirado Bernard Reilly—. Si encuentran una explicación razonable que demuestre cómo Jimmy Easton pudo enterarse de que Aldrich tenía un cajón que chirriaba, cabrá una duda razonable entre el jurado. El resto de las pruebas relacionadas con Easton se reducen a su palabra contra la de Aldrich.

El juez Reilly sonrió.

—Yo he charlado varias veces con desconocidos en un bar, y si uno de ellos apareciera diciendo que le dije que quería matar a mi mujer, sería su palabra contra la mía. Lo único que tengo que decir es que la explicación que ha dado Aldrich de la llamada de teléfono a Easton me ha parecido perfectamente posible y verosímil.

De repente, Michael Gordon sintió que le embargaba la emoción y se dio cuenta de que una parte de él todavía esperaba que su amigo fuera exculpado.

—Tengo algo que decir —se oyó decir Gordon—. Cuando Jimmy Easton salió de no sé sabe dónde, sinceramente creí que estaba diciendo la verdad, que Gregg Aldrich había cometido el crimen. He presenciado muchas veces lo loco que Gregg estaba por Natalie y lo disgustado que estaba con su ruptura. De veras creí que le había dado por matarla.

Gordon echó un vistazo a los rostros interrogativos del grupo de expertos.

—Sé que esto es un hecho sin precedentes. Mi táctica ha consistido en ser neutral durante el juicio y, en todo caso, me he excedido en esta ocasión. Como dije el primer día, Gregg y Natalie eran amigos íntimos míos. Me he distanciado de Gregg expresamente desde que fue acusado y, al oírlo en la tribuna de los testigos y contemplar el resto de las pruebas, ahora me arrepiento profundamente de haber dudado de él. Creo que Gregg está diciendo la verdad. Creo que es inocente y que la acusación que pesa contra él es una gran tragedia.

—Entonces, ¿quién cree que disparó a Natalie Raines? —preguntó Reilly.

—Puede que ella entrara en su casa cuando estaban cometiendo un robo —propuso Gordon—. Aunque no desapareció ningún objeto, al intruso pudo haberle entrado pánico y haber huido después de matarla. O pudo haber sido un admirador desquiciado. Muchas personas tienen piedras artificiales que esconden llaves en sus jardines. Un ladrón experto sabría buscar una.

—A lo mejor habría que preguntar a Jimmy Easton si alguna vez ha buscado una —propuso Brett Long, el psicólogo criminalista.

Mientras todos se reían, Michael Gordon recordó a los espectadores que el lunes Emily Wallace, la hermosa y joven fiscal, comenzaría a interrogar a Gregg Aldrich.

—Él es el último testigo de la defensa. Luego, cuando los abogados resuman sus argumentos y el juez instruya al jurado sobre el modo de proceder, el caso quedará en manos del jurado. Cuando sus miembros empiecen a deliberar, realizaremos otra encuesta en nuestra página web. No se olviden de sopesar las pruebas y emitir su voto. Muchas gracias por ver *Primera tribuna*. Buenas noches.

Eran las diez. Después de charlar un rato con los expertos, Michael fue a su despacho y marcó un número de teléfono que no marcaba desde hacía siete meses. Cuando Gregg contestó, dijo:

—¿Por casualidad has visto el programa?

La voz de Gregg Aldrich sonaba ronca.

—Sí, lo he visto. Gracias, Mike.

—¿Has cenado ya?

—No tenía hambre.

—¿Dónde está Katie?

—En el cine con una amiga.

—Jimmy Neary no cierra la cocina hasta tarde. Nadie te molestará allí. ¿Qué me dices?

—Suena bien, Mike.

Cuando Michael Gordon colgó el aparato se percató de que tenía los ojos húmedos.

Debería haber estado a su lado desde el principio, pensó. Parece muy solo.

27

Emily vio *Primera tribuna* en su sala de estar mientras bebía a sorbos una copa de vino. Estoy de acuerdo, pensó, al escuchar los comentarios del juez jubilado. La acusación depende del testimonio de un charlatán como no he conocido en la vida.

Se dio cuenta de lo desilusionada y deprimida que se sentía. Sé el motivo, se dijo. Estaba obsesionada por atrapar a Aldrich. Entonces Richard consiguió sacar declaraciones a la vecina de Jersey City, la secretaria, la niñera, y todas pensaban que Gregg Aldrich era un santo. Hice bien no interrogándolas. Si hubiera intentado hacerlas quedar mal, habría cometido un gravísimo error.

¿Y Leo Kearns, el otro agente? ¿Debería haberlo investigado más? Tal vez. Nadie es tan altruista cuando pierde a un cliente. El oficio de agente teatral debe de ser duro. Kearns hacía que pareciera un partido de tenis: cero a cero.

Gregg Aldrich. El dolor reflejado en su cara cuando hablaba de su primera mujer... Me estoy poniendo sensiblera, pensó Emily. Sentía el mismo tipo de dolor que había sentido al enterarse de que Mark estaba muerto.

«Arriba en la montaña hay un chalet nuevo... y Jean es tan atrevido y sincero... que lo ha reconstruido entero.» Le vino a la cabeza una canción tradicional de la infancia. Gregg Aldrich trató de reconstruir su vida, pensó. Volvió a casarse. Era evidente que estaba muy enamorado de Natalie. Luego, cuando ella fue asesinada, no solo lloró su pérdida, sino que tuvo que defenderse de los policías que creían que la había matado.

Se tragó el resto del vino. Dios mío, ¿qué me pasa?, se preguntó airadamente. Mi trabajo consiste en condenar a ese tipo.

Luego, hacia el final de *Primera tribuna*, Michael Gordon salió en defensa de Aldrich. Sabedora de que Gordon era considerado un analista imparcial, Emily se llevó una sorpresa.

Pero a continuación sintió que su determinación se afianzaba. Si él representa a la gente que ve el programa, y si representa la forma de pensar del jurado, me va a costar el trabajo, pensó.

28

—Vaya, qué sorpresa —comentó Isabella Garcia a su marido, Sal, mientras se hallaban sentados en su pequeña sala de estar de la calle Doce Este, en Manhattan.

Había estado absorta viendo *Primera tribuna* y apenas dio crédito a sus oídos cuando Michael Gordon dijo al resto de los expertos que ahora creía que Gregg Aldrich era inocente del asesinato de Natalie Raines. Sin embargo, pese a estar totalmente sorprendida, comentó a Sal que, bien pensado, lo que Gordon estaba diciendo tenía mucho sentido.

Sal estaba bebiendo una cerveza a sorbos y leyendo la sección de deportes del periódico. Salvo por las noticias y los partidos de béisbol y fútbol americano, la televisión le importaba un bledo, y tenía el don de desconectar de la imagen y el sonido cuando estaba leyendo.

Lo cierto era que el día anterior no había prestado atención cuando Belle le había dicho que viera los vídeos que estaban emitiendo del ladrón, Jimmy, en el estrado. Pero al echar un vistazo, el tipo le había resultado vagamente familiar por algún motivo. Sin embargo, no recordaba dónde podía haberlo conocido, y de todas formas le daba igual.

Consciente de que ahora que el programa había acabado Belle tendría ganas de hablar, Sal bajó el periódico obedientemente. Después de ver *Primera tribuna*, le gustaba airear su opinión de los acontecimientos que habían tenido lugar ese día en el juicio. Por desgracia, su anciana madre estaba de crucero por el Caribe con varias amigas que eran viudas como ella, y por ese motivo no podía mantener con ella su habitual y larga conversación telefónica.

—Me parece que Gregg lo ha hecho de maravilla —comenzó Belle—. Ya sabes, es muy majo. Cuesta imaginar por qué Natalie querría dejarlo. Si hubiera sido nuestra hija, la habría hecho sentarse y le habría dicho que un hombre muy sabio escribió: «Al final de la vida nadie dice: "Ojalá hubiera pasado más tiempo en el despacho"».

—Ella estaba en el escenario, no en un despacho —señaló Sal.

Cualquiera diría que el caso dependía de la opinión de Belle, pensó, medio divertido, medio irritado, mientras miraba a la que era su mujer desde hacía treinta y cinco años. Hacía décadas que se teñía el pelo, de modo que a sus sesenta años tenía el mismo tono negro azabache que cuando él la había conocido. Su cuerpo estaba más grueso, pero no mucho. Las comisuras de su boca se curvaban hacia arriba porque sonreía con facilidad. Él siempre intentaba tener presente que era una suerte que Belle tuviera tan buen carácter. Su hermano estaba casado con una bruja.

—Escenario, despacho... Ya sabes a lo que me refiero. —Belle rechazó el comentario de Sal—. Y Katie es una niña muy guapa. Me gusta ver los vídeos de ella que pone Michael en el programa.

Belle se refería a las personas como si fueran o hubieran sido buenos amigos de ella, pensaba Sal. A veces, cuando estaba contándole una anécdota, él tardaba varios minutos en darse cuenta de que no estaba hablando de alguien a quien conociera íntimamente. Michael Gordon, el presentador de *Primera tribuna*, era siempre «Michael». Natalie Raines era siempre «Natalie». Y, cómo no, se refería cariñosamente al asesino acusado como «Gregg».

A las diez menos veinte, a Belle todavía le quedaban energías. Estaba diciendo que había sido una suerte que Suzie, la asistenta que trabajaba en la casa de al lado de la actriz, fuera tan fisgona que había entrado a ver a Natalie y la había encontrado moribunda en el suelo de la cocina.

—No sé si yo hubiera tenido el valor para entrar en esa cocina —dijo Belle.

Venga ya, pensó Sal. Para Belle, una puerta cerrada era una invitación a ver lo que pasaba al otro lado. Se levantó.

—Estoy seguro de que tú habrías ayudado si hubieras tenido la oportunidad —dijo con cansancio—. No puedo más. Mañana tenemos que ir a recoger unas cosas a Staten Island. Unas personas se mudan a Pearl River.

Al meterse en la cama un cuarto de hora más tarde, volvió a asaltarle el nombre de Jimmy Easton. No le extrañaba que ese tipo le sonara, pensó. Hace un par de años trabajó para nosotros alguna que otra vez.

No era de fiar.

No duró mucho.

29

El sábado por la mañana, como hacía todos los días, Zach observó cómo Emily desayunaba a través de las tablillas de su persiana. Ya eran las ocho y media. Se ha regalado dos horas de sueño más, pensó. El día anterior se había ido de casa a las seis y media de la mañana. Hoy se tomó tiempo para beber una segunda taza de café mientras leía el periódico. Su perra, Bess, se hallaba sobre su regazo. Él odiaba a aquella perra. Envidiaba su proximidad con Emily.

Cuando ella subió a vestirse, sintió la familiar decepción que experimentaba por no poder verla ni oírla. Se quedó en la ventana unos veinte minutos hasta que vio que se metía en su coche. Era un día cálido de principios de octubre, y llevaba unos tejanos y un jersey. Cuando iba al despacho los fines de semana no se ponía elegante. Zach estaba seguro de que iba a trabajar en el caso.

Había planeado lo que haría ese día hasta que ella volviera a casa: las primeras hojas habían empezado a caer, y se pasó la mañana recogiéndolas con el rastrillo y metiéndolas en grandes bolsas de plástico para cuando se llevaran la basura.

Zach estaba seguro de que Emily no volvería hasta media tarde como muy pronto. Después de comer, fue al vivero de la zona y compró unas plantas de otoño. Le gustaban especialmente los crisantemos amarillos, y decidió bordear el camino que había desde la entrada hasta el porche de su casa con ellos, aunque no iba a estar allí suficiente tiempo para disfrutar de las flores.

Mientras metía las flores apretujadas en un carro de la compra, se sorprendió deseando poder comprar unas para Emily. También quedarían bonitas en el camino de la casa de ella. Con lo mucho que trabaja, apenas le queda tiempo para ella misma, y menos aún para su jardín, pensó. Pero él sabía que si intentaba ser amable con ella, lo malinterpretaría. Y entonces...

La verdad es que no importa, concluyó, mientras pagaba a la cajera. ¡Ella tampoco iba a estar allí mucho más para disfrutar de ellas! Todavía estaba enfadado consigo mismo por haber sido tan tonto de quedarse sentado en su porche la noche que ella había vuelto a casa, hacía ya unas semanas. Había echado a perder la creciente amistad que había entre ellos, y ahora ella lo evitaba por completo.

Al menos se alegraba de haberse llevado el elegante camisón de un cajón el último día que había registrado la casa. Estaba seguro de que no lo echaría en falta. Por lo menos tenía ocho en ese cajón, y por lo que había visto en el cesto de la ropa sucia, normalmente dormía con una larga camiseta de manga corta.

Recorrió el breve trayecto a casa en coche, pensando que en el par de semanas que habían pasado desde que el rechazo de Emily se había hecho manifiesto, él había iniciado los preparativos para marcharse de New Jersey.

Tan pronto como la hubiera matado.

Alquilaba la casa por meses. Había informado a los propietarios de que iba a dejarla el primero de noviembre. También había avisado en el trabajo de que se marcharía a finales de octubre. Había dicho a todo el mundo que su anciana madre, que vivía en Florida, tenía problemas graves de salud y necesitaba que él estuviera con ella.

Zach sabía que tenía que desaparecer después de que Emily muriera pero antes de que su cuerpo fuera hallado. Estaba seguro de que la poli investigaría a todos los vecinos, y sin duda él había sido visto paseando al perro de ella. Además, cabía la posibilidad de que Emily hubiera comentado a su familia o amigos que el vecino de al lado le parecía raro y la hacía sentirse incómoda. Puedes tener por seguro que se lo dirían a la policía, pensó.

Recordó que Charlotte, su tercera esposa, lo había echado de su propia casa y después le había dicho a su nuevo novio que él era raro y que le daba miedo. Hacías bien en tenerme miedo, cielo, se dijo soltando una risita. Solo siento no haberme ocupado de mi antiguo amigo, el que se convirtió en tu novio, de la misma forma.

En total, compró veintiséis recipientes con crisantemos. Se lo pasó muy bien dedicando el resto de la tarde a plantarlos. Tal como esperaba, Emily volvió a casa en torno a las cinco. Lo saludó con la mano al salir del coche, pero se apresuró a entrar en su casa.

Él advirtió que tenía cara de cansancio y de estrés. Estaba convencido de que pasaría la noche en casa y se prepararía la cena. Eso esperaba. Pero a las seis y veinte oyó a través de la ventana lateral abierta el sonido de su coche al arrancar. Llegó a la ventana a tiempo para ver cómo salía dando marcha atrás y vislumbró la blusa de seda, el collar de perlas y los grandes pendientes que llevaba.

Va toda emperifollada, pensó amargamente. Seguramente ha quedado para cenar con unas amigas. Por lo menos nadie la había recogido, así que seguramente no tenía una cita. Sintió que su ira aumentaba. No quiero que haya nadie más en su vida. ¡Ni una sola persona!

Sintió que se estaba alterando mucho. Sabía que no tardaría ni un minuto en cortar un cristal de la ventana, entrar en su casa y estar esperándola cuando volviera. La alarma no supondría un problema. Era un sistema de seguridad rudimentario y barato. Podría desactivarla sin problemas desde fuera.

Todavía no, se advirtió a sí mismo. Todavía no estás listo. Necesitas cambiar de coche y alquilar una casa pequeña en Carolina del Norte. Mucha gente se trasladaba allí, y estaba seguro de que con una nueva identidad desaparecería fácilmente.

Decidido a dejar de pensar en lo que estaba haciendo Emily,

entró en la cocina, sacó el envase de hamburguesas que había comprado para la cena y encendió la televisión. Le gustaban varios programas de la noche del sábado, sobre todo *La caza del fugitivo*, que se emitía a las nueve de la noche.

En los últimos años habían presentado reportajes sobre él en dos ocasiones. Se había divertido viéndolos y burlándose de las imágenes infográficas que, según afirmaban, podían guardar parecido con él en la actualidad.

Ni de lejos, había pensado riéndose socarronamente.

30

Ted Wesley había invitado a Emily a cenar en su casa el sábado por la noche.

—Van a venir unos amigos —le había explicado—. Queremos estar con las personas que de veras nos importan antes de marcharnos.

Iba a empezar a trabajar en Washington el 5 de noviembre. Emily sabía que la casa de Saddle River ya estaba en venta.

Era la primera vez que recibía una invitación a cenar de Ted y Nancy Wesley. Sabía que se debía a la publicidad favorable que había generado en los medios de comunicación durante el juicio. A Ted le gustaba dejarse ver con las personas que eran el centro de atención. ¡Las personas de éxito!

Gane o pierda, los periódicos con mis fotos llenarán los cubos de basura la semana que viene, pensaba, mientras recorría Saddle River en coche y se metía en Foxwood Road. Si pierdo, pasará muchísimo tiempo hasta que me vuelvan a invitar, se dijo irónicamente.

La casa de Ted era una de las mansiones en miniatura más grandes de la sinuosa calle. Desde luego no la ha comprado con el salario de fiscal, pensó Emily: antes de ser fiscal había sido socio del prestigioso bufete de su padre, pero ella sabía que el dinero abundante venía de su mujer, Nancy, cuyo abuelo materno había creado una cadena de grandes almacenes de lujo.

Emily aparcó el coche junto a la rotonda situada al final del camino de acceso a la casa. Había refrescado y, al salir del coche, respiró hondo aire fresco varias veces. Era agradable. Apenas he salido de casa para despejar los pulmones, pensó. A continuación aceleró el paso. No se había molestado en llevar una chaqueta y no le habría venido mal una.

Pero se alegraba de haber decidido ponerse una blusa de seda con un estampado vistoso. Sabía que la fatiga, causada por las abundantes horas que dedicaba a trabajar, se reflejaba en su cara. El maquillaje cuidadosamente aplicado ayudaba a ocultarlo un poco. Y también los colores vivos de su blusa. Cuando el juicio acabe, por mucho trabajo amontonado que tenga en la mesa, me voy a tomar unos días de vacaciones, decidió, mientras llamaba al timbre de la casa.

Ted abrió la puerta en persona, la hizo pasar y dijo con admiración:

—Esta noche está muy glamurosa, abogada.

—Estoy de acuerdo —dijo Nancy Wesley.

Había seguido a su marido hasta la puerta. Nancy era una rubia esbelta que rondaba los cincuenta años y poseía la impronta de una persona nacida entre privilegios y riqueza. Pero su sonrisa era sincera, y cogió las manos de Emily entre las suyas al tiempo que depositaba un beso fugaz en su mejilla.

—Hemos invitado a otras tres personas. Estoy segura de que te caerán bien. Ven a conocerlas.

Emily logró echar un rápido vistazo al vestíbulo mientras seguía a los Wesley. Impresionante, pensó. Escalera doble de mármol. Terraza. Araña de luces antigua. Me he vestido de la manera adecuada. Al igual que ella, Nancy Wesley llevaba unos pantalones de seda negros y una blusa de seda. La única diferencia era que su blusa era de un tono azul pastel.

Otras tres personas, pensó Emily. Temía que los Wesley hubieran invitado a un hombre soltero como una especie de compañero de cena para ella. El año anterior le había ocurrido varias veces en otras circunstancias. Puesto que todavía echaba mucho de menos a Mark, no solo había sido molesto, sino también doloroso. Espero volver a estar lista algún día, meditó, pero todavía no. Trató de reprimir una sonrisa. Claro que aunque hubiera estado lista, se dijo, los payasos que me han presentado hasta ahora han sido horribles.

Le alivió ver que las otras tres personas que había en la sala de estar eran un hombre y una mujer, ambos con aspecto de tener cincuenta y pocos años, sentados en un sofá junto a la chimenea, y otra mujer que parecía rondar los setenta, sentada en una butaca de orejas. Reconoció al hombre: Timothy Moynihan, un actor que participaba en un espacio televisivo nocturno que llevaba mucho tiempo en antena. Interpretaba a un cirujano jefe en una serie dramática sobre un hospital.

Ted se lo presentó, y también a su mujer, Barbara.

Tras saludar a su esposa, Emily preguntó sonriendo a Moynihan:

—¿Debo llamarlo «doctor»?

—No estoy de guardia, así que Tim servirá.

—Lo mismo digo. Por favor, no me llame «fiscal».

A continuación, Ted se volvió hacia la mujer mayor:

—Emily, esta es otra amiga del alma... y ella sí que es doctora en la vida real, psicóloga concretamente.

Emily respondió a la presentación y al momento estaba sentada con el grupo bebiendo una copa de vino. Notó que empezaba a relajarse. Cuánto refinamiento, pensó. Hay vida fuera del caso Aldrich, aunque solo sea por una noche.

Cuando pasaron al comedor y Emily vio la mesa espléndidamente dispuesta, pensó por un instante en la sopa o el sándwich para comer, o en la cena para llevar que durante los últimos meses prácticamente habían constituido alta cocina para ella.

La cena estaba deliciosa, y la conversación era agradable y divertida. Tim Moynihan era un contador de anécdotas consumado y les contó muchas de las que pasaban entre bastidores en su serie. Mientras escuchaba y se reía, Emily comentó que aquello era mejor que leer los ecos de sociedad. Preguntó cómo se habían conocido él y Ted.

—Fuimos compañeros de habitación en Carnegie Mellon —explicó Wesley—. Tim se especializó en teatro y, lo creas o no, yo también participé en unas cuantas obras. Mis padres no me dejaron hacerme actor porque creían que acabaría muriéndome de hambre. Tenía pensado estudiar derecho, pero creo que lo poco que aprendí de interpretación me ha ayudado en la sala de justicia como abogado y fiscal.

—Emily, Nancy y Ted nos han advertido que esta noche tienes prohibido hablar del caso —dijo Moynihan—. Pero tengo que decirte una cosa: Barbara y yo hemos estado siguiéndolo de cerca en *Primera tribuna*. Las imágenes que hemos visto de ti en la sala del tribunal me dicen que podrías haber triunfado como actriz. Tienes una presencia y un porte tremendos, y algo más: la forma en que haces las preguntas y tus reacciones a las respuestas de los testigos transmiten mucho a los espectadores. Por ejemplo, la mirada fulminante que lanzaste a Gregg Aldrich varias veces durante el testimonio de Easton lo decía todo.

—No sé si Ted me echará la bronca si saco el tema —dijo Barbara Moynihan, en tono un tanto vacilante—. Pero no debió de hacerte ninguna gracia cuando Michael Gordon dijo que cree que Gregg Aldrich es inocente.

Emily se dio cuenta de que Marion Rhodes, la psicóloga, estaba esperando su respuesta con vivo interés. Y era perfectamente consciente de que pese a encontrarse en un marco social, su jefe, el fiscal del condado, también estaba sentado a la mesa.

Escogió las palabras con cuidado.

—No sería la fiscal de este caso, ni habría podido serlo, si no creyera firmemente que Gregg Aldrich mató a su mujer. La tragedia para él y su hija y para la madre de Natalie Raines es que seguramente él quería mucho a Natalie. Pero estoy segura de que a lo largo de los años la doctora Rhodes ha visto muchas veces que personas que normalmente son muy honradas pueden hacer cosas terribles cuando están muy celosas o tristes.

Marion Rhodes asintió con la cabeza.

—Tienes toda la razón, Emily. Por todo lo que he oído y

leído, Natalie Raines probablemente todavía quería a su marido. Si hubieran buscado ayuda psicológica y hubieran hablado detenidamente de los problemas causados por las frecuentes separaciones que vivían cuando ella estaba de viaje, las cosas podrían haber acabado de forma distinta.

Ted Wesley miró a su mujer y, con sorprendente candor, dijo:

—Gracias a Marion, a nosotros nos dio resultado. Ella nos dio la ayuda que necesitábamos cuando Nancy y yo pasamos por una mala racha hace años. Si nos hubiéramos separado entonces, mira todo lo que hubiéramos echado por la borda. Nuestros hijos no habrían nacido. No estaríamos a punto de instalarnos en Washington. Después de recibir su asesoramiento psicológico, Marion se convirtió en nuestra amiga del alma.

—A veces, cuando la gente experimenta traumas emocionales o conflictos en una relación importante, puede ser de gran ayuda trabajar con un buen terapeuta —dijo Rhodes en voz baja—. Claro que no todos los problemas se pueden solucionar ni todas las relaciones pueden, o deben, salvarse. Pero existen los finales felices.

Emily tenía la incómoda sensación de que Marion Rhodes estaba dirigiendo esos comentarios a ella. ¿Era posible que Ted le hubiera tendido una trampa, no para conocer a un hombre, sino a una terapeuta? Sorprendentemente, ella no le guardaba rencor. Estaba segura de que Ted y Nancy habían hablado a los otros invitados de la muerte de Mark y de su operación. Recordó que en una ocasión Ted le había preguntado si había ido a ver a un terapeuta para hablar de todo lo que había sufrido. Ella había respondido que estaba muy unida a su familia y que tenía muy buenos amigos. Le había contado que el mejor terapeuta para ella, como para muchas personas que experimentaban pérdidas, era el trabajo. El trabajo duro.

Tal vez Ted también ha dicho a Marion que mi padre y mi hermano se han trasladado, pensó Emily. Y Ted también sabe que con los horarios de trabajo que he tenido, he podido pasar muy poco tiempo con mis amigos. Sé que él ha sido muy comprensivo con todo lo que ha pasado. Pero, como pensaba esta noche al llegar aquí, si pierdo el caso, él recibirá muchas críticas por habérmelo asignado. Veremos lo mucho que le importo si eso ocurre.

La velada tocó a su fin a las diez. Para entonces Emily estaba deseando irse a casa. La breve evasión de la que había disfrutado durante las últimas horas había concluido. Quería dormir como es debido y estar en su despacho el domingo por la mañana temprano. Después de la impresión favorable que Gregg Aldrich había causado en el estrado hasta entonces, sentía de nuevo una profunda inquietud respecto al interrogatorio.

¿O era algo más que eso?, se preguntó mientras conducía hacia casa. ¿Me preocupa de verdad el interrogatorio y el veredicto?

¿O me aterra haber cometido un terrible error y que otra persona matara a Natalie?

31

El sábado a las nueve de la noche, Zach, acomodado en la pequeña sala de estar de su casa de alquiler, y sentado donde podía ver la entrada de la vivienda de Emily, cambió de canal para poder ver *La caza del fugitivo*. Un par de cervezas habían ayudado a calmar sus nervios, y estaba cansado de trabajar en el jardín y plantar los crisantemos. Se preguntaba si, al volver a casa del trabajo o al salir más tarde, Emily se había fijado en lo bien que quedaban los crisantemos amarillos a lo largo del sendero de su casa.

Empezó a sonar la música de fondo de *La caza del fugitivo*.

—Esta noche tendremos tres crónicas sobre antiguos casos —comenzó el presentador, Bob Warner—. Nuestra primera crónica es una actualización de la búsqueda realizada durante dos años del hombre conocido como Charley Muir. Puede que recuerden nuestras dos crónicas anteriores sobre él: una después de los asesinatos múltiples en Des Moines, Iowa, ocurridos hace dos años y la continuación emitida el año pasado.

»La policía afirma que Muir estaba muy resentido por el divorcio y se indignó cuando el juez concedió la casa a su mujer. Dicen que ese fue el motivo del asesinato de su mujer, sus hijos y su madre. Cuando fueron hallados los cadáveres, él ya se había marchado y no ha sido visto desde entonces.

»La investigación continuada ha desvelado asombrosas nuevas pruebas que demuestran que es responsable de los asesinatos de otras dos mujeres, quienes ahora sabemos que fueron su primera y su segunda esposa. La primera, Lou Gunther, falleció en Minnesota hace diez años. La segunda, Wilma Kraft, falleció en Massachusetts hace siete años. Durante cada uno de sus tres matrimonios conocidos, utilizó una identidad distinta y cambió continuamente de aspecto. En Minnesota era conocido como Gus Olsen y en Massachusetts como Chad Rudd. Ignoramos su nombre real.

Warner hizo una pausa, y su tono de voz cambió.

—No se pierdan el resto de esta increíble historia. Volvemos después de la publicidad.

Siguen en ello, pensó Zach despectivamente. Pero hay que reconocerles el mérito: ahora me han relacionado con los otros dos crímenes. La última vez no lo sabían. Veamos la pinta que se supone que tengo ahora.

Mientras emitían los anuncios, Zach se levantó para ir a por otra cerveza. Estaba dispuesto a echarse unas risas con las próximas imágenes, pero no podía evitar sentirse inquieto. El hecho de que lo hubieran relacionado con los crímenes de Minnesota y Massachusetts le preocupaba.

Volvió a sentarse frente al televisor con la cerveza en la mano. El programa se reanudó. Warner empezó a mostrar unas fotografías de la tercera esposa de Zach, Charlotte, con sus hijos y su madre, seguidas de fotografías de Lou y Wilma. Describió la brutalidad de sus muertes. Charlotte y su familia habían muerto a tiros. Lou y Wilma habían sido estranguladas.

Para gran consternación de Zach, Warner mostró unas fotografías de él que habían sido proporcionadas por miembros de las familias de las víctimas. Las fotografías cubrían un período de diez años, entre los crímenes de Minnesota, Massachusetts y Iowa, y demostraban que en varias ocasiones había llevado barba o había ido totalmente afeitado, y que había llevado el pelo largo o cortado al rape. En ellas aparecía con gafas gruesas, con gafas ovaladas con montura metálica o sin gafas. Las fotografías también revelaban que su peso oscilaba entre la extrema delgadez y la obesidad, para pasar de nuevo a la extrema delgadez.

Warner continuó exhibiendo unas imágenes de Zach en las que se recreaba informáticamente el paso del tiempo y se alternaban las distintas variaciones potenciales de su cabeza y su vello facial, su peso y sus gafas. Zach descubrió con horror que una de ellas guardaba un parecido considerable con su actual aspecto. Pero nadie que esté viendo el programa estará fijándose en esas fotos, se dijo en actitud tranquilizadora; jamás lo reconocerían.

—Los especialistas del FBI en perfiles criminales creen que, basándose en su anterior empleo conocido, podría estar trabajando en un almacén o una fábrica —prosiguió Warner—. También ha trabajado brevemente de ayudante de electricista. Su única afición conocida es la jardinería, y se enorgullecía de cuidar su jardín. Nos han proporcionado fotos de sus casas, que les mostramos a continuación. Las tres fotografías fueron tomadas en otoño y, como pueden apreciar, tenía debilidad por los crisantemos de color amarillo intenso. Siempre bordeaba la entrada o el camino de su casa con montones de ellos.

Zach saltó del sillón como disparado por un cañón. Desesperado, salió corriendo, cogió una pala y empezó a arrancar las plantas. Al darse cuenta de que la luz del porche iluminaba considerablemente la zona de la entrada, se apresuró a apagarla. Trabajando en una oscuridad casi absoluta y respirando entrecortadamente, se dedicó a desarraigar las plantas y a arrojarlas en pesadas bolsas de plástico. Cayó en la cuenta de que Emily llegaría a su casa en cualquier momento, y no quería que lo viera haciendo aquello.

También cayó en la cuenta de que ella debía de haber reparado en las plantas por la tarde y se preguntaría por qué habían desaparecido. Lo primero que haría al día siguiente sería comprar flores distintas para sustituirlas.

¿Qué pensaría Emily? ¿Oiría hablar a alguien en su oficina del programa? ¿Hablarían de los crisantemos? ¿Se fijaría alguien del trabajo de Zach, o de la manzana donde vivía, en aquella asquerosa foto y se pararía a pensar en que él llevaba viviendo y trabajando allí dos años: el tiempo exacto que había pasado desde su partida de Des Moines?

Zach acababa de terminar de arrancar las últimas flores cuando el coche de Emily se acercó por el camino de entrada a su casa. Se agachó en medio de la sombra oscura de la casa y observó cómo salía del coche, se dirigía apresuradamente a la puerta principal y entraba. ¿Cabe alguna posibilidad de que haya visto el programa dondequiera que haya estado? Aunque solo le hubiera echado un vistazo, seguro que su instinto profesional despertaba en algún momento. Si no lo hacía enseguida, no tardaría en hacerlo.

Zach sabía que tenía que intensificar sus preparativos y estar listo para marcharse mucho antes de lo que había planeado.

32

Michael Gordon acabó pasando la mayor parte de las horas que estuvo despierto el fin de semana con Gregg y Katie. El viernes por la noche durante la cena en Neary's, Gregg, que normalmente era reservado, se había mostrado sorprendentemente abierto. Rechazando con un gesto de la mano las repetidas disculpas de Michael por dudar de su inocencia, Gregg dijo:

—Mike, he estado pensando mucho en algo que me pasó cuando tenía dieciséis años. Sufrí un terrible accidente de tráfico y pasé seis semanas en cuidados intensivos. No me acuerdo de nada. Después, mi madre me dijo que durante las tres últimas semanas hablaba muy deprisa y les suplicaba que me quitaran los tubos. Me dijo que creía que la enfermera era mi abuela, que murió cuando yo tenía seis años.

—No me habías hablado de eso —dijo Mike.

—¿Quién quiere hablar de una experiencia cercana a la muerte? —Gregg esbozó una sonrisa irónica y añadió—: De hecho, ¿quién quiere oír hablar de ello? En el mundo ya hay suficientes catástrofes para contar una historia funesta de hace veintiséis años. En fin, cambiemos de tema.

—Siempre que sigas comiendo —contestó Mike—. Gregg, ¿cuánto has adelgazado?

—Lo justo para que la ropa me quede mejor.

El sábado Mike había recogido temprano a Gregg y Katie y los había llevado a su refugio de esquí en Vermont. Todavía faltaban casi dos meses para poder esquiar, pero por la tarde Gregg y Katie habían ido a dar un largo paseo juntos, mientras Mike se quedaba trabajando en su libro sobre crímenes importantes del siglo XX.

Habían ido a cenar a Manchester. Como siempre, en Vermont hacía considerablemente más frío que en Nueva York, y la lumbre que ardía en el comedor del acogedor mesón les había resultado cálida a los tres, tanto desde el punto de vista emocional como del físico.

Ya entrada la noche, después de que Katie se fuera a la cama con un libro bajo el brazo, Gregg había entrado en el estudio de Mike, donde su anfitrión había seguido trabajando tras la cena.

—Creo recordar que me dijiste que estás escribiendo un capítulo sobre Harry Thaw, el millonario que disparó al arquitecto Stanford White en el Madison Square Garden de Nueva York.

—Así es.

—Le disparó delante de la multitud y se libró alegando locura, ¿no?

Michael se preguntó adónde quería ir a parar Gregg.

—Sí, pero Thaw tuvo que pasar una temporada en un manicomio —dijo.

—Poco después, cuando salió del manicomio, se trasladó a una gran casa en el lago George, si mal no recuerdo.

—Vamos, Gregg. ¿Qué quieres decir?

Gregg se metió las manos en los bolsillos. A Mike le pareció curiosamente vulnerable.

—Mike, después del accidente que sufrí de niño, hubo largos períodos en los que no recordaba cosas que habían ocurrido. Todo eso se pasó, pero lo que no se pasó fue mi noción del tiempo. Puedo quedarme tan abstraído que no me doy cuenta de si han transcurrido un par de horas.

—Eso se llama capacidad de concentración —dijo Mike.

—Gracias, pero eso fue lo que me sucedió la mañana que murió Natalie. Era un día de marzo. Hacía un tiempo asqueroso. Una cosa es estar sentado delante del escritorio y no darte cuenta de que pasa el tiempo y otra muy distinta estar fuera con un tiempo de mil demonios. La cuestión es que sé que no pude haber matado a Natalie. ¡Dios santo, cuánto la quería! Ojalá me acordara de esas dos horas. Recuerdo haber devuelto el coche de alquiler. Si estuve corriendo dos horas, ¿tan aturdido estaba que no noté frío ni sentí que me faltaba el aliento?

Abatido ante la duda y la confusión que veía en la cara de su amigo, Michael se levantó y agarró a Gregg de los hombros.

—Escúchame, Gregg. Ayer estuviste de fábula en el estrado. Te creí cuando hablaste de Jimmy Easton y de por qué llamabas a Natalie a menudo. Recuerdo estar contigo y que en medio de una conversación apretabas el botón de tu móvil para hablar con ella por enésima vez.

—Natalie, te quiero —dijo Gregg, en tono desapasionado—. Fin del mensaje.

33

El domingo por la mañana Emily se permitió dormir hasta las siete y media. Tenía pensado llegar a la oficina a las ocho y media y pasar el día allí.

—Bess, has tenido mucha paciencia conmigo. Sé que te he desatendido —se disculpó mientras levantaba a Bess de la otra almohada.

Estaba deseando tomarse una taza de café, pero al ver la mirada lastimera en los ojos de su perrita, se puso unos tejanos y una chaqueta y anunció:

—Bess, esta mañana no vas a salir al jardín. Te voy a llevar a dar un paseo.

Bess se puso a menear la cola furiosamente cuando bajaron del dormitorio, y Emily cogió la correa y se la sujetó al collar. Se metió una llave en el bolsillo de la chaqueta y se dirigió a la puerta principal. Como había puesto la cerradura nueva en la puerta del porche, era más fácil salir por allí.

Mientras Bess tiraba de la correa llena de nerviosismo, enfilaron el camino hacia la entrada de la casa. Entonces Emily se detuvo bruscamente y se quedó mirando asombrada.

—¿Qué demonios está pasando? —preguntó en voz alta al ver la tierra recién cavada donde el día anterior había admirado los nuevos crisantemos plantados.

¿Estaban llenos de bichos?, se preguntó. ¿Es posible? Es muy raro. Ayer mismo Zach plantó flores a los lados del camino de su casa. ¿Cuándo las ha arrancado? Estaban allí ayer por la tarde, cuando fui a la residencia de los Wesley. No me fijé en si habían desaparecido cuando llegué a casa. Eso fue después de las diez.

Notó un tirón en la correa y miró hacia abajo.

—Lo siento, Bess. Está bien, nos pondremos en marcha.

Bess decidió girar a la izquierda en la acera, y Emily pasó por delante de la casa de Zach. Tiene que estar en casa, pensó, porque su coche está aparcado en la entrada. Si no fuera tan raro, le llamaría al timbre más tarde y le preguntaría qué ha pasado. Pero no quiero darle una excusa para que se pegue otra vez a mí.

La imagen de Zach balanceándose en su mecedora del porche penetró en su cabeza una vez más. Era algo más que una sensación de incomodidad, concluyó. Me dio miedo.

Y sigue dándomelo, reconoció, al volver a pasar por delante de su casa un cuarto de hora más tarde. He estado tan absorta en el caso que creo que he tardado en darme cuenta.

34

Este es el día que ha hecho el Señor, pensó Gregg Aldrich con seriedad mientras miraba por la ventana de su habitación el lunes a las seis de la mañana. Afuera estaba lloviendo a cántaros, pero aunque no hubiera sido así, no habría salido a correr. No sería tan tonto de perder la noción del tiempo un día tan señalado como hoy, se dijo, pero no pienso correr ningún riesgo.

Tragó saliva al notar la boca seca. La noche anterior se había tomado un somnífero suave y había dormido siete horas sin despertarse, pero no se sentía descansado; en todo caso, estaba un poco aturdido. Un café cargado lo solucionará, se dijo.

Metió la mano en el armario para coger una bata y, mientras se la estaba poniendo, se calzó las zapatillas y avanzó por el pasillo enmoquetado hasta la cocina. A medida que se acercaba, el aroma del café que se estaba haciendo le levantó el ánimo.

El fin de semana con Mike en Vermont me ha salvado la vida, pensó, mientras cogía su taza preferida del armario situado encima de la cafetera. Hablar con Mike de la mañana que había muerto Natalie, cuando ni siquiera me había dado cuenta del frío que hacía durante dos horas, había sido reconfortante. Y Mike le había recordado que hoy tenía que hacerlo igual de bien en el estrado que el viernes.

El día anterior por la tarde, en el camino de regreso a casa desde Vermont, Mike había vuelto a hablar del tema.

—Gregg, muestra la misma determinación que el viernes. Tus respuestas fueron totalmente creíbles. Ya oíste al juez Reilly en mi programa. Dijo que si estuviera en un bar y mantuviera una conversación con un extraño que luego afirmara haber hecho un trato con él para matar a su mujer, sería su palabra contra la de él. Los espectadores de todo el país oyeron a Reilly decirlo, y estoy convencido de que mucha gente pensó lo mismo.

Mike había hecho una pausa y acto seguido había continuado.

—Son la clase de circunstancias en las que cualquiera puede acusar a cualquiera de algo. Y no te olvides de que Jimmy Easton va a conseguir un buen premio por testificar contra ti. Ya no tiene que preocuparse por envejecer en la cárcel.

Tuve que señalar a Mike el pequeño detalle que estaba olvidando, pensó Gregg. La mujer del juez no acabó muerta a tiros.

Seguridad, pensó amargamente. No tengo ninguna. Se sirvió café en la taza y se la llevó a la sala de estar. Kathleen y él habían comprado el piso cuando esperaban a Katie. La verdad es que me arriesgué al contratar el mantenimiento de la casa, pensó Gregg. Pero por aquel entonces iba a triunfar como agente. Bueno, así había sido, ¿y qué había conseguido?

Kathleen se había entusiasmado como una niña eligiendo colores de pintura, muebles y alfombras. Tenía un buen gusto instintivo y auténtico talento para buscar gangas. Siempre decía en broma que, al igual que él, había nacido con un pan debajo del brazo de otra persona. Gregg se quedó en la sala de estar, recordando.

Si hubiera vivido, pensó, no me habría enredado con Natalie. Y no estaría preparándome para ir al tribunal e intentar convencer al jurado de que no soy un asesino. Le invadió una oleada de nostalgia. En ese instante la anheló física y emocionalmente.

—Kathleen —susurró—, vela hoy por mí. Tengo miedo. Y si me condenan, ¿quién cuidará de nuestra Katie?

Durante un largo rato, tragó saliva para deshacer el nudo que se le había formado en la garganta, y luego se mordió el labio. Basta, se dijo. ¡Basta! Vuelve ahí dentro y prepara el desayuno de Katie. Si te ve así, se quedará hecha polvo.

Camino de la cocina pasó por delante de la mesa con el cajón en el que Jimmy Easton había afirmado que tenía guardados los cinco mil dólares de adelanto por matar a Natalie. Se detuvo, alargó la mano hacia el tirador del cajón y lo abrió de un tirón. Al hacerlo, el chirrido áspero que Jimmy Easton había descrito fielmente invadió sus sentidos. Gregg cerró el cajón de golpe con una ira llena de amargura.

35

—Preparada para el ataque, espero.

Emily alzó la vista. Eran las siete y media de la mañana del lunes y estaba en su despacho. El detective Billy Tryon se hallaba de pie en la puerta. Una de las personas que menos ganas tengo de ver en el mundo, pensó, irritada ante lo que consideró un tono condescendiente.

—¿Puedo hacer algo por ti esta mañana, Emily? Sé que es un gran día para ti.

—No necesito nada, Billy. Pero gracias.

—Como diría Elvis: «Ahora o nunca». Buena suerte con Aldrich. Espero que lo destroces en el estrado.

Emily se preguntó si realmente Tryon tenía buenos deseos para ella o si esperaba que se diera un batacazo. En ese momento le daba igual. Lo pensaré más tarde, decidió.

Tryon no tenía intención de marcharse.

—No te olvides de que también estás peleando por Jake y por mí —dijo—. Nos hemos esforzado mucho en el caso. Aldrich es un asesino, todos lo sabemos.

Al darse cuenta de que andaba a la caza de un cumplido, Emily contestó de mala gana:

—Sé que tú y Jake habéis trabajado duro y espero que el jurado piense lo mismo.

Por fin te has cortado el pelo, pensó. Si supieras lo bien que te queda, visitarías al peluquero más a menudo. Tenía que reconocer que cuando no iba desaliñado, Tryon tenía un aire arrogante de tipo duro que seguramente a algunas mujeres resultaba atractivo. En la oficina se decía que tenía una nueva novia que era cantante de un club nocturno. ¿Por qué no le sorprendía?

Enseguida se hizo patente que él también la estaba repasando.

—No veas cómo te has emperifollado hoy para las cámaras, Emily. Estás guapísima.

Esa mañana, en un momento de superstición, Emily había descartado la chaqueta y la falda que tenía pensado ponerse. Había sacado del armario el traje de chaqueta y pantalón gris marengo y el jersey de cuello alto rojo intenso que recordaba haber lucido cuando Ted Wesley le había asignado el caso.

—No me he emperifollado —dijo bruscamente—. Este traje tiene dos años y me lo he puesto varias veces en el tribunal.

—Bueno, intentaba hacerte un cumplido. Estás muy guapa.

—Billy, supongo que debería darte las gracias, pero como puedes ver, estoy repasando mis notas y en menos de una hora voy a ir al tribunal a hacer que condenen a un asesino. ¿Te importa?

—Claro, claro. —Esbozando una sonrisa y haciendo un gesto con la mano, Tryon se volvió y se marchó, y cerró la puerta tras de sí.

Emily se puso nerviosa. No me he vestido para las cámaras, ¿verdad?, se preguntó. No. ¿Es demasiado chillón el jersey rojo? No. Olvídalo. Te estás volviendo loca, como Zach. Volvió a pensar en los crisantemos desaparecidos. Debía de haber pasado la mayor parte del sábado plantándolos. Eran preciosos. Y luego, al salir a pasear a Bess ayer por la mañana, habían desaparecido. En el lugar donde estaban no quedaba más que tierra. Pero cuando volví a casa a las cinco, el camino de su entrada estaba bordeado de asteres y pensamientos. Me gustaban más los crisantemos, pensó. Ese tipo es muy raro. Pensándolo bien, seguramente fue una suerte que lo encontrara aquel día en casa a las diez de la noche. ¡Fue un aviso!

Apartando de sí todo pensamiento sobre su vestuario o su estrafalario vecino, Emily bajó la vista y estudió una vez más las notas que iba a usar cuando interrogara a Gregg Aldrich.

El juicio se reanudó puntualmente a las nueve de la mañana. El juez Stevens indicó a Gregg Aldrich que debía volver a la tribuna de los testigos.

Aldrich llevaba un traje gris marengo, una camisa blanca y una corbata negra y gris. Cualquiera diría que iba a un funeral, pensó Emily. Apuesto a que Richard Moore le ha hecho ponerse ese traje. Está intentando dar la imagen de marido desconsolado ante el jurado. Pero si de mí depende, no le servirá de nada.

Echó un vistazo rápido por encima del hombro. Un alguacil le había dicho que el pasillo estaba repleto de gente mucho antes de que la sala de justicia abriera. Era evidente que todos los asientos estaban ocupados. Katie Aldrich estaba sentada en la primera fila, justo detrás de su padre. Al otro lado del pasillo, Alice Mills, acompañada de sus dos hermanas, se hallaba sentada justo detrás de Emily.

Emily había saludado a Alice antes de sentarse a la mesa de la acusación.

El juez Stevens hizo constar en el acta que el testigo ya había prestado juramento y a continuación dijo:

—Fiscal, puede dar comienzo al interrogatorio.

Emily se levantó y dijo:

—Gracias, señoría. —Se acercó al saliente del otro extremo de la tribuna del jurado—. Señor Aldrich —comenzó—, usted ha declarado que quería mucho a su esposa, Natalie Raines. ¿Es correcto?

—Sí —dijo Gregg Aldrich con serenidad.

—Y ha declarado que fue su agente. ¿Es correcto?

—Sí.

—Y como agente suyo, tenía derecho a un quince por ciento de sus ingresos. ¿Es correcto?

—Sí.

—¿Y se podría decir que Natalie Raines era una actriz aclamada que tenía la categoría de gran estrella tanto antes como durante su matrimonio?

—Sí.

—¿Y no es verdad que si Natalie hubiera sobrevivido, todo apunta a que habría seguido teniendo mucho éxito?

—Estoy seguro de que así habría sido.

—¿Y no es verdad que si usted ya no era su agente, no recibiría una parte de sus ingresos?

—Es cierto, pero antes de casarme con Natalie ya era un agente de éxito, y lo sigo siendo.

—Señor Aldrich, solo voy a hacerle una pregunta más sobre ese tema. ¿Sus ingresos aumentaron de forma considerable cuando se casó con Natalie y se convirtió en su agente? ¿Sí o no?

—Sí, pero no de forma considerable.

—¿Alguno de sus actuales clientes tiene tanto éxito como Natalie Raines?

—Tengo varios clientes, sobre todo artistas de sellos discográficos, que ganan mucho más dinero del que ganaba Natalie. —Gregg Aldrich vaciló—. Estamos hablando de un tipo de éxito distinto. Natalie llevaba camino de heredar el título que había ostentado la difunta Helen Hayes de «primera dama del teatro estadounidense».

—¿Usted deseaba mucho que ella fuera vista de esa forma?

—Era una actriz espléndida. Se merecía ese elogio.

—Por otra parte, a usted le entristecía cuando, para impulsar su carrera, ella pasaba fuera de casa largos períodos de tiempo, ¿no es así, señor Aldrich? ¿No es verdad que la acosaba constantemente porque deseaba ambas cosas? —Conforme su tono empezaba a elevarse, Emily se acercó a la tribuna de los testigos.

—Como ya he declarado y diré de nuevo, me preocupaba que Natalie insistiera en aceptar papeles que podían perjudicar su carrera. Claro que la echaba de menos cuando estaba fuera. Estábamos muy enamorados.

—Claro. Pero ¿no es verdad que usted estaba tan furioso y

se sentía tan frustrado ante las frecuentes separaciones que Natalie se torturaba cada vez más, hasta el punto de que al final rompió con usted?

—Ese no es en absoluto el motivo por el que decidió que nos separáramos.

—Entonces, si usted era tan tolerante con la agenda de Natalie, dejando de lado su opinión profesional sobre los papeles que aceptaba, ¿por qué contrató ella a otro agente? ¿Por qué le rogó que dejara de llamarla? ¿Por qué acabó exigiéndole que dejara de llamarla?

Mientras Emily daba un golpe tras otro a Gregg Aldrich, advirtió que los presentes en la sala de justicia notaban que la serenidad de él estaba empezando a desmoronarse. Sus respuestas se estaban volviendo vacilantes. Apartaba la vista de ella constantemente.

—Natalie lo llamó por última vez la mañana del sábado, 14 de marzo, de hace dos años y medio. Deje que cite exactamente lo que usted dijo bajo juramento sobre esa llamada. —Miró el papel que tenía en la mano y acto seguido leyó—: «Recibí un mensaje de ella en el móvil en el que me decía que había ido a Cape Cod, que asistiría a la reunión que teníamos programada el lunes, y me pedía que no la llamara durante el fin de semana».

Emily miró fijamente a Gregg.

—Quería estar sola, ¿no es así, señor Aldrich?

—Sí. —Una gota fina de sudor se estaba formando en la frente de Gregg Aldrich.

—Y en lugar de respetar su voluntad, usted alquiló inmediatamente un coche y la siguió hasta Cape Cod, ¿no es así?

—Respeté su voluntad. No la llamé por teléfono.

—Señor Aldrich, eso no es lo que le he preguntado. La siguió hasta Cape Cod, ¿no es así?

—No tenía intención de hablar con ella. Necesitaba ver si estaba sola.

—¿Y necesitaba llevar un coche alquilado que no reconociera nadie?

—Como ya expliqué la semana pasada —contestó Gregg—, quería ir discretamente y no quería disgustarla ni enfrentarme con ella. Solo quería ver si estaba sola.

—Si quería averiguar si estaba saliendo con otra persona, ¿por qué no contrató a un investigador privado?

—No se me ocurrió. Tomé la decisión espontánea de ir a Cape Cod. No habría contratado a nadie para que espiara a mi mujer. Me parece una idea repugnante —dijo Gregg, con voz temblorosa.

—Usted declaró que el domingo por la noche estaba convencido de que ella estaba sola porque no había visto ningún coche en la entrada de la casa. ¿Cómo sabe que no recogió a alguien antes de que usted llegara? ¿Cómo podía estar tan seguro de que no había nadie más dentro?

—Estaba seguro. —Gregg Aldrich alzó la voz.

—¿Cómo podía estar tan seguro? Era el asunto más importante de su vida. ¿Cómo podía estar tan seguro?

—Miré por la ventana. La vi sola. Así es como lo supe.

Sorprendida ante aquella nueva revelación, Emily se percató al instante de que Gregg Aldrich acababa de cometer un gran error. Richard Moore también lo sabe, pensó.

—¿Salió del coche, atravesó el jardín y miró por la ventana?

—Sí —dijo Gregg Aldrich, en actitud desafiante.

—¿Por qué ventana miró?

—Por la ventana del lado de la casa que da al estudio.

—¿Y qué hora del día o de la noche era cuando lo hizo?

—Fue el sábado, poco antes de medianoche.

—¿Así que estaba escondido entre los arbustos del exterior de la casa en plena noche?

—Yo no lo veía de esa manera —contestó Gregg, esta vez sin rastro de desafío, en tono vacilante. Se inclinó hacia delante en la silla de los testigos—. ¿No entiende que estaba preocupado por ella? ¿No entiende que si ella había conocido a otra persona, yo sabía que me tenía que ir?

—Entonces, ¿qué pensó cuando la vio sola?

—Parecía muy vulnerable. Estaba acurrucada como una niña en el sofá.

—¿Y cómo cree que habría reaccionado ella si hubiera visto una figura en la ventana a medianoche?

—Tuve mucho cuidado de que no me viera. No quería asustarla.

—¿Se convenció entonces de que estaba sola?

—Sí.

—Entonces, ¿por qué pasó por delante de su casa en coche varias veces el domingo? —inquirió Emily—. Lo reconoció en el interrogatorio de la defensa.

—Estaba preocupado por ella.

—A ver si me entero —dijo Emily—. Primero nos dice que estuvo en su coche alquilado para averiguar si ella estaba sola. Luego nos dice que se convenció de que estaba sola después de mirar por la ventana de su casa estando escondido entre los arbustos a medianoche. Y ahora nos dice que el domingo, aun creyendo que estaba sola, estuvo conduciendo por el barrio buena parte del día y de la tarde. ¿Es eso lo que nos está diciendo?

—Estoy diciendo que estaba preocupado por ella y que por eso me quedé el domingo.

—¿Y qué le preocupaba?

—Me preocupaba el estado emocional de Emily. Al verla acurrucada de esa forma me di cuenta de que estaba muy afectada.

—¿No se le ocurrió que el motivo por el que parecía tan afectada podía ser culpa suya, señor Aldrich?

—Sí. Por eso, como declaré el viernes, en el camino de vuelta a casa creo que me hice a la idea de que todo había acabado entre nosotros. Es difícil de explicar, pero eso es lo que pensé. Si yo era el motivo de su disgusto, tenía que dejarla en paz.

—Señor Aldrich, no encontró a su mujer con otro hombre. ¿Y luego, en el camino de vuelta a casa, según sus palabras, decidió que Natalie era una de esas personas que «nunca están menos solas que estando solas»? ¿No está diciendo a esta sala que la había perdido de todas formas?

—No.

—Señor Aldrich, ¿no podría ser que simplemente ella ya no quisiera estar con usted? Si Natalie estaba preocupada por otra cosa, no acudió a usted en busca de ayuda. ¿No es cierto que lo quería fuera de su vida?

—Recuerdo que al volver de Cape Cod pensé que no tenía sentido esperar que Natalie y yo volviéramos a estar juntos.

—Eso le disgustó, ¿verdad?

Gregg Aldrich miró a Emily a los ojos.

—Por supuesto que estaba disgustado. Pero había algo más, la sensación de alivio de saber que al menos todo había acabado. Al menos ya no me sentiría consumido por ella.

—No se sentiría consumido por ella. ¿Fue esa su decisión?

—Supongo que es una forma de decirlo.

—¿Y no volvió a casa de ella a la mañana siguiente y le disparó?

—Por supuesto que no. Por supuesto que no.

—Señor Aldrich, inmediatamente después de que el cadáver de su esposa fuera hallado, usted fue interrogado por la policía. ¿No le preguntaron si podía decir el nombre de al menos una persona que lo hubiera visto haciendo footing en Central Park entre, y cito sus palabras, «las siete y cuarto más o menos y las diez y cinco, cuando devolví el coche de alquiler».

—Ese día no iba mirando a nadie. Hacía frío y viento. Si uno sale a correr un día así, va bien cubierto. Hay gente que lleva auriculares. El caso es que no es un acto social. La gente va abstraída.

—¿Diría usted que estuvo abstraído dos horas y media un día de marzo frío y ventoso?

—Solía correr en el maratón de noviembre. Y tengo clientes que han sido jugadores profesionales de fútbol americano. Me han contado que al margen del frío que hiciera, cuando salían al campo la adrenalina empezaba a correr por sus venas y simplemente no notaban el frío. Yo tampoco lo noté esa mañana.

—Señor Aldrich, deje que le pregunte si esta situación hipotética es cierta. Propongo que la adrenalina corría por sus venas el lunes por la mañana porque, según ha reconocido usted mismo, había llegado a la conclusión de que había perdido a su mujer, Natalie Raines. Propongo que al saber que ella llegaría a su casa esa mañana, se subió al coche de alquiler, hizo el trayecto de media hora hasta Closter, cogió la llave cuyo escondite conocía y esperó en la cocina. ¿No es eso lo que pasó?

—No. No. De ninguna manera.

Emily señaló a la tribuna de los jurados con los ojos brillantes. Y en tono sonoro y sarcástico, dijo:

—Mató a su mujer esa mañana, ¿verdad? Le disparó y la dejó allí creyendo que estaba muerta. Volvió a Nueva York y tal vez salió a hacer footing por Central Park con la esperanza de que lo vieran. ¿No es cierto?

—¡No, no es cierto!

—Y un poco después devolvió el coche de alquiler que había usado para espiar a su mujer. ¿No es cierto, señor Aldrich?

Gregg Aldrich estaba ahora levantado y gritando.

—Nunca hice daño a Natalie. Habría sido incapaz de hacer daño a Natalie.

—Pero sí que hizo daño a Natalie. Le hizo más que daño. La mató —le replicó Emily gritando a su vez.

Moore se puso en pie.

—Protesto, señoría, protesto. El abogado está acosando al testigo.

—Se acepta la protesta. Fiscal, baje la voz y formule la pregunta de otra forma. —Por el tono del juez Stevens, no cabía duda de que estaba enfadado.

—¿Mató a su esposa, señor Aldrich? —preguntó Emily, esta vez con delicadeza.

—No... no... —protestó Gregg Aldrich, con la voz quebrada—. Yo quería a Natalie, pero...

—Pero había reconocido para sus adentros... —comenzó Emily.

—Protesto, señoría —rugió Moore—. No le deja acabar las frases.

—Se acepta la protesta —dijo el juez Stevens—. Señora Wallace, le ordeno que permita al testigo acabar sus respuestas. No quiero tener que volver a amonestarla.

Emily asintió con la cabeza ante las órdenes del juez. Se volvió de nuevo hacia Aldrich y, bajando la voz, dijo:

—Señor Aldrich, ¿no fue a Cape Cod porque Jimmy Easton se había echado atrás en el trato para matar a su esposa?

Gregg movió la cabeza con desesperación.

—Conocí a Jimmy Easton en un bar, charlé con él unos minutos y no volví a verlo.

—Pero le había pagado para que la siguiera y la matara. ¿No es eso lo que ocurrió?

—¡Yo no contraté a Jimmy Easton y habría sido incapaz de hacer daño a Natalie! —protestó Gregg, sacudiendo los hombros, con los ojos llenos de lágrimas—. ¿No lo entiende? ¿Nadie lo entiende? —Se le quebró la voz y comenzó a sollozar sin derramar lágrimas, temblando.

—Señoría, ¿puedo solicitar un descanso? —dijo Moore.

—Haremos una pausa de quince minutos para que el testigo pueda calmarse —ordenó el juez Stevens.

Poco después se reanudó la sesión. Gregg se había serenado y volvió a la tribuna de los testigos. Estaba pálido y, según parecía, resignado a soportar más preguntas mordaces de Emily.

—Me quedan pocas preguntas, señoría —dijo Emily al pasar por delante del tribunal en dirección al estrado.

Se detuvo justo delante y, durante un largo rato, se quedó mirando fijamente al testigo.

—Señor Aldrich, en el interrogatorio de la defensa reconoció que en la sala de estar de su casa de Nueva York tiene una mesilla con un cajón que al abrirse emite un chirrido sonoro y característico.

—Sí, es verdad.

—¿Y se puede decir que Jimmy Easton describió fielmente esa mesa y ese sonido?

—Sí, lo hizo, pero no ha estado nunca en mi casa.

—Señor Aldrich, usted nos dijo que ese cajón se ha convertido en una especie de broma familiar y que se refieren a él como «un mensaje de los espíritus».

—Sí, es verdad.

—Que usted sepa, ¿conoce el señor Easton a algún miembro de su familia?

—Que yo sepa, no.

—¿Tiene algún amigo en común con el señor Easton que podría haber bromeado sobre ese cajón delante de él?

—Que yo sepa, no tenemos amigos en común.

—Señor Aldrich, ¿puede explicar cómo Jimmy Easton pudo describir tan fielmente ese mueble y el sonido que emitía si no ha estado nunca en la sala de estar de su casa?

—Me he devanado los sesos tratando de averiguar cómo pudo haberlo sabido. No tengo ni idea. —La voz de Gregg estaba empezando a quebrarse de nuevo.

—Una cosa más, señor Aldrich. En los artículos que aparecieron en varias revistas sobre Natalie, ¿se mencionaba ese cajón?

—No —dijo él, con desesperación. Se agarró a los brazos de la silla de los testigos y se volvió hacia el jurado—. Yo no maté a mi mujer —gritó—. No la maté. Por favor, créanme. Yo... yo... —Incapaz de continuar, Gregg se tapó la cara con las manos y rompió a llorar.

Haciendo como si no viera la figura desolada de la tribuna de los testigos, Emily dijo secamente:

—Señoría, no hay más preguntas. —Acto seguido volvió hacia su silla en la mesa de la acusación.

Moore y su hijo hablaron rápidamente entre susurros y decidieron no hacer más preguntas. Richard Moore se levantó.

—Señoría, la defensa ha concluido.

El juez Stevens miró a Gregg Aldrich.

—Señor, ya puede bajar.

Gregg se levantó con cansancio y murmuró:

—Gracias, señoría. —Y lentamente, como si cada paso le resultara doloroso, regresó a su silla.

El juez Stevens se dirigió entonces a Emily.

—¿La fiscal desea hacer alguna pregunta?

—No, señoría —dijo ella.

El juez se volvió hacia el jurado.

—Damas y caballeros, los testimonios del caso han concluido. Haremos una pausa de cuarenta y cinco minutos para que los abogados puedan poner en orden sus ideas con vistas a las conclusiones. Según las normas del tribunal, el abogado de la defensa interviene primero y luego el fiscal. Dependiendo de cuánto duren las conclusiones, les daré mis últimas instrucciones legales a media tarde o mañana por la mañana. Una vez que hayan concluido, elegiremos al azar a los suplentes y los doce miembros del jurado definitivos comenzarán las deliberaciones.

36

El lunes por la tarde, cuando se levantó la sesión, Emily acababa
de exponer su contundente conclusión. Moore ha hecho todo
lo que ha podido, pensó, pero no ha conseguido sortear el asunto del cajón. Ella había salido de la sala de justicia sintiéndo-
se moderadamente optimista respecto al inmediato ingreso de
Gregg Aldrich en una celda. El caso quedaría en manos del jurado al día siguiente. ¿Cuánto tardarán en decidirse?, se preguntaba. Con suerte, habrá decisión. Se estremecía ante la idea de
que el jurado no se pusiera de acuerdo y hubiera que repetir el
juicio.

De camino a casa paró en el supermercado con la intención
de comprar únicamente alimentos básicos como leche, sopa y
pan, pero al pasar por delante del mostrador de la carnicería se
detuvo. La idea de cenar un bistec con puré de patatas, sobre
todo después de haberse alimentado de comida para llevar en
los últimos meses, le atrajo de repente.

Acusó el cansancio acumulado en los huesos al acarrear los
artículos hasta la caja. Cuando metió el coche en la entrada de su
casa quince minutos más tarde, se preguntó si tendría energía
para asar el bistec.

No había rastro del coche de Zach, pero recordó que le había dicho que había cambiado de horario de trabajo. Las nuevas
flores se habían empapado con la lluvia torrencial que había caído durante gran parte del día. Su visión le resultó perturbadora.

Mientras sacaba la compra de la bolsa, dejó que Bess corriera unos minutos por el jardín y subió a su habitación. Se puso unos viejos pantalones de chándal y una camiseta de manga larga y se tendió en la cama. Bess se acurrucó contra ella, y Emily echó la colcha por encima de las dos.

—Bess, he luchado por una buena causa. Ahora a ver qué pasa —dijo al tiempo que cerraba los ojos.

Durmió dos horas y le despertó su propia voz al decir gimoteando:

—No, por favor... no, por favor...

Se incorporó súbitamente. ¿Estoy loca?, se preguntó. ¿Con qué estaba soñando?

Entonces se acordó. Estaba asustada y trataba de impedir que alguien me hiciera daño.

Se dio cuenta de que estaba temblando.

Vio que Bess se había percatado de que estaba alterada. Atrajo a la perra hacia sí y dijo:

—Bess, me alegro de que estés aquí. Ha sido un sueño muy real. Y espantoso. La única persona que conozco que querría venir a por mí es Gregg Aldrich, pero él no me da ningún miedo.

De repente, le asaltó una idea. Y tampoco Natalie. Ella tampoco le haría daño.

Dios santo, ¿qué me pasa?, se dijo, impaciente. Miró el reloj. Eran las ocho menos diez. Hora de preparar una cena decente, ponerse al corriente de las noticias del periódico y ver *Primera tribuna*.

Después de todo lo que ha pasado hoy, pensó, vamos a ver si Michael Gordon sigue tan convencido de que su amigo es inocente.

37

—Hoy no ha sido un buen día para Gregg Aldrich —dijo Michael Gordon seriamente mientras aparecían en pantalla los títulos del comienzo de *Primera tribuna*—. Gregg Aldrich, que en el interrogatorio de la defensa realizado el viernes pasado se mostró seguro y aparentemente creíble, ha dado hoy una impresión muy distinta. Los presentes en la sala de justicia se quedaron sorprendidos cuando reconoció por primera vez que se había escondido a medianoche entre los arbustos de la casa de su mujer y había observado que estaba sola. Eso sucedió unas treinta y dos horas antes de que Natalie Raines fuera asesinada en la cocina de su residencia de New Jersey, después de volver de Cape Cod.

Todos los expertos del programa asintieron con la cabeza. El juez Bernard Reilly, que el viernes por la noche había manifestado entender que un encuentro casual en un bar podía conducir a acusaciones extrañas e injustas, reconoció ahora que estaba muy preocupado por la intervención de Gregg Aldrich al ser sometido al feroz interrogatorio.

—Lo sentí por Richard Moore cuando Aldrich reconoció haber pegado la nariz a la ventana a medianoche. Me apuesto lo que quieran a que no se lo había contado a Moore.

Georgette Cassotta, psicóloga criminalista, dijo:

—Voy a decirles una cosa. La imagen provocó escalofríos a las mujeres del jurado. Y pueden apostar a que los hombres del jurado también reaccionaron enérgicamente. Pasaron de ver a un marido preocupado en el interrogatorio de la defensa a ver a un mirón en el interrogatorio de la acusación. Y el hecho de volver a pasar por delante de su casa el domingo, después de haber reconocido que el sábado se convenció de que estaba sola, puede haber decidido su suerte.

—Además, hay algo que hoy ha ayudado mucho a la acusación —añadió el juez Reilly—. Creo que Emily Wallace abordó el tema del cajón de forma muy efectiva. Dio a Aldrich la oportunidad de explicar cómo era posible que Easton supiera de la existencia de esa mesa y ese cajón. A él no se le ocurrió nada. Él y Moore tenían que saber que iba a cebarse en ese asunto. El problema es que Aldrich no dio la impresión de ser alguien que, sinceramente, no tenía una explicación. Dio la impresión de ser alguien que se había visto acorralado.

—Pero si realmente no lo hizo y no lo sabe —dijo Gordon—, ¿no habría podido ser la reacción de un hombre que se siente atrapado y desesperado?

—En este momento creo que la mejor opción de Gregg Aldrich es que uno o dos miembros del jurado piensen de esa forma y el jurado no se ponga de acuerdo —contestó el juez Reilly—. Francamente, no veo a los doce miembros votando un veredicto de inocencia.

Poco antes de que el programa concluyera, Michael Gordon recordó a los espectadores que en cuanto el juez Stevens terminara de dar las instrucciones legales, los miembros del jurado empezarían a deliberar.

—Quizá en torno a las once —dijo—. Y entonces podrán votar en nuestra página web si creen que Gregg Aldrich será declarado culpable o inocente del asesinato de su esposa. O si no habrá una decisión unánime, lo que tendría como resultado otro juicio.

»Dudo seriamente que mañana por la noche tengamos un veredicto a la hora de emisión —continuó Michael—. Pueden emitir su voto hasta que el jurado informe al juez Stevens de que han alcanzado un veredicto. Si mañana por la noche no hay veredicto, hablaremos de los resultados de la encuesta. Buenas noches de parte de todo el equipo.

38

—Hoy la cosa se ha puesto muy mal —dijo con abatimiento Belle Garcia a su marido, Sal, mientras Michael Gordon daba las buenas noches a sus espectadores—. El viernes pasado Michael dijo que creía que Gregg era inocente. Y esta noche reconoce que la actuación de Gregg no le ha ayudado en absoluto.

Sal miró por encima de sus gafas.

—¿Actuación? Yo creía que los actores eran en realidad los que actuaban.

—Ya sabes a lo que me refiero. Me refiero a que no ha dado la impresión de que sea inocente. Se confundió y se le trabó la lengua. Se puso a llorar cuando Emily le dio la vara con lo de Jimmy Easton y el cajón. Apuesto a que ahora está deseando haberlo engrasado. Y para colmo de males, empezó a lloriquear y tuvieron que interrumpir el juicio. Me ha dado lástima, pero siendo totalmente neutral, tengo que decir que creo que hoy ha dado la impresión de estar arrepentido de haber matado a su mujer.

Perfectamente consciente de que Belle tenía intención de mantener una conversación seria sobre el juicio, Sal sabía que era el momento de dejar el periódico. Hizo una pregunta a Belle que estaba seguro de que daría lugar a una extensa respuesta y requeriría una reacción mínima por su parte.

—Belle, si estuvieras en el jurado, ¿qué votarías en este momento?

Belle sacudió la cabeza con cara pensativa y atribulada.

—Bueno... Es muy difícil... Todo es muy triste. Por ejemplo, ¿qué va a ser de Katie? Pero si fuera miembro del jurado, me veo obligada a decir, con el corazón roto, que votaría culpable. El viernes estaba convencida de que Gregg estaba empezando a dar sentido a lo que hasta entonces parecía sospechoso hasta para un idiota redomado. Me preocupaba el cajón, pero cualquiera sabe que Jimmy Easton es un mentiroso nato. Y sin embargo ahora, al ver los vídeos de Gregg en *Primera tribuna*, me he sentido como si estuviera viendo a un hombre que va a confesar. Ya sabes a lo que me refiero: no una confesión como cuando reconoces que has hecho algo de lo que no estás orgulloso, sino la confesión que se hace cuando explicas cómo ha pasado algo. No sé si me entiendes.

Jimmy Easton, pensó Sal.

Belle estaba mirándolo, y confió en que no se notara la preocupación que el sonido del nombre de Jimmy despertó en él. No le había dicho a Belle que Rudy Sling lo había llamado por teléfono esa tarde. Casi tres años antes, su equipo de mudanzas había trasladado a sus viejos amigos Rudy y Reeney de su casa en la calle Diez Este hasta Yonkers.

—Hola, Sal. ¿Por casualidad no habrás estado viendo ese programa, *Primera tribuna*, sobre ese agente que mató a su mujer en New Jersey? —había preguntado Rudy.

—La verdad es que no estoy prestando atención, pero Belle no se pierde un programa. Y luego tengo que oírlo todo.

—Ese tal Jimmy Easton era uno de los muchachos de tu equipo cuando nos trajisteis a Yonkers hace tres años.

—No le recuerdo bien. Nos echaba una mano alguna que otra vez cuando estábamos muy ocupados —contestó Sal con cautela.

—Te llamo por algo que me ha comentado Reeney esta mañana. Me ha recordado que cuando nos trajisteis dijiste que podíamos pegar los cajones con cinta aislante para no tener que vaciarlo todo.

—Así es. Yo os lo dije.

—El caso es que cuando Easton estaba despegando la cinta de los cajones del mueble de la habitación, Reeney lo pilló registrándolos. Ella no echó nada en falta, pero siempre ha creído que estaba buscando algo que mereciera la pena robar. Por eso nos acordábamos de su nombre. Tú no trabajaste ese día. ¿Te acuerdas de que te llamé y te dije que lo vigilaras?

—Rudy, no he vuelto a contratarlo. Así que lo único que te puedo decir es: ¿y qué?

—Nada. Solo me parece interesante que un tipo que trabajó para ti aparezca en los titulares porque ha declarado que Aldrich lo contrató para matar a su mujer. Reeney se preguntaba si a lo mejor entregó algo en casa de Aldrich y abrió ese cajón, y por eso sabe que hacía ruido.

Easton también es uno de los muchachos a los que he pagado en negro, pensó Sal, con nerviosismo.

—Rudy —dijo—, te hice un favor con aquel trabajo, ¿no?

—Sal, te portaste como un campeón. Nos hiciste la mudanza sin cobrarnos un centavo y esperaste dos meses hasta que te pagamos.

—Pues no he hecho ninguna entrega a la zona de Park Avenue donde vive ese Aldrich —le espetó Sal airadamente—. Y me harás un verdadero favor si no hablas de Easton con nadie. Te seré sincero: le pagaba en negro. Podría meterme en líos.

—Claro, claro —contestó Rudy—. Eres mi amigo. De todas formas, no pasa nada. Pensé que tenías una oportunidad de convertirte en un héroe y tal vez conseguir una recompensa si les decías que Easton había hecho una entrega en esa casa. Y ya sabes lo que le gustaría a Belle que vuestra foto apareciera en el periódico.

¡Mi foto en el periódico!, pensó Sal con temor. ¡Lo que me faltaba!

Rememoró su conversación con Rudy mientras Belle terminaba de explicar cómo Emily, la fiscal, había destrozado a Gregg en el estrado.

—Era como un ángel vengador —dijo Belle.

En ese punto de la narración, Belle suspiró, alargó la mano hacia el suelo y acercó el escabel. Colocó los pies encima y prosiguió.

—A veces las cámaras enfocaban a Alice Mills, la madre de Natalie. Te voy a contar una cosa, Sal. El apellido real de Natalie era Mills, pero a ella no le parecía un buen apellido artístico, así que se lo cambió por Raines en homenaje a Luise Rainer, una actriz que ganó los dos primeros Oscar seguidos que se entregaron. Ha salido en la revista *People* de hoy. Ella no quería usar el mismo apellido, pero quería que se pareciera.

39

El lunes por la tarde, después del día desastroso en el juzgado, Cole Moore se dirigía con su padre hacia sus coches en el aparcamiento del palacio de justicia.

—¿Por qué no venís tú y Robin a eso de las seis y media y cenáis con tu madre y conmigo? —propuso Richard tranquilamente—. Nos tomaremos unas copas. Nos vendrán bien a los dos.

—Buena idea —respondió Cole. Mientras abría la puerta del coche a su padre, dijo—: Papá, has hecho todo lo que has podido. No te rindas todavía. Sigo creyendo que tenemos posibilidades de que el jurado no se ponga de acuerdo.

—Teníamos posibilidades hasta que él reconoció que era un mirón —dijo Richard airadamente—. No puedo creer que no me lo contara. Por lo menos podríamos haber repasado lo que ocurrió para que lo hubiera explicado un poco mejor. Y si hubiéramos tenido la oportunidad de prepararlo, no se habría puesto tan nervioso. Me pregunto qué más me habrá ocultado.

—Yo también —dijo Cole—. Hasta luego, papá.

A las siete de la tarde Richard y su mujer, Ellen, y Cole y la suya, Robin, estaban sentados a la mesa hablando seriamente del juicio.

A lo largo de sus cuarenta años de matrimonio, Ellen siempre había sido una inestimable caja de resonancia para Richard en relación con sus casos. Era una mujer de sesenta y un años con el cabello plateado y el cuerpo esbelto de una atleta disciplinada, y sus ojos color avellana estaban llenos de preocupación. Sabía el efecto que el caso estaba teniendo en su marido.

Es una suerte que Cole haya estado trabajando con él, pensaba.

Robin Moore, una abogada especialista en bienes raíces de veintiocho años con el pelo castaño rojizo, llevaba dos años casada con Cole. En ese momento estaba moviendo la cabeza con gesto de decepción.

—Papá —dijo—, estoy convencida de que en algún momento Easton tuvo acceso a esa casa. Para mí, eso es lo que puede marcar la diferencia entre una condena y una absolución. Ese triste cajón va a ser el punto de fricción durante las deliberaciones.

—Estoy totalmente de acuerdo —contestó Richard—. Como sabéis, hicimos que nuestro investigador, Ben Smith, indagara a conciencia en el pasado de Easton. Cuando no estaba en la cárcel, nunca tenía trabajo fijo. Así que cuando no estaba robando para poder tirar, tenía que trabajar sin contrato.

—Robin, tenemos una lista de todas las tiendas que solían hacer entregas en esa casa —dijo Cole, con tono de decepción—. La lavandería, la tintorería, el supermercado, la farmacia, todo lo que se te ocurra. En ninguna reconocen haberlo contratado, ni legal ni ilegalmente.

Cogió su copa de pinot noir y bebió otro sorbo.

—No creo que Easton trabajara para ninguna de esas tiendas del barrio. Si alguna vez pisó esa casa, creo que fue haciendo una entrega aislada para un vendedor que le pagaba en negro. Y recuerda que ni siquiera pudimos enseñar la foto de Easton a la asistenta de Aldrich cuando lo detuvieron hace siete meses y contó esa historia. Ella ya se había jubilado y falleció aproximadamente un año después de que Natalie muriera.

—¿Existe alguna posibilidad de que alguna vez robara allí? —preguntó Robin.

Richard Moore negó con la cabeza.

—La seguridad es demasiado buena. Pero si Jimmy Easton hubiera conseguido forzar la entrada, desde luego habría robado algo, y el robo no habría pasado inadvertido. Créeme, no se habría ido con las manos vacías.

—Como es natural, en el club todo el mundo habla de esto —dijo Ellen—. Richard, sabes de sobra que yo no cuento nada confidencial, pero a veces resulta útil oír cómo reaccionan las demás personas.

—¿Y cómo reaccionan? —preguntó Richard. La expresión de su cara indicaba que sabía lo que iba a decir ella.

—Tara Wolfson y su hermana, Abby, estaban ayer en nuestro grupo de golf. Tara dijo que le pone enferma imaginar a Gregg Aldrich metiendo la mano en ese cajón y contando cinco mil dólares de adelanto a cambio de la vida de Natalie. Ella espera que le caiga cadena perpetua.

—¿Qué opina Abby? —preguntó Robin.

—Abby estaba convencida de que Aldrich es inocente. Ayer hablaron tanto del tema que apenas se centraron en la partida. Pero me ha llamado hace poco, antes de que llegarais a casa, y ha cambiado de opinión después de ver lo que ha pasado hoy en el tribunal. Ahora también cree que es culpable.

Por un instante se hizo un silencio absoluto en la mesa, y a continuación Robin preguntó:

—Si declaran culpable a Gregg Aldrich, ¿el juez le dejará ir a casa a resolver sus asuntos antes de que lo condenen?

—No me cabe duda de que el juez Stevens revocará su fianza inmediatamente —contestó Cole—. Papá ha intentado varias veces que Gregg se enfrente a esa posibilidad y haga preparativos provisionales para el futuro de Katie.

—Hasta el día de hoy, cada vez que saco el tema me corta —explicó Richard, con tono de resignación—. Sigue la táctica del avestruz y se niega a enfrentarse a las consecuencias de que lo declaren culpable. Si mañana hay veredicto (y no creo que ese momento llegue tan rápido), ni siquiera sé si ha tenido en cuenta cómo va a volver Katie a casa del juzgado. Y lo que es peor, dudo que haya nombrado a un tutor para que se haga cargo de esa pobre niña. Gregg fue hijo único, y también la madre de Katie. Y exceptuando unos primos de California a los que casi nunca ve, no tiene más familiares.

—Que Dios ayude a esa niña —dijo Ellen Moore tristemente—. Que Dios los ayude a los dos.

40

Cuando terminó su programa Michael Gordon fue andando del Rockefeller Center a casa de Gregg, en Park Avenue con la calle Sesenta y seis. Había casi dos kilómetros de distancia, pero caminaba rápido y ahora que había dejado de llover, resultaba agradable notar el aire fresco y húmedo en la cara y el pelo.

Esa tarde, al salir del palacio de justicia, Gregg había dicho:

—Esta noche voy a cenar con Katie en casa, los dos solos. A lo mejor es la última vez que podemos hacerlo. ¿Te importaría venir cuando acabes el programa? Necesito hablar contigo.

—Claro, Gregg.

Mike había estado a punto de decir algo tranquilizador a Gregg, pero al ver su cara macilenta y triste se había detenido. Habría sido insultante. La expresión de Gregg le indicaba que era plenamente consciente de que se había perjudicado a sí mismo gravemente con su testimonio.

Natalie.

Michael tenía la cara de Natalie en la cabeza al cruzar Park Avenue y dirigirse hacia el norte. Cuando estaba contenta, era divertida y cálida y una compañía estupenda. Pero si estaba deprimida porque un ensayo le había ido mal, o si estaba peleada con un director por el modo en que debía interpretar un papel, era insufrible. Gregg tenía la paciencia de un santo con ella. Era su confidente y su protector.

¿Acaso no era eso lo que trataba de expresar al declarar que había mirado por la ventana de la casa de Cape Cod? ¿No era eso lo que trataba de explicar cuando Emily Wallace había insistido en sus merodeos por la casa al día siguiente? ¿Qué palabras había usado él para responderle? «Me preocupaba su estado emocional», había dicho.

Conociendo a Natalie, tenía sentido, pensó Mike.

La fiscal, Emily Wallace, había puesto nervioso a Gregg. Él mismo lo había reconocido durante el fin de semana en Vermont. Wallace no se parecía tanto a Natalie. Vale, en general tal vez guardaba cierto parecido, pensó Mike, que a mí también me impresionaba.

Las dos eran mujeres hermosas. Las dos tenían unos ojos preciosos y unas facciones escultóricas. Pero Natalie tenía los ojos verdes, y Emily Wallace negro azulado. Las dos eran esbeltas, pero Emily Wallace es al menos siete centímetros más alta que Natalie.

Por otra parte, Natalie se movía con mucha elegancia y llevaba la cabeza tan recta que siempre parecía más alta de lo que era.

La postura perfecta de Wallace también le confería una presencia autoritaria. Había algo irresistible en la forma que tenía de usar los ojos. Aquellas miradas de reojo al jurado, como si supiera que compartían el desprecio por las respuestas vacilantes de Gregg, eran muy teatrales.

Pero nadie había sacado mayor partido a las miradas de reojo que Natalie...

Estaba empezando a lloviznar otra vez, y Michael apretó el paso. Para esto sirve el hombre del tiempo de nuestra cadena, pensó. Por lo menos, el de antes solía hacer mejores previsiones. O mejores conjeturas, añadió irónicamente.

Se le ocurrió otro parecido entre Natalie y Emily Wallace: la forma en que Wallace andaba. Se movía entre la tribuna del jurado y la tribuna de los testigos como una actriz en el escenario.

Media manzana antes de llegar al edificio de pisos donde vivía Gregg, la lluvia se transformó en poco menos que un chaparrón. Michael echó a correr.

El portero de siempre lo vio venir y le abrió la puerta.

—Buenas noches, señor Gordon.

—Hola, Alberto.

—Señor Gordon, no creo que yo vea esta noche al señor Al-drich. Y mañana no estaré en el turno cuando vaya al tribunal. Por favor, transmítale mis mejores deseos. Es un buen caballero. Llevo veinte años trabajando aquí, desde antes de que él se ins-talara. En mi trabajo se llega a conocer a la gente de verdad. Es una lástima que un mentiroso como Jimmy Easton pueda hacer creer a un jurado que el señor Aldrich lo trajera a este edificio.

—Estoy de acuerdo, Alberto. Cruzaremos los dedos.

Mientras Michael atravesaba el vestíbulo amueblado con gusto y entraba en el ascensor, se sorprendió rezando para que al menos un miembro del jurado pensara igual que Alberto.

Cuando el ascensor paró en la decimoquinta planta, Gregg estaba esperando en la puerta. Miró la gabardina empapada de Mike.

—¿No te dan dinero para un taxi en la cadena? —preguntó con un intento de sonrisa.

—He creído al hombre del tiempo y he decidido venir an-dando. Un grave error. —Michael se desabotonó la gabardina y se la quitó—. La colgaré encima de la bañera —propuso—. No quiero que empape el suelo.

—Buena idea. Katie y yo estamos en el estudio. Estaba a punto de servirme el segundo whisky.

—Ya que estás, sírveme a mí el primero de la noche.

—Hecho.

Cuando Mike entró en el estudio momentos más tarde, Gregg se encontraba sentado en su butaca. Katie, que tenía los ojos hinchados de las lágrimas, estaba sentada en el escabel si-tuado al pie de él. Se levantó y echó a correr hacia Mike.

—Mike, papá ha dicho que cree que lo van a condenar.

—Espera, espera —dijo Gregg, al tiempo que se levantaba—. Mike, aquí está tu copa. —Señaló la mesa de al lado del so-fá—. Vuelve aquí, Katie.

Ella le obedeció, y esta vez se sentó junto a él en la butaca.

—Mike, estoy seguro de que has estado dándole vueltas a las cabeza pensando algo alegre que decir. No hace falta que te molestes —dijo Gregg con serenidad—. Sé lo grave que es la situación. Y sé lo equivocado que he estado al no afrontar el hecho de que me podían condenar.

Mike asintió con la cabeza.

—No quería sacar el tema a colación, pero sí, me tenías preocupado.

—No te preocupes por no haber dicho nada. Richard Moore lleva meses haciéndolo y no le he hecho caso. Así que ahora vayamos al grano. ¿Aceptarías ser el tutor legal de Katie?

—Desde luego. Sería un honor.

—Por supuesto, no estoy diciendo que Katie tenga que vivir contigo. No sería apropiado, aunque va a pasar en Choate la mayor parte de los tres próximos años. Tengo amigos que se han ofrecido, pero pensar en lo mejor para Katie es muy duro.

Katie estaba llorando silenciosamente, y Gregg tenía los ojos húmedos, aunque hablaba con voz serena.

—Por lo que respecta a los negocios, esta noche he hecho unas llamadas al volver del juzgado. He hablado con dos de mis socios de la agencia. Están dispuestos a comprar mi parte de la compañía por un precio razonable. Eso significa que tendré dinero suficiente para pagar una apelación. Y habrá apelación. Richard y Cole han hecho un buen trabajo, pero tengo la sensación de que hoy, cuando nos hemos ido del tribunal, me miraban de forma distinta. Puede que tenga que contratar a otros abogados la próxima vez.

Rodeó más fuerte a su hija con el brazo.

—Katie tiene un fondo fiduciario con el que podrá pagarse la carrera en una universidad de prestigio si es lo que quiere.

Michael se sentía como si estuviera viendo a un enfermo terminal haciendo una declaración de últimas voluntades. También sabía que Gregg no había acabado de revelar sus planes.

—Tengo suficiente dinero para pagar esta casa durante al

menos un par de años. Para entonces espero estar otra vez aquí.

—Gregg, estoy de acuerdo en que es inapropiado que viva con Katie, pero desde luego ella no puede vivir aquí sola cuando no esté estudiando —protestó Michael—. Y no estoy diciendo que se vaya a dar la situación —añadió apresuradamente.

—No va a estar sola —respondió Gregg—. Hay una señora maravillosa que la quiere y desea estar con ella.

Mientras Michael lo miraba, Gregg Aldrich parecía estar haciendo acopio de fuerza.

—Mike, sé que hoy, para la mayoría de la gente que había en la sala y la mayoría de los espectadores de tu programa, he dado una impresión lamentable. Pero una persona, una persona muy importante, me ha creído.

Gregg tiró del pelo a su hija.

—Vamos, Katie, anímate. Tenemos el voto de alguien que por desgracia no está en el jurado, pero cuya opinión lo significa todo para nosotros. Ha estado sentada en la sala desde el primer día. De entre todas las personas, ella era la que tiene más implicación emocional en que se haga justicia a Natalie.

Mike aguardó, momentáneamente desconcertado.

—Mike, Alice Mills me ha llamado cuando Katie y yo estábamos cenando. Me ha dicho que hoy, cuando yo estaba en el estrado, ha entendido lo que decía. Cree firmemente que estaba preocupado por Natalie, y no espiándola. Estaba llorando y me ha dicho lo mucho que nos ha echado de menos a Katie y a mí, y que se arrepiente terriblemente de haber pensado que yo pude hacer daño a Natalie.

Mike advirtió un cambio en Gregg; lo había invadido una especie de serenidad.

—Alice me ha dicho que siempre ha considerado a Katie su nieta. Si me condenan, quiere quedarse con Katie. Quiere cuidar de ella. Le he dicho que su llamada ha sido como un regalo del cielo. Hemos estado hablando unos minutos. Alice ha accedido a venir a vivir aquí si las cosas no van bien en el juzgado.

—Gregg, supongo que debería estar sorprendido, pero la

verdad es que no lo estoy —dijo Michael, con la voz ronca de la emoción—. Cuando Alice declaró, y cada vez que la he visto en el juzgado, parecía que le estuvieran arrancando las entrañas. Se notaba que estaba deseando ayudarte cuando Emily Wallace te estaba atacando.

—Sé que parecerá una locura, Mike —dijo Gregg en voz baja—, pero lo que me ha alterado tanto hoy es que me sentía como si estuviera intentando explicarle a Natalie por qué la seguí hasta Cape Cod.

41

Zach se había inventado una historia para contársela a Emily y al resto de los vecinos que le preguntaran por el cambio de plantas de su entrada. Tenía pensado decir que era la primera vez que plantaba crisantemos, que le habían provocado un grave ataque de asma y que un amigo los había arrancado por él. Estaba casi seguro de que nadie lo había visto, pues cuando los había quitado estaba oscuro.

Es una excusa bastante creíble, concluyó nerviosamente; de todas formas, era lo mejor que se le ocurrió.

El martes por la mañana observó cómo Emily desayunaba poco antes de las siete de la mañana. Como siempre, le estaba hablando a Bess. El micrófono que había colocado encima de la nevera funcionaba mal, pero aun así podía oír la mayor parte de lo que ella decía.

—Bess, cuando el juez haya dado instrucciones al jurado esta mañana, empezarán a deliberar. Estoy bastante segura de que van a condenarlo, pero ojalá me sintiera bien. Por algún motivo, no dejo de pensar en la otra parte. No soporto saber lo mucho que depende del testimonio de Jimmy Easton. Ojalá tuviera una muestra de ADN que demostrara que Gregg Aldrich es culpable.

Si algún día yo voy a juicio, el fiscal no tendrá ese problema, pensó Zach, mientras recordaba el programa de *La caza del fugitivo*. El presentador había hablado del ADN que lo relacionaba con los asesinatos de sus tres esposas.

Cuando la voz de Emily empezó a llenarse de interferencias y a apagarse, manipuló el volumen del receptor. La estoy perdiendo, pensó, decepcionado. Voy a tener que volver y ajustar el micrófono.

Esperó hasta las ocho menos veinte, cuando Emily se marchó al juzgado, para subir a su coche e ir al trabajo. Madeline Kirk, la anciana que vivía enfrente de él al otro lado de la calle, estaba barriendo el camino de su entrada. Él la saludó con la mano cordialmente mientras salía dando marcha atrás.

Ella no le devolvió el saludo. En lugar de ello, giró la cabeza y apartó la vista.

Otra mujer que lo rechazaba. Todas son iguales, pensó Zach amargamente. A esa vieja bruja le tengo sin cuidado. Las otras veces que la había visto fuera de casa le había parecido que al menos había hecho un gesto con la cabeza en dirección a él.

Pisó el acelerador, y el coche pasó ruidosamente por delante de ella. Entonces le pasó por la cabeza una escalofriante posibilidad. ¿Acaso vio el programa? Desde luego no tiene nada mejor que hacer. Vive sola y nunca parecer tener visitas. Tal vez se fijó en los crisantemos cuando los planté y se preguntó por qué habían desaparecido.

¿Llamaría al programa para dar un soplo? ¿O se lo pensaría antes de hacerlo? ¿Habla con alguien por teléfono? ¿Sacaría el tema a colación?

Estaba conduciendo demasiado rápido. Lo único que me falta es que me pare un poli, pensó con nerviosismo. Mientras reducía la velocidad al límite permitido de cuarenta kilómetros por hora, iba pensando una y otra vez en el desaire de Madeline Kirk.

Y decidiendo lo que haría al respecto.

42

El martes a las nueve de la mañana el juez Stevens comenzó a dar las instrucciones legales al jurado. Como había hecho cuando el jurado había sido seleccionado al comienzo, explicó que Gregg Aldrich estaba acusado del allanamiento de la casa de Natalie Raines, el asesinato de la misma y de posesión de un arma de fuego para uso ilegal. Les indicó que para condenar a Gregg Aldrich debían estar convencidos por unanimidad de que la fiscalía había demostrado su culpabilidad sin que quedara lugar a dudas.

—Les aclararé a lo que nos referimos con la frase «sin que quede lugar a dudas» —continuó el juez—. Significa que para condenar al acusado deben estar firmemente convencidos de que es culpable. Si no están firmemente convencidos de su culpabilidad, deben declararlo inocente.

Emily escuchaba cómo el juez explicaba la carga de la prueba.

Debes estar firmemente convencida de que Gregg Aldrich es culpable, pensó Emily. ¿Estoy firmemente convencida? ¿Me queda lugar a dudas? Nunca me he sentido así en un proceso. Nunca he presentado argumentos a un jurado sin estar del todo segura. Pero en esta ocasión lo cierto es que a veces tengo dudas respecto a Aldrich, y a veces no.

Le echó un vistazo. Para tratarse de un hombre que había estado tan angustiado el día anterior, y que se enfrentaba a la posibilidad de pasar la noche en una celda si se emitía un veredicto rápido, parecía sorprendentemente tranquilo. Llevaba una chaqueta y un pantalón de sport, una camisa blanca y una corbata a rayas azules y rojas, un atuendo algo más informal que el que llevaba durante el juicio. Le sienta bien, pensó a regañadientes.

El juez Stevens siguió dirigiéndose a los miembros del jurado:

—Deben sopesar y evaluar con cuidado la credibilidad de todos los testigos. Deberían plantearse el modo en que han declarado y si su testimonio ha tenido algún interés en el resultado del caso.

Hizo una pausa y adoptó un tono todavía más serio:

—Han oído el testimonio de Jimmy Easton. Están al tanto de sus antecedentes penales. Se les ha informado de que ha cooperado con la acusación y de que se verá beneficiado como resultado de esa cooperación. Recibirá una considerable reducción de su condena.

Emily estaba examinando a los siete hombres y siete mujeres de la tribuna del jurado. Se preguntaba qué dos serían elegidos para convertirse en los suplentes cuando el juez Stevens terminara. Esperaba que los miembros cuatro y ocho acabaran como suplentes. Las dos mujeres parecieron encogerse cuando el juez se refirió a la reducción de la condena de Easton. Sabía que podían imaginárselo saqueando sus casas. Dudaba mucho que creyeran una palabra de lo que había dicho.

Volvió a mirar al juez Stevens. Agradecía el tono formal que empleaba para hablar de Jimmy Easton. Si los miembros del jurado detectaban que el juez desaprobaba en lo más mínimo su testimonio, podía ser muy perjudicial.

—Cuando evalúen su testimonio tendrán en cuenta esa considerable reducción —estaba diciendo el juez—, así como el resto de las circunstancias relacionadas. Ese testimonio debe ser examinado a fondo. Como con el resto de los testigos, pueden creerlo todo o no creer nada. O pueden creer una parte y rechazar el resto. Una vez más, damas y caballeros, la decisión final respecto a la credibilidad de su testimonio está en manos del jurado.

Esa mañana la sala de justicia no estaba ni medio llena. El

público no encuentra nada emocionante en oír las instrucciones legales del jurado, pensó Emily. El verdadero drama radica en los testimonios durante el proceso y en el momento en que el jurado entra en fila con el veredicto.

El juez Stevens sonrió al jurado.

—Damas y caballeros, ya les he dado las instrucciones legales. Hemos llegado a un momento muy decepcionante para dos de ustedes. A continuación vamos a elegir a los suplentes. Sus tarjetas de miembros del jurado han sido introducidas en esta caja, y la escribana elegirá dos tarjetas al azar. Si oyen su nombre, por favor, siéntense en la primera fila. Luego les daré más instrucciones.

Emily cruzó los dedos debajo de la mesa y rezó para que salieran los números cuatro y ocho. La escribana, una mujer menuda de unos cincuenta años con expresión impávida y profesional, hizo girar la caja y, cuando se paró, abrió la tapa, apartó la vista para que los miembros del jurado tuvieran la garantía de que la elección se hacía al azar, y sacó la primera tarjeta.

—Miembro número catorce —leyó—. Donald Stern.

—Señor Stern, siéntese en la primera fila de la sala, por favor —ordenó el juez Stevens—. La escribana puede señalar al segundo suplente.

Una vez más, la escribana metió la mano en la caja apartando la vista y extrajo una segunda tarjeta.

—Miembro número doce, Dorothy Winters —leyó.

—Señora Winters, siéntese en la primera fila de la sala, por favor —dijo el juez Stevens.

Dorothy Winters, con evidente reticencia y visible decepción, se levantó de su silla de jurado sacudiendo la cabeza, se dirigió a la primera fila y se sentó al lado de Donald Stern.

Al final me he escapado de una buena librándome de esa señora, pensó Emily. Por la forma compasiva en que había estado mirando a Aldrich y Katie, seguramente habría promovido la absolución.

Emily tan solo escuchaba a medias mientras el juez Stevens

se dirigía a los suplentes y les decía que debían seguir en el caso. Les explicó que si alguno de los miembros del jurado enfermaba o tenía una urgencia familiar que le impedía continuar, era importante que los suplentes siguieran disponibles para ocupar su lugar.

—Tienen prohibido hablar del caso entre ustedes o con otra persona hasta que acabe el proceso. Pueden esperar en la sala del jurado de la cuarta planta mientras se llevan a cabo las deliberaciones.

Dios no quiera que un miembro del jurado tenga un problema y Winters acabe participando en las deliberaciones, pensó Emily. A menos que me esté equivocando del todo con ella, habría acabado impidiendo que el jurado se pusiera de acuerdo, y eso en el mejor de los casos. Y creo que los Moore lo saben. Parece que hubieran perdido a su mejor amiga.

El juez Stevens se dirigió entonces al miembro del jurado número uno, un hombre corpulento y parcialmente calvo de cuarenta y pocos años.

—Señor Harvey, las normas del tribunal estipulan que el miembro número uno ejerce de presidente del jurado. Usted se responsabilizará de supervisar las deliberaciones y de entregar el veredicto cuando el jurado haya tomado la decisión. Cuando el jurado llegue al veredicto, me mandará una nota por medio del alguacil que se encontrará fuera de la sala del jurado. No indique el veredicto en la nota, sino únicamente que han llegado a un veredicto. Usted lo anunciará en pleno tribunal.

El juez consultó su reloj.

—Son las once y cuarto. La comida les será servida en torno a las doce y media. Hoy podrán deliberar hasta las cuatro y media. Si no han llegado a un veredicto a esa hora, e insisto en que tendrán todo el tiempo que necesiten para ser justos con las dos partes, podrán marcharse y retomar las deliberaciones mañana a las nueve de la mañana.

Se volvió hacia Emily.

—Señora Wallace, ¿están todas las pruebas listas para ser llevadas a la sala del jurado?

—Sí, señoría. Está todo aquí.

—Damas y caballeros, pueden pasar a la sala del jurado. El alguacil les llevará las pruebas enseguida. En cuanto salga de la sala, podrán comenzar con las deliberaciones.

Los miembros del jurado se levantaron casi al unísono y entraron en fila lentamente en la sala contigua. Emily observó atentamente para ver si alguno lanzaba una mirada hacia atrás, ya fuera compasiva u hostil, a Gregg Aldrich. Pero todos miraban al frente y por el momento no dieron ninguna pista de lo que podían estar pensando.

A continuación, el juez Stevens recordó rápidamente a los abogados y a Gregg Aldrich que debían poder responder en menos de diez minutos a cualquier petición del jurado o al anuncio del veredicto.

—Se levanta la sesión —concluyó, golpeando suavemente con el mazo.

Las personas que quedaban en la sala empezaron a salir en fila. Emily aguardó hasta que los Moore, Gregg Aldrich y Katie salieron. Entonces se levantó para marcharse. En el pasillo notó que le tiraban de la manga y se volvió. Era la madre de Natalie, Alice Mills. Estaba sola.

—Señora Wallace, ¿puedo hablar con usted?

—Por supuesto.

A Emily la embargó la compasión al mirar los ojos irritados de la anciana. Ha llorado mucho, pensó. Ha debido de ser una agonía para ella estar sentada allí un día tras otro escuchándolo todo.

—¿Por qué no vamos a mi despacho a tomar un té? —propuso.

El ascensor estaba lleno. Emily atrajo las miradas de las demás personas cuando reconocieron a la madre de Natalie.

Cuando entraron en su despacho, Emily dijo:

—Señora Mills, sé que esto ha sido una tortura para usted. Me alegro de que quede poco para el final.

—Señora Wallace —comenzó a decir Alice Mills.

—Por favor, llámeme Emily, señora Mills —dijo Emily sonriendo—. Creía que ya lo habíamos hablado.

—Está bien —contestó Alice Mills—. Emily. Y recuerda que yo te pedí que me llamaras Alice. —Le temblaban los labios.

—¿Qué te parece si voy a por té? —preguntó Emily—. ¿Cómo te gusta?

Cuando volvió unos minutos más tarde, Alice Mills parecía serena. Aceptó el vaso dando las gracias con un murmullo y bebió un sorbo.

Emily aguardó. Era evidente que la madre de Natalie estaba nerviosa pensando en lo que iba a decir.

—Emily, no sé cómo decir esto. Sé que has trabajado muy duro y que quieres que se haga justicia a Natalie. Dios lo sabe, y yo también. Ayer, cuando interrogaste a Gregg, sé que a mucha gente le dio una impresión muy mala, pero yo vi algo distinto.

Emily notó que se le hacía un nudo en la garganta. Creía que Alice Mills había ido a decirle lo mucho que agradecía los esfuerzos de Emily por condenar a Gregg. Estaba claro que eso no iba a pasar.

—Me acordé de cuando Natalie estaba en un ensayo y se alteraba o se ponía nerviosa por cómo estaba saliendo. Gregg entraba en el teatro y la observaba. A veces ella ni siquiera se daba cuenta porque él no quería interrumpirla ni distraerla. Otras veces, cuando estaba de viaje, él lo dejaba todo e iba a verla porque sabía que necesitaba que la animara. Ayer, cuando estaba en el estrado explicando lo que hizo en Cape Cod, me di cuenta de que hizo lo que siempre había hecho. Proteger a Natalie.

—Pero, Alice, ¿no crees que todo eso pasó en unas circunstancias muy distintas? ¿Acaso no fue antes de que Natalie se separara de él y pidiera el divorcio?

—Gregg nunca dejó de querer a Natalie y de intentar protegerla. El Gregg que vi ayer en el estrado es el que he conocido siempre. Emily, he reflexionado hasta casi no poder pensar más. Es totalmente imposible que Gregg hiciera daño a Natalie y la dejara morir. Me iré a la tumba pensando lo mismo.

—Alice —comenzó a decir Emily, con delicadeza—, lo que voy a decir lo hago con el más profundo respeto. Cuando ocurre una tragedia como esta y un miembro de una familia es acusado, a menudo resulta imposible aceptar que ese miembro pueda ser el responsable. Es terrible y triste, pero es preferible que un crimen como este lo cometa un extraño. Por lo menos así la familia de la víctima lo soporta unida.

—Emily, me dan igual los demás casos. Te ruego que si declaran a Gregg culpable, investigues el caso más a fondo. ¿No puedes ver con tus propios ojos lo que yo veo tan claramente? Jimmy Easton es un mentiroso.

Alice se levantó en actitud desafiante y le lanzó una mirada colérica.

—¿Y por qué me da la impresión de que tú también lo sabes, Emily? —preguntó.

43

El martes por la noche Michael Gordon abrió el debate de *Primera tribuna* señalando que el jurado había cumplido su primer día de deliberaciones sin llegar a un veredicto.

—A continuación vamos a revelar los resultados de la encuesta de nuestra página web y si nuestros espectadores opinan que Gregg Aldrich es inocente o culpable.

Echó un vistazo a los demás contertulios de la mesa.

—Y sinceramente, creo que todos nos hemos llevado una sorpresa. Anoche, después de que Aldrich fuera interrogado, creíamos que había sufrido un grave revés y estábamos convencidos de que los datos de la encuesta apuntarían a un veredicto de culpabilidad.

Claramente animado por lo que estaba diciendo, Gordon anunció que el cuarenta y siete por ciento de los cuatrocientos mil encuestados había votado que era inocente.

—Tan solo un cincuenta y tres por ciento está dispuesto a condenarlo —dijo dramáticamente.

—Después de tantos años en la profesión, uno cree hacerse una idea aproximada de la reacción de la gente y de repente aparecen resultados como este —dijo el juez Bernard Reilly, moviendo la cabeza con indredulidad—. Pero hay otra cosa que se aprende trabajando tanto tiempo en esta profesión: nunca se sabe.

—Si por casualidad la fiscal, Emily Wallace, nos está viendo, no debe de estar muy entusiasmada. En los tribunales no sirve una escasa mayoría —dijo Michael Gordon—. Cualquier veredicto, culpable o inocente, debe ser unánime, de doce votos contra cero.

»Si los miembros del jurado opinan como nuestros espectadores, todo apunta a que el jurado no se pondrá de acuerdo y habrá un nuevo juicio.

44

El miércoles a las nueve de la mañana los miembros del jurado reanudaron las deliberaciones. Emily trató de concentrarse en otros casos, pero le resultaba imposible. La conversación que había mantenido el día anterior con Alice Mills le había provocado un sueño agitado.

A mediodía fue a la cafetería del palacio de justicia a por un sándwich para comérselo en su despacho, pero cuando llegó se arrepintió de no habérselo encargado a un compañero. Gregg Aldrich, su hija Katie, Richard y Cole Moore, y Alice Mills estaban sentados a una mesa por delante de la que tenía que pasar para llegar a la barra.

—Buenas tardes —murmuró al pasar. Procuró no establecer contacto visual con ellos, pero no pudo evitar reparar en la angustia reflejada en la cara de Katie.

Ella no se merece esto, pensó Emily. Ninguna niña de catorce años se lo merece. Es lo bastante lista para saber que en cualquier momento nos pueden llamar a la sala y tener que oír un veredicto que mande a su padre a la cárcel el resto de su vida.

Emily pidió un sándwich de pavo y un refresco sin azúcar. Una vez de vuelta en su despacho, picó del sándwich y luego lo dejó. Aunque unos minutos antes tenía hambre, la visión de Katie Aldrich le había quitado todo el apetito.

Alice Mills. Emily volvió a pensar en ella. Si hubiera estado convencida de la inocencia de Aldrich en abril, cuando vino aquí por primera vez, ¿habría hecho yo algo distinto?, se preguntó.

Era una posibilidad que le asustaba. Billy y Jake habían realizado la mayor parte de la investigación del caso, incluidas las entrevistas a Jimmy Easton y la comprobación de los detalles de su versión. No cabía la menor duda de que Gregg Aldrich le había hecho una llamada telefónica ni de que Easton había descrito fielmente la sala de estar de Aldrich.

Pero muchos elementos de su versión no se podían corroborar. Gregg Aldrich había negado rotundamente haber recibido una carta de Easton en la que este se echaba atrás en el trato para matar a Natalie.

Easton no parecía el tipo de persona que mandaría una carta, pensaba Emily. Sería más propio de él dejar un mensaje críptico en el móvil de Aldrich diciendo que se iba de la ciudad y que ya no iba a poder seguir ofreciendo sus servicios.

Pero tal vez Easton no quería entablar una conversación si Gregg contestaba a la llamada, meditó Emily. No podía limitarse a dejarle un mensaje de voz en el buzón. Por eso escribió una carta.

Ya he acabado con este caso, se recordó. Déjalo correr. Hay muchas pruebas contra Gregg Aldrich. Decida lo que decida el jurado, podré vivir con ello.

A las cuatro de la tarde el juez Stevens mandó al jurado a casa, recordándoles una vez más que no hablaran de las deliberaciones, ni entre ellos ni con otras personas.

Ya llevan doce horas deliberando, pensó Emily mientras observaba cómo los miembros del jurado salían en fila con cara seria. No me sorprende. Solo espero que el viernes por la tarde ya tengamos veredicto. Sonrió tristemente. Después de ver *Primera tribuna* la noche anterior y oír los resultados de la encuesta, no quería que los miembros del jurado se vieran expuestos durante el fin de semana a familiares y amigos ansiosos por hacer comentarios útiles.

Richard Moore se quedó en la sala de justicia mientras Cole

acompañaba a Gregg y a Katie al exterior, seguidos a escasos pasos de distancia por Alice Mills. El abogado se acercó a Emily.

—El jurado nos está haciendo sudar la gota gorda, Emily —comentó cordialmente.

—Supongo —asintió Emily—. Pero siempre he pensado que esto duraría varios días.

—Tengo entendido que Alice Mills fue a verte ayer.

—Así es —contestó Emily—. Es una señora encantadora y ha pasado por un infierno, pero me alegro de que no esté en el jurado.

Richard Moore se rió entre dientes.

—Me lo imagino. —A continuación, el momentáneo atisbo de humor desapareció—. Emily, te aseguro que te equivocas de hombre. Puede que consigas la condena, pero si lo logras, seguiremos investigando cómo consiguió Easton la información, sobre todo lo del maldito cajón. Tiene que haber otra explicación.

—Richard, has hecho un trabajo estupendo. Yo tengo la conciencia tranquila. Si apareciera una nueva prueba legítima, sería la primera interesada en verla.

Salieron de la sala de justicia juntos.

—Hasta mañana —dijo Richard.

—Cuídate —contestó Emily.

Cuando llegó a su despacho había una nota sobre la mesa. «Em —ponía—, ven a cenar a Solari's a las seis y media. Hoy es el cumpleaños de Billy Tryon y vamos a invitarlo. Ted Wesley también va a venir.» La nota estaba firmada por Trish, una investigadora de la oficina.

Trish había añadido una simpática posdata: «Estarás en casa para ver tu programa favorito: ¡¡¡*Primera tribuna*!!!».

La idea de asistir a la celebración del cumpleaños de Billy Tryon era de lo menos atractiva, pero no había forma de negarse, sobre todo si iba a estar presente Ted Wesley, el primo de Tryon.

Son casi las cinco, advirtió. Ya que no me puedo librar, será mejor que me vaya a dar de comer a Bess y a sacarla un rato. Y me cambiaré este traje y estos zapatos de tacón por algo más cómodo.

Una hora más tarde, después de haber sacado a pasear a Bess veinte minutos, Emily le dio de comer, le cambió el plato del agua y subió al piso de arriba. Bess estaba tan desesperada por salir que no le había dado tiempo a cambiarse de ropa al llegar a casa.

45

Saltaba a la vista que el detective Billy Tryon estaba disfrutando de la cena de celebración de su quincuagésimo tercer cumpleaños en Solari's, el famoso restaurante situado a la vuelta de la esquina del palacio de justicia del condado de Bergen. Rodeando con el brazo la silla de su última joven novia, Donna Woods, comentaba lo agradable que era escapar de la tensión de la espera hasta el veredicto de Aldrich.

—Jake y yo hemos dedicado un montón de horas al caso —dijo, con un asomo de fanfarronería en la voz—. Es una lástima que no haya podido venir. Su hijo tenía un partido de algo.

—Billy, creía que Jake no te caía bien —protestó Donna seriamente—. ¿Por qué ibas a querer que estuviera aquí?

Emily, que disfrutó de lo lindo con el evidente bochorno de Tryon cuando lanzó una mirada airada a su novia, sintió una afinidad inmediata por Jake. Es una lástima que yo no tenga un hijo que juegue un partido esta noche, pensó. Preferiría estar en cualquier otro sitio.

Los demás comensales sentados a la mesa eran dos fiscales auxiliares, dos detectives veteranos y la investigadora Trish Foley, la que había dejado la nota a Emily invitándola a la cena.

Trish es una buena amiga, pensó Emily, pero no se da cuenta de lo que pienso de Billy Tryon. Estoy segura de que me ha invitado porque sabe que estoy preocupada por la deliberación del caso Aldrich. Cree que salir esta noche me vendrá bien, pero yo preferiría estar en casa con Bess, pensó suspirando.

No había visto a Ted Wesley ese día, pero sabía que había estado en su despacho. Le sorprendía que no hubiera pasado a saludarla. No era propio de él cuando un jurado estaba decidiendo el veredicto en un caso importante.

Billy Tryon, que seguía avergonzado por el comentario indiscreto de Donna acerca de su opinión de Jake, intentó cambiar de tema.

—Vamos, Em, deja de preocuparte. Cuando tienes por testigo principal a un ciudadano modelo, conseguir una condena es pan comido —bromeó—. ¿No te ha gustado la historia de la carta que Easton mandó a Aldrich para echarse atrás y quedarse con el «adelanto no reembolsable»? La frase es mía. En el tribunal se troncharon de risa.

—¿Cómo que la frase es tuya? —exclamó Emily, sorprendida.

—Bueno, ya sabes a lo que me refiero. Cuando lo entrevistamos por primera vez, me dijo que en la carta había escrito que no iba a devolverle el dinero. Yo le dije en broma que era una especie de adelanto no reembolsable. Y así lo dijo cuando declaró.

—Hola a todos. —Ted Wesley retiró una silla y se sentó. No habían reparado en su llegada, pero estaba claro que él había oído el cometario de Billy—. Dejemos el tema —dijo bruscamente—. No hace falta que nos busquemos problemas.

Y cumpleaños feliz, Billy, pensó Emily sarcásticamente. Examinó la cara del fiscal. Ted está preocupado por algo, pensó. Me pregunto si vio *Primera tribuna* anoche. Apuesto a que sí. No puede estar muy contento sabiendo que casi la mitad de los espectadores creen que su oficina está acusando a un hombre inocente. No es precisamente la mejor imagen para el secretario de Justicia entrante de Estados Unidos, el máximo responsable de la ley en todo el país.

Se fijó en que el saludo de Ted iba dirigido a toda la mesa y en que no le había dedicado a ella su habitual y cálido reconocimiento. Debería habérmelo imaginado, se dijo. Ya sé que Ted es un amigo en la bonanza, no solo conmigo, sino con todo el mundo. Si Aldrich es condenado, preveo una gran bonanza: solo brisas suaves y mucho sol.

Trish intentó reinstaurar el humor festivo que había disipado la revelación de Donna.

—Bueno, Billy, ¿qué deseas por tu cumpleaños? —preguntó alegremente.

—¿Que qué deseo? A ver. —Era evidente que Tryon estaba intentando desviar la conversación y alejarla de la más mínima referencia a Easton—. Seguir haciendo lo que haga falta para cazar a los malos. Ganar la lotería para poder comprarme una bonita casa en un edificio de Park Avenue. Y visitar a mi primo, el nuevo secretario de Justicia, en Washington. —Miró a Ted y sonrió—. Y saber lo que se siente poniendo los pies encima de tu mesa.

Saltaba a la vista que Ted Wesley no estaba de humor para bromas.

—Como ya te dije antes, solo podía quedarme unos minutos. Que disfrutes del resto de la noche.

Se levantó súbitamente.

Él nunca tenía tiempo para desear feliz cumpleaños a su primo, advirtió Emily. El camarero estaba repartiendo los menús. Pidieron la cena, y todos comenzaron a relajarse, salvo el homenajeado, quien, según observó Emily, seguía nervioso por el ridículo comentario de su novia y la frialdad de su primo. Por suerte para Donna, ella no se daba cuenta y se lo estaba pasando en grande.

La comida estaba deliciosa. A medida que avanzaba la noche, Billy pareció sobreponerse a la ira. Comentó en broma que Donna, que solo bebía refrescos, era su chófer personal y se sirvió cuatro generosas copas de vino.

El postre consistió en el pastel de cumpleaños de Billy acompañado de café. Cuando acabaron y se disponían a marcharse, Trish les dijo que el fiscal la había llamado por la tarde y le había dicho que la cena corría de su cuenta.

Billy sonrió y dijo:

—Así es mi primo, mi mejor amigo desde que éramos críos.

Y tú eres una vergüenza para él, pensó Emily. Espero que no le acabes estorbando. Se dio cuenta de lo profundamente disgustada que estaba por lo que había descubierto en esa cena. En primer lugar, estaba claro que él estaba reñido con su compañero, Jake Rosen, un investigador bueno y honrado. En segundo lugar, había proporcionado a Easton una cita digna de ser pronunciada ante el jurado con relación a su negativa a devolver el dinero a Aldrich.

Y por último, un deseo de cumpleaños consistente en «seguir haciendo lo que haga falta para cazar a los malos».

Lo que haga falta, pensó.

¿Qué significa eso?

46

El jueves a las once y cuarto de la mañana Emily recibió una llamada de la secretaria del juez Stevens para anunciarle que el jurado había enviado una nota al juez.

—¿Es un veredicto? —preguntó Emily sin poder ocultar su inquietud.

—No, no es un veredicto —contestó la secretaria—. El juez Stevens quiere verlos a usted y los Moore en su despacho dentro de cinco minutos.

—De acuerdo. Voy para allá.

Emily hizo una llamada rápida al despacho de Ted Wesley para comunicarle lo que pasaba.

Ted cogió el teléfono.

—¿Veredicto?

—No —dijo Emily—. Podría ser una solicitud de relectura o el aviso de que no se han puesto de acuerdo. Si no se han puesto de acuerdo, estoy segura de que Moore propondrá que se declare nulo el juicio.

Antes de que pudiera acabar lo que iba a decir, Wesley dijo airadamente:

—Protesta. Solo han estado deliberando un par de días después de semanas de juicio.

Emily procuró no parecer irritada.

—Eso es exactamente lo que pienso hacer. Por supuesto, alegaré que deberían seguir deliberando. De todos modos, no creo que el juez Stevens lo haga tan pronto.

—De acuerdo. Bien. Es demasiado pronto para dejar que tiren la toalla. Te veré allí arriba.

Pocos minutos después, Emily y los Moore estaban en el despacho del juez Stevens. El juez tenía la nota en la mano y se la leyó:

—«Señoría, nos gustaría oír el testimonio de Jimmy Easton y Gregg Aldrich de nuevo. Gracias.» —La nota estaba firmada por el miembro del jurado número uno—. He avisado a la escribana y estará lista dentro de quince minutos —les dijo el juez Stevens—. Los dos testigos han prestado testimonios extensos, y preveo que la relectura durará el resto del día.

Emily y los Moore se mostraron de acuerdo. Dieron las gracias al juez y salieron a la sala de justicia. Ted Wesley se hallaba de pie junto a la mesa de la acusación.

—Va a haber una relectura de los testimonios de Easton y Aldrich —le informó Emily—. Durará el resto del día.

Él se mostró aliviado.

—Bueno, es mucho mejor que si el jurado no se hubiera puesto de acuerdo. Si va a durar todo el día y luego el juez los manda a casa, es evidente que hoy no habrá veredicto. Está bien. Me marcho —dijo enérgicamente.

Una vez que el jurado estuvo sentado en la tribuna y atento, repasaron primero el testimonio de Easton. Emily se murió de vergüenza cuando la escribana leyó sus respuestas frívolas sobre el depósito no reembolsable. Se supone que es el testimonio de Easton, pero me pregunto cuánto hay en realidad de la cosecha de Billy Tryon, reflexionó.

La escribana concluyó la relectura del testimonio de Easton a la una y cuarto. El juez Stevens indicó que harían una pausa de cuarenta y cinco minutos para comer y que la sesión se reanudaría a las dos, cuando se llevaría a cabo la relectura del testimonio de Gregg Aldrich.

Para no tener que atravesar la cafetería y volver a encontrarse con Gregg y Katie Aldrich y Alice Mills, Emily pidió a un joven pasante de la oficina que le trajera sopa. Una vez en su despacho con la puerta cerrada, se consoló con el hecho de que la escribana había realizado la relectura en un tono discreto y profesional.

Ese tono contrastaba marcadamente con la actitud frívola y burlona que había mostrado Easton al declarar. Con suerte, los miembros del jurado que se habían indignado, y con razón, se darían cuenta de que lo que había dicho estaba lleno de sustancia y de validez... Tocó la madera de la mesa.

A las dos menos diez entró en el ascensor para subir a la sala de justicia. Sabía que no iba a ser fácil volver a escuchar el testimonio atormentado de Gregg Aldrich. También pensaba que, si bien con suerte se vería beneficiada por la relectura seca del testimonio de Easton, Aldrich también se podía ver beneficiado de la relectura igual de seca de su testimonio, que no reflejaría la temblorosa vacilación de su voz y su actitud.

Una vez que todo el mundo estuvo en su sitio de nuevo, la relectura dio comienzo puntualmente a las dos. Con una concentración y atención absolutas, los miembros del jurado parecían asimilar cada palabra. De vez en cuando, alguno echaba un vistazo a Gregg Aldrich y luego a Alice Mills, que en los últimos días se había sentado al lado de Katie, rodeándola casi siempre con el brazo.

Está comunicando al jurado que ha cambiado de opinión, advirtió Emily. Y los miembros del jurado seguramente la han visto los últimos días al marcharse a casa con Gregg y los Moore en el pasillo. Me pregunto cómo va a afectar eso a los miembros del jurado que todavía no han cambiado de opinión.

Probablemente mañana se anuncie que el jurado no se ha puesto de acuerdo, pensaba Emily. Sabía por su experiencia en el pasado que un jurado que ha estado varios días deliberando, y que acaba de oír la relectura de los testimonios más importantes, normalmente o llega a un veredicto o decide que no hay consenso rápidamente.

La escribana terminó a las cuatro y cinco.

—Está bien, damas y caballeros. Se levanta la sesión hasta

mañana a las nueve de la mañana —dijo el juez Stevens al jurado. Cuando Emily se volvió para marcharse, vio que Alice Mills la estaba mirando fijamente.

Tenía la clara sensación de que Alice llevaba mucho tiempo observándola.

Mientras Emily permanecía allí, la madre de Natalie alargó los brazos por encima del pasamano y posó las manos con ternura sobre los hombros de Gregg, un gesto que a Emily le pareció extrañamente familiar.

Emily parpadeó para reprimir las lágrimas que empezaban a escocerle en los ojos y se apresuró a salir de la sala, tratando de evitar la abrumadora e inexplicable nostalgia que de repente sintió al mirar aquellas tres figuras desoladas: Alice, Gregg y Katie.

47

—¿Qué crees que va a pasar? —preguntó Gregg Aldrich a Richard Moore el viernes a las nueve menos diez de la mañana, cuando volvían a sus puestos familiares tras la mesa de la defensa.

—Será hoy —contestó Moore.

Cole Moore asintió con la cabeza.

A las nueve en punto el juez Stevens ocupó su lugar. Pidió que hicieran pasar a los miembros del jurado a la tribuna y ordenó que se pasara lista. A continuación mandó al jurado que reanudara las deliberaciones.

Mientras salían en fila a la sala del jurado, Gregg comentó:

—Richard, anoche, en la encuesta de la página web de *Primera tribuna*, el cuarenta y siete por ciento de los espectadores estaban de mi parte. ¿Lo viste por casualidad?

—No, Gregg.

—Dudo que alguna vez te veas en un aprieto como el mío, pero si es así y Mike cubre el juicio en su programa, te recomiendo que lo veas. Descubrirás que es como ser dos personas a la vez. Eres el tipo al que están arrojando a los leones y al mismo tiempo un espectador del anfiteatro que apuesta si el tipo del foso conseguirá sobrevivir. En realidad, es una posición muy interesante.

Estoy diciendo tonterías, pensó Gregg. Supongo que estoy agotado. Es absurdo que, con lo bien que dormí anoche, al despertarme por la mañana tuviera la terrible sensación de que me van a condenar. Desde el principio he pensado que quería quitarme esto de encima, pero ahora rezo para al menos conseguir que el jurado no se ponga de acuerdo. Si me declaran culpable, el proceso de apelación podría tardar años, y sé que Richard cree que no tendría muchas posibilidades.

Un asesino convicto.

Te asignan un número, ¿no?

Quiero recuperar mi vida. Quiero levantarme por la mañana e ir a trabajar. Quiero coger el coche e ir al colegio de Katie a verla jugar al fútbol. Quiero ir al campo de golf. Apenas he jugado en todo el verano, y cuando lo he hecho no me podía concentrar.

El juez estaba abandonando el estrado. Gregg echó un vistazo a la mesa de la acusación. Emily Wallace seguía sentada. Ese día llevaba una chaqueta verde oscuro encima de un jersey de cuello alto negro y una falda negra. Tenía las piernas cruzadas debajo de la mesa, y se fijó en que, como siempre, llevaba zapatos de tacón. Cuando había entrado por la mañana en la sala, el ruido de esos tacones le había recordado el sonido de los tacones de Natalie, que solía oír cuando había silencio en casa y ella llegaba en torno a las once después de una función...

A menos que fuera al teatro a buscarla, siempre me quedaba levantado esperándola, pensó Gregg. Sus pasos sobre el suelo de madera noble del recibidor me despertaban cuando me quedaba dormido.

Entonces servía unas copas para los dos y le preparaba un tentempié si ella tenía hambre. Disfrutaba haciéndolo, aunque a ella le preocupaba mantenerme en vela por tal de atenderla, y no le parecía justo.

Natalie, ¿por qué te estresabas tanto por cosas que no suponían un problema? ¿Por qué eras tan insegura que no aceptabas el hecho de que te quería y me gustaba hacer cosas por ti?

Cuando Gregg volvió a echar un vistazo a la mesa de la acusación, vio que uno de los detectives que lo habían interrogado poco después de la muerte de Natalie y hacía siete meses, después de que Easton fuera detenido, se acercaba a Emily Wallace.

Tryon, pensó Gregg. ¿Cómo se llamaba? Ah, sí, Billy. Viéndolo declarar en el tribunal, salta a la vista que se cree James Bond. Mientras Gregg observaba, Tryon posó la mano en el hombro de Emily Wallace en una actitud familiar que claramente ella no apreció cuando alzó la vista y frunció el ceño.

Seguramente le esté deseando suerte, pensó Gregg. Afróntalo. Si me condenan, será una victoria para los dos. Una muesca más en sus cinturones. Estoy seguro de que saldrán a celebrarlo juntos.

Va a ser hoy, pensó.

Sé que va a ser hoy.

Richard y Cole Moore recogieron sus maletines. Ahora nos vamos a nuestra segunda casa, pensó Gregg.

La cafetería.

A las once y media, cuando se encontraban sentados ante una mesa junto a la zona del café, el móvil de Richard Moore empezó a sonar. Gregg y Katie habían estado jugando a las cartas. Alice Mills intentaba leer una revista. Cole y Richard habían estado repasando otros casos.

Richard contestó al teléfono, escuchó y echó un vistazo a la mesa.

—Tenemos veredicto —dijo—. Vamos.

Emily recibió la llamada cuando intentaba concentrarse una vez más en otro expediente. Lo apartó y llamó a Ted Wesley, y luego, haciendo ruido con los pasos en el suelo de mármol, salió corriendo al pasillo y decidió ir por la escalera en lugar de esperar el ascensor.

Cuando llegó al tercer piso, vio que la noticia de que iban a anunciar el veredicto ya se había propagado. La gente se apresuraba a entrar en la sala antes de que todos los asientos estuvieran ocupados. Llegó a la puerta en el momento exacto en que Gregg Aldrich venía por el otro lado. Estuvieron a punto de chocarse, pero los dos retrocedieron. Por un instante, se miraron fijamente el uno al otro, y acto seguido Aldrich le indicó con un gesto que entrara primero.

Ted Wesley sorprendió a Emily al sentarse a su lado en la mesa de la acusación. Ahora que sabe que hay veredicto, y que el jurado se ha puesto de acuerdo, está convencido de que hemos logrado la condena, pensó. Así que ahora es el centro de atención. Reparó en que Ted se había tomado la molestia de cambiarse de corbata y de chaqueta. Va todo arreglado para las cámaras, pensó, con un asomo de resquemor.

El juez Stevens entró y anunció formalmente lo que todos sabían.

—Abogados, hace quince minutos he recibido una nota del jurado en la que me indican que han llegado a un veredicto. —Se volvió hacia el alguacil y dijo—: Haga pasar al jurado.

Cuando los miembros del jurado entraron en fila, todos los presentes en la sala se dedicaron a mirarlos, en busca de alguna señal que revelara su decisión.

El juez Stevens se dirigió al miembro número uno, Stuart Harvey.

—Señor Harvey, ¿sería tan amable de levantarse? ¿Ha llegado a un veredicto el jurado?

—Sí, señoría.

—¿Y el veredicto es unánime?

—Sí, señoría.

En la sala de justicia había un silencio absoluto.

El juez Stevens miró a Gregg.

—El acusado debe levantarse.

Con expresión impasible, Gregg Aldrich y los Moore se pusieron en pie.

—En el cargo de allanamiento de morada, ¿cómo declaran al acusado?

—Culpable, señoría.

Se oyó un grito ahogado de sorpresa colectivo en la sala. Si lo han declarado culpable de entrar en casa de Natalie, entonces lo hemos trincado en el resto de los cargos, pensó Emily. Es o todo o nada.

—En el cargo de asesinato, ¿cómo declaran al acusado?

—Culpable, señoría.

—No... no...

Katie se levantó de un brinco de su asiento al lado de Alice Mills y antes de que alguien pudiera detenerla, rodeó el pasamano corriendo y se arrojó a los brazos a su padre.

El juez Stevens la miró, le indicó suavemente con un gesto que volviera a su asiento, esperó a que obedeciera y se volvió de nuevo hacia el presidente del jurado.

—En el cargo de posesión de arma de fuego para uso ilegal, ¿cómo declaran al acusado?

—Culpable, señoría.

Mientras Emily observaba, Gregg Aldrich se volvió e intentó consolar a su hija, que no dejaba de sollozar. Por encima del murmullo de la sala le oyó decir:

—No pasa nada, Katie. Solo es la primera ronda. Te lo prometo.

El juez Stevens miró a Katie y dijo en tono firme pero compasivo:

—Señorita Aldrich, debo pedirle que se calme mientras acaba el proceso.

Katie se tapó la boca con las manos y ocultó la cara en el hombro de Alice.

—Señor Moore, ¿desea preguntar a los miembros del jurado individualmente?

—Sí, señoría.

—Damas y caballeros, el presidente ha anunciado que han declarado al acusado culpable de todos los cargos —aclaró el juez—. Cuando se les llame por su nombre, indiquen si votaron inocente o culpable, por favor.

—Culpable.

—Culpable.

—Culpable.

—... Culpable.

—... Culpable.

A dos de las mujeres del jurado les caían lágrimas por las mejillas al responder.

Pálido como un muerto, Gregg Aldrich negó con la cabeza cuando el último miembro del jurado repitió la palabra que lo había condenado.

Empleando esta vez un tono enérgico, el juez Stevens confirmó formalmente que el veredicto era unánime. Ordenó que el alguacil entrara en la sala del jurado con el presidente, sacaran las pruebas y se las devolvieran a los abogados.

Un minuto más tarde, cuando salieron de la sala, Emily repasó rápidamente las pruebas de la acusación y Richard Moore las de la defensa. Ambos señalaron que no faltaba nada.

El juez se dirigió al jurado por última vez.

—Damas y caballeros, con el escrutinio de su veredicto concluye su participación en este caso. Quiero darles las gracias en nombre de la judicatura y de todas las personas relacionadas con el caso. Han sido muy atentos. Les recuerdo que según las normas del tribunal, ninguna persona relacionada con el caso puede hablar con ustedes de las deliberaciones ni del papel que han desempeñado en el resultado. También les advierto que no deben hablar con otras personas de las deliberaciones. No digan nada que no estuvieran dispuestos a repetir delante de los otros miembros del jurado. Gracias, una vez más. Pueden marcharse.

Cuando los miembros del jurado se levantaban para irse, Alice Mills se puso en pie súbitamente y gritó:

—Yo no les doy las gracias. No han entendido nada. Alguien disparó y dejó morir a mi hija en el suelo, pero el asesino no está en esta sala. Gregg, mi yerno, es inocente. Él no lo hizo.

Enfurecida, Alice señaló con el dedo a Emily.

—Tu testigo es un mentiroso, y tú lo sabes. Lo vi ayer en tu cara, y no lo niegues. Sabes que esto es una farsa y en lo más profundo de tu corazón te avergüenzas de haber participado. ¡Por el amor de Dios, Emily!

El juez golpeó con su mazo.

—Señora Mills, entiendo perfectamente lo triste y afectada que está, y lo siento mucho por usted, pero debo insistir en que se calme mientras los miembros del jurado abandonan la sala.

Claramente conmovidos por lo que habían presenciado, los miembros del jurado se marcharon.

Quedaba por hacer una petición. Emily se levantó.

—Señoría, el señor Aldrich ha sido condenado por tres cargos: allanamiento de morada, posesión de un arma de fuego y asesinato. Ahora que se enfrenta a la cadena perpetua, el estado se permite señalar que existe un gran riesgo de que se fugue. Sin duda tiene los medios económicos para huir. El estado solicita que se revoque su fianza.

Richard Moore, al que también se le había quedado la piel cenicienta, respondió. Consciente de que su argumento sería fútil, adujo que se permitiera volver a casa a Gregg Aldrich hasta que lo condenaran para poder poner sus asuntos en orden y realizar los preparativos necesarios para su hija huérfana de madre.

—Estoy de acuerdo con la fiscal en que existe un riesgo considerable de fuga —dijo el juez Stevens—. El señor Aldrich sabía que este veredicto era posible y debería haber realizado los preparativos necesarios antes de hoy. La sentencia se impondrá el 5 de diciembre a las nueve de la mañana. Se revoca la fianza. El señor Aldrich será detenido.

Pálido como un muerto, Gregg Aldrich obedeció en silencio las instrucciones del alguacil y colocó las manos a la espalda. Su expresión no se alteró cuando el funcionario le colocó las esposas en las muñecas y se las cerró.

Cuando lo llevaron de la sala de justicia a la celda de detención, las dos impresiones que quedaron grabadas a fuego en su mente fueron la cara de intensa preocupación de Emily Wallace y la sonrisa de abierta satisfacción del fiscal Ted Wesley.

48

Emily no se sumó a la celebración de la victoria que tuvo lugar el viernes por la noche en Solari's. Alegando agotamiento, dijo a Ted Wesley que antes de que se fuera a Washington le gustaría invitarlos a él y a Nancy a cenar. A pesar de que su cansancio era real, no soportaba la idea de celebrar un veredicto que había destrozado no solo a Gregg Aldrich, sino también a su hija y a la madre de Natalie.

«Sabes que esto es una farsa y en lo más profundo de tu corazón te avergüenzas de haber participado.» La angustiosa acusación que Alice Mills había gritado en el tribunal sonaba una y otra vez en la cabeza de Emily. Su solidaridad hacia Alice se veía mezclada con la ira. He dedicado siete meses de mi vida a este caso, pensaba al salir del palacio de justicia. Afortunadamente, todos los medios de comunicación ya se habían ido y nadie se acercó a ella de camino al coche.

Quería que se hiciera justicia a un ser humano con un talento extraordinario que hizo disfrutar a muchas personas y fue asesinada por un intruso al entrar en su casa, pensaba.

«En lo más profundo de mi corazón...»

¿Qué sabe Alice Mills de mi corazón? De hecho, ¿qué sé yo de mi propio corazón? Ni siquiera es el mío. Mi corazón fue colocado en una bandeja sobre una mesa de operaciones y luego desechado.

Las lágrimas que había reprimido desde el ataque de Alice Mills comenzaron a caer cuando entró en su coche. Recordó lo que había dicho un reportero durante la lluvia de preguntas posterior al veredicto.

—Va a ser famosa, Emily. Todo el mundo va a escribir sobre usted. Hasta esta mañana no sabía que le habían hecho un trasplante de corazón. Unas personas estaban hablando de ello. Y una cosa más: no sabía que su marido falleció en Irak. Lo siento mucho.

Todo va a aparecer en los medios de comunicación, pensó Emily. Dios santo, no me importa lo del trasplante de corazón, pero daría lo que fuera por volver a casa y que Mark estuviera allí. Podría con cualquier cosa si él estuviera conmigo...

Cuando llegó a casa y abrió la puerta, los frenéticos ladridos que oyó a modo de bievenida procedentes del porche la animaron inmediatamente. Mientras corría junto a Bess, pensó con gratitud en el amor incondicional que su perra siempre le profesaba.

49

El viernes por la noche, nueve horas después de que se pronunciara el veredicto, dio comienzo la emisión de *Primera tribuna*. Michael Gordon empezó con los dramáticos fragmentos del veredicto de culpabilidad y los estallidos de Katie Aldrich y Alice Mills.

—Esta noche les ofrecemos un fantástico programa —exclamó—. No solo oirán a nuestros distinguidos expertos, sino también a los miembros del jurado, los suplentes que no llegaron a participar en las deliberaciones y la testigo que estuvo con Natalie Raines cuando falleció.

Los expertos —el juez retirado Bernard Reilly, el ex fiscal Peter Knowles y la psicóloga criminalista Georgette Cassotta— se mostraron profundamente sorprendidos de que el jurado hubiera alcanzado un veredicto unánime. Cassotta reconoció, sin ambages, que no creía que esa unanimidad fuera posible, habida cuenta de todos los problemas relacionados con Jimmy Easton.

Dorothy Winters, la decepcionada suplente, no esperó una invitación para hablar.

—Estoy furiosa —dijo—. Esto no habría pasado si yo hubiera estado allí. Nada me habría hecho cambiar de opinión. Creo que el juez permitió que la fiscal acosara al señor Aldrich cuando ese pobre hombre estaba intentando explicar por qué había ido a Cape Cod. Para mí, era demasiado bueno para Natalie. No creo que ella lo tratara muy bien. Todo giraba siempre alrededor de su carrera, pero él seguía entregado a ella y siempre estaba intentando cuidarla.

El miembro del jurado número tres, Norman Klinger, un ingeniero civil de cuarenta y tantos años, sacudió la cabeza.

—Examinamos el caso desde todos los puntos de vista —dijo de forma inexpresiva—. Lo fundamental no es si el señor Aldrich era demasiado bueno para Natalie. Jimmy Easton es lo que es, pero todo lo que dijo fue corroborado.

A Suzie Walsh le había hecho mucha ilusión recibir una invitación telefónica para que asistiera al programa. Había corrido a arreglarse el pelo e incluso había pagado para que la maquillaran en el salón de belleza, pero al llegar al estudio había descubierto que tenían peluquera y maquilladora propia. Podría haberme ahorrado el dinero, pensó, tristemente, sobre todo teniendo en cuenta que la señora del estudio me ha vuelto a peinar y me ha suavizado el maquillaje.

Michael Gordon le hizo una pregunta.

—Señora Walsh, usted fue la última persona que vio a Natalie Raines con vida. ¿Qué opina del veredicto?

—Al principio pensaba que él era claramente culpable —dijo con seriedad—. Pero luego me di cuenta de que hay algo que me ha obsesionado desde el principio. Verá, cuando yo la encontré todavía estaba viva. No abrió los ojos, pero estaba gimiendo. Creo que comprendió que yo estaba llamando por teléfono para pedir ayuda. Si ella hubiera sabido quién le había disparado, y me refiero a su marido, ¿por qué no me lo susurró? En mi opinión, sabía que se estaba muriendo. ¿No querría que atraparan a la persona que le hizo eso?

—Exacto —terció Dorothy Winters.

—Señora Walsh, debe comprender que todo eso ya se debatió a fondo en la sala del jurado —le dijo Klinger—. Usted dice que Natalie Raines se estaba muriendo. Ha dicho que no abrió los ojos. El hecho de que estuviera gimiendo no significa que tuviera la capacidad para comunicarse con usted.

—Sabía que yo estaba allí. Estoy segura —insistió Suzie—.

De todas formas, no creo que la gente pueda gemir cuando está inconsciente.

—No estoy diciendo que estuviera necesariamente del todo inconsciente, pero estaba gravemente herida y, repito, no creo que tuviera la capacidad de comunicarse.

—Llevaban separados más de un año. A lo mejor había otro hombre en medio que nadie conocía —dijo Dorothy Winters obstinadamente—. No olviden que ella había insinuado a Gregg Aldrich que había otra persona en su vida. Por eso él fue a Cape Cod a asegurarse. ¿O lo hizo por simple diversión? Aunque el teléfono de ella no apareciera en el listín, cualquiera podría haber conseguido su dirección y localizar su casa por internet. Hagan la prueba. Es facilísimo.

—El abogado de la defensa no habló mucho de la posibilidad de que ella tuviera otro novio —señaló Donald Stern, el otro miembro suplente del jurado—. Si ese hombre existía, aunque no estuviera en Cape Cod, no significa que no conociera bien la casa de New Jersey. Sinceramente, yo seguía decantándome por votar culpable, pero si hubiera participado en las deliberaciones con la señora Winters, puede que ella me hubiera convencido y hubiera cambiado de opinión. Escuchándola aquí, estoy seguro de que ella no habría cambiado de opinión.

Al oír aquella discusión, Michael Gordon se preguntó en voz alta por el monumental giro del destino que se había producido cuando la escribana del tribunal había sacado la tarjeta de Dorothy Winters y esta había pasado a ser suplente.

—Gregg Aldrich está en una celda esta noche y se enfrenta a una cadena perpetua —dijo—. Si Dorothy Winters hubiera estado en la sala del jurado, habría impedido que el jurado se pusiera de acuerdo y ahora él estaría cenando en casa con su hija.

—La vida está llena de giros y vuelcos que acaban teniendo enormes consecuencias —asintió el juez Reilly—. Las tarjetas que una escribana saca al azar, excluyendo a dos miembros del jurado como la señora Winters y el señor Stern de las deliberaciones, han cambiado indudablemente el resultado de algunos juicios criminales, como estamos viendo ahora.

Cuando el programa concluyó y Mike regresó a su despacho, encontró una nota apoyada en el teléfono. Ponía: «Mike, ha llamado una mujer. No ha querido decir su nombre. Su número no ha aparecido identificado. Quería saber si hay una recompensa a cambio de información sobre la persona para la que trabajaba Jimmy Easton cuando estuvo en casa de Aldrich. ¿Lo averiguarás y lo comentarás en el programa de la semana que viene?».

50

Zach pasó la mayor parte del sábado buscando un coche con una sensación creciente de urgencia. No tenía la más mínima intención de ir a un concesionario, donde tendría que rellenar una serie de documentos para la Jefatura de Tráfico. En lugar de ello, respondía a los anuncios clasificados de coches de segunda mano con los números de teléfono de los dueños.

Había visto las noticias por televisión la noche anterior y el periódico de la mañana, lleno de fotografías y artículos sobre el veredicto del caso Aldrich. Le preocupaba que dieran mucha publicidad a Emily. Sabía lo que podía ocurrir. Algún reportero podría hacer un reportaje de seguimiento sobre ella delante de su casa y pillarme con la cámara sin que me diera cuenta. Podría acabar en las noticias nacionales. Alguien, en alguna parte, podría reconocerme.

Tengo que estar listo para marcharme.

El último anuncio al que había contestado resultó ser exactamente lo que quería. La furgoneta marrón oscuro tenía ocho años, pero estaba en un estado bastante decente. Era la clase de vehículo que no llamaría la atención. Nadie lo miraría dos veces. Igual que a mí, pensó amargamente.

El dueño, Henry Link, vivía en Rochelle Park, un pueblo cercano. Era un anciano que tenía la debilidad de hablar demasiado.

—Era el coche de mi mujer, Edith —explicó—. Lleva seis meses en la clínica. Siempre he tenido la esperanza de que volvería a casa, pero eso no va a ocurrir. Hemos pasado muy buenos ratos en él.

Estaba fumando una pipa. El aire de la pequeña cocina estaba cargado de olor a humo rancio.

—No es que fuéramos muy lejos —subrayó—. Por eso tiene tan pocos kilómetros. Seguíamos el río Hudson cuando hacía buen tiempo y buscábamos un sitio para comer. ¡Ella preparaba el mejor pollo frito y la mejor ensalada de patata del mundo! Y...

Zach llevaba un cuarto de hora sentado a la mesa de la cocina frente a él, escuchando los aparentemente interminables detalles de la vida de Henry con Edith. Incapaz de perder más tiempo, se levantó bruscamente.

—Señor Link, en el anuncio pone que pide cuatrocientos dólares por la furgoneta, tal como está. Le daré trescientos en efectivo ahora. Yo me encargaré de entregar las matrículas y de presentar el resto del papeleo. No tendrá que preocuparse de nada.

—Está bien —dijo Henry, dándose cuenta de que como siempre había perdido a su público—. Me parece justo, si tiene el dinero. Gracias por encargarse del papeleo. No soporto tener que hacer cola en la oficina de tráfico. ¿Cuándo quiere recogerlo? Porque no podrá conducir dos coches al mismo tiempo. ¿Va a volver con un amigo?

No tengo ninguno, pensó Zach, y si los tuviera, no se enterarían de esto.

—Déjelo en la entrada y deme las llaves. Volveré por la noche a recogerlo. Ni siquiera tendré que llamar al timbre.

—Perfecto —contestó Henry Link, cordialmente—. Así me dará tiempo a sacar las cosas de Edith del coche. Ya sabe, como la medalla de san Cristóbal que tiene colgada de la visera. A menos que usted quiera quedársela. A ella la protegió.

Pero acto seguido vaciló frunciendo el ceño.

—No, lo siento. Ella me mataría si la regalara, ¿sabe?

51

Emily vio *Primera tribuna* en camisón apoyada en la cama. Mientras escuchaba los comentarios de todos, sus emociones oscilaban entre la preocupación y la consternación: preocupación porque hubiera tantas dudas respecto al veredicto, y consternación por desear que Dorothy Winters hubiera estado en la sala del jurado.

De haber sido así, ahora estaría preparando el caso otra vez. ¿De veras es lo que quería que pasara?, se preguntó.

Apagó la luz cuando acabó el programa, pero no lograba conciliar el sueño. Una sensación de profunda tristeza se había asentado sobre ella como una manta. Pensó en las docenas de informes psiquiátricos que había leído como fiscal, en los que un médico escribía sobre la depresión de un acusado. Muchos de los síntomas que mencionaban eran los mismos que había sentido ese día. Cansancio, llanto y tristeza dominante.

Y resentimiento, añadió. Me he esforzado por ser comprensiva con la madre de Natalie y el suplicio por el que ha pasado. ¿Cómo ha podido volverse contra mí hoy?

A medianoche abrió el cajón de la mesilla de noche y buscó los somníferos suaves que a veces tomaba cuando el sueño se le resistía. Al cabo de veinte minutos se había dormido, pero antes se imaginó a Gregg Aldrich en una celda diminuta, seguramente compartida con otro preso que también había sido acusado de un delito grave.

Se levantó a las siete de la mañana para sacar a Bess unos minutos y luego volvió a subirla a su habitación y se quedó dormida de nuevo. La despertó el teléfono a las diez. Era el investigador Jake Rosen.

—Emily, te echamos de menos anoche, pero entiendo que tuvieras ganas de ir a casa. Siento que la madre de la víctima te despellejara de esa forma. No dejes que te afecte. Has hecho un trabajo estupendo.

—Gracias, Jake. ¿Qué tal fue anoche?

—En cierto sentido hiciste bien no viniendo. Sé que Billy no es santo de tu devoción.

Emily lo interrumpió, ya totalmente despierta:

—Eso es quedarse corto.

Jake se rió entre dientes.

—Lo sé. El caso es que anoche estuvo de lo más bocazas, y al final Ted Wesley le dijo que dejara de beber y se callara.

Emily reaccionó al instante y preguntó:

—¿De qué habló Billy?

—Se dedicó a alardear de lo bien que había preparado a Jimmy Easton. Básicamente dijo que te había entregado el caso en bandeja de plata. Emily, normalmente yo no diría esto, pero ese tipo tiene un orgullo desbocado.

Emily se incorporó y sacó los pies por un lado de la cama.

—En su cena de cumpleaños estuvo hablando de lo mismo. Jake, ¿alguna vez le viste dar información a Easton, o tienes conocimiento de que lo hiciera?

—Cuando detuvieron a Easton llegué a la comisaría pocos minutos después de Billy —respondió Jake—. Billy estaba hablando con la policía local y, que yo sepa, todavía no había visto a Easton. Yo estuve con él cuando habló con Easton un poco más tarde. No le vi hacer nada malo. Que yo sepa, he estado presente todas las veces que Billy ha hablado con Easton desde entonces.

—Jake, los dos sabemos que a lo largo de los años Billy ha sido acusado de poner palabras en boca de otras personas si eso beneficiaba al caso. ¿Estás seguro de que nunca ha estado solo con Easton?

—Creo que sí. Emily, no te olvides de que Billy es un fanfarrón y un fantasma, pero también lleva mucho tiempo investigando homicidios. Tiene un gran instinto y sabe adónde mirar.

—Está bien, Jake, dejémoslo así. Tal vez me esté poniendo paranoica. O tal vez he estado viendo *Primera tribuna* demasiado.

Jake se rió.

—Claro. Cambia a *La caza del fugitivo*. Lo emiten esta noche. Está muy bien. Deberían llamarlo *La caza del chalado*. No puedo creer la cantidad de tarados que hay sueltos. Me alegro de haber hablado contigo, Em.

—Yo también, Jake.

Después de colgar, Emily fue directa a la ducha. Mientras se secaba el pelo, planificó detalladamente el día. A ver si me pueden dar hora para cortarme el pelo y hacerme la manicura, pensó. He estado tan ocupada que el flequillo me llega prácticamente a los ojos. Luego quiero acercarme a Nordstrom's a comprarme unas medias y maquillaje. Echaré un vistazo a los trajes. No me vendría mal un par nuevo.

Antes de preparar café, salió a la entrada a recoger el periódico de la mañana. Consciente de lo que le esperaba, lo llevó a la cocina y lo abrió. La mitad superior de la primera plana la ocupaba una fotografía de Gregg Aldrich hundido en su silla después de que se pronunciara el veredicto. Se estremeció al mirar la fotografía interior, en la que aparecía una consternada Alice Mills señalándola con el dedo.

Leyó el artículo por encima y luego tiró el periódico. Tal como esperaba, habían explotado dramáticamente lo irónico de la referencia de Alice Mills a su corazón, habida cuenta del historial médico de Emily.

Disgustada, se propuso quitárselo de la cabeza y mientras tomaba el café y una tostada, pidió hora en el salón de peluquería. Había habido una cancelación para el mediodía y podían hacerle un hueco.

—Algo sale bien, Bess —dijo—. Por lo menos me voy a poder cortar el pelo. Lo tengo tan largo que estoy empezando a parecerme a ti.

Cuatro horas más tarde, Emily se metía en el aparcamiento del centro comercial Garden State Plaza y se dirigía a Nordstrom's. La suerte me está durando, pensó cuarenta y cinco minutos más tarde al entregar su tarjeta de crédito a la dependienta.

—¡Aquí tiene! —dijo la dependienta sonriendo alegremente al tiempo que doblaba los tres trajes nuevos y los metía en una bolsa grande.

—Muchas gracias —contestó Emily amablemente—. Voy a sacarles mucho partido.

Ya había comprado las medias. Iba a hacer la última parada en el mostrador del maquillaje. Mientras se dirigía a la zona en cuestión del piso principal, Emily notó un golpecito en el hombro y se dio la vuelta.

—Emily, qué alegría verte. Nos conocimos en casa de los Wesley la semana pasada. Marion Rhodes.

Era la psicóloga que había asistido a la cena. Emily pensó en su madre, que siempre le había dicho que la gente a la que conocía por casualidad no tenía por qué acordarse de su nombre o de dónde se habían conocido. La madre de Marion debía de haberle dicho lo mismo.

Ese día Marion iba vestida informalmente con una chaqueta de punto y unos pantalones de sport, pero conservaba el mismo aire indefinible de elegancia que Emily había admirado en ella. Tenía una sonrisa cálida, como el tono de su voz. Emily se alegró sinceramente de haberse encontrado con ella.

—Menuda semanita has tenido, Emily. He leído sobre tu caso en los periódicos. Ted me ha contado lo orgulloso que está de tu trabajo. Enhorabuena por el veredicto. Debes de estar muy contenta.

Emily se dio cuenta de que los ojos se le habían humedecido de repente.

—¿Por casualidad has visto el periódico de esta mañana con

la foto de la madre de Natalie Raines señalándome y acusándome de saber en lo más profundo de mi corazón que Gregg Aldrich es inocente?

Sabía que Marion, como buena amiga de los Wesley que era, debía de haberse enterado de que le habían hecho un trasplante de corazón.

—Lo sé, Emily. He leído el periódico. Es duro cuando pasa algo así.

Temiendo contestar por miedo a que le fallara la voz, Emily asintió con la cabeza. Era consciente de que Marion la estaba observando fijamente.

Marion abrió su bolso, metió la mano y sacó su tarjeta de visita.

—Emily, me gustaría que me llamaras. Tal vez si hablamos unas cuantas veces pueda serte de ayuda.

Emily cogió la tarjeta de buena gana y logró esbozar una media sonrisa.

—Recuerdo que en la cena Ted dijo que hace mucho tiempo los habías ayudado a él y a Nancy en una mala racha, como él dijo. No me avergüenza reconocer que ahora mismo estoy un poco abrumada. Te llamaré la semana que viene.

52

Los años que había pasado evitando que lo atraparan habían enseñado a Zach a ser precavido. Después de regresar a casa de la cocina llena de humo de Henry Link y cenar pronto, estaba pensando cómo volver a por el vehículo. No iba a pedir un taxi para que lo recogiera en casa porque quedaría constancia.

En lugar de ello, anduvo un kilómetro y medio hasta Fair Lawn y cogió un autobús hasta el Garden State Plaza, en Paramus. Desde allí recorrió andando el kilómetro que había hasta la casa de Link en Rochelle Park. Esperaba que Henry Link no lo viera y saliera a darle la tabarra otra vez.

Sin embargo, mientras abrió la puerta y arrancó la furgoneta, Henry no apareció. En la carretera 17 giró hacia el sur y se dirigió a la autopista de peaje, que lo llevaría hasta el aeropuerto de Newark, en cuyo parking de estacionamiento prolongado dejaría la furgoneta. Su plan consistía en tomar un taxi de vuelta a Fair Lawn y recorrer andando el resto del trayecto hasta casa.

Cuando regresó a su barrio eran las nueve menos cuarto de la noche. Echó un vistazo a la casa de Madeline Kirk. Sabía que la casa de aquella vieja fisgona tenía la misma distribución que la suya, lo que significaba que la luz que estaba encendida procedía del cuarto situado al lado de la cocina. Seguramente está viendo la televisión, pensó, tal vez esperando a que empiece *La caza del fugitivo* a las nueve.

Me pregunto si continuarán con la crónica sobre mí de la semana pasada. Me pregunto si dirán que tienen nuevas pistas.

Zach estaba enfilando el camino de entrada de su casa. Pero entonces se detuvo. Si Kirk vio el programa la semana pasada, no ha podido llamar para chivarse porque la poli se me habría echado encima. Sin embargo, si vio el programa pero no estaba segura de si llamar, es posible que otro programa dedicado a mí la anime a hacerlo. Nunca se sabe...

Tenía que asegurarse. Aunque primero tenía que coger un par de guantes de casa para no dejar huellas. Entró rápido, cogió unos guantes de piel ceñidos del armario del recibidor y se los puso.

En la calle había bastante oscuridad, lo que facilitó escabullirse a lo largo de los setos descuidados que separaban la finca de Kirk de su vecino sin que lo vieran. Se agachó al llegar a la ventana lateral que daba al cuarto y levantó la cabeza con cuidado por encima del alféizar.

Vestida con bata y camisón, la figura menuda de Madeline Kirk se hallaba arrellanada en un sillón raído con un perro afgano en el regazo. Zach vio un teléfono, un lápiz y un pequeño bloc sobre la mesilla que tenía al lado.

Veía bien la televisión y el volumen estaba tan alto que oía la mayor parte de lo que decían. Faltaban un par de minutos para las nueve y oyó un mensaje que anunciaba a los telespectadores que *La caza del fugitivo* empezaría en breves momentos.

Estaba seguro de que su instinto no le engañaba. No podía esperar más a ver si ella anotaba el número de teléfono del programa. Si se quedaba fuera y ella empezaba a marcar el número, puede que no llegara a tiempo.

Debe de haber una ventana o una puerta abierta en alguna parte, pensó. Rodeó la casa deslizándose, pero no vio ni rastro de cables en las ventanas que hicieran pensar que la vieja tenía una alarma. En el otro lado de la casa encontró lo que estaba buscando: una ventana del primer piso ligeramente levantada. Al mirar dentro, vio que daba a un pequeño cuarto de baño. Un golpe de suerte, pensó. Y la puerta está cerrada, así que no me verá entrar. Ni me oirá. Con la televisión tan alta, seguramente esté sorda.

Usó su navaja para cortar la red de la mosquitera. El marco desconchado de la vieja ventana desprendió unas partículas que cayeron al suelo cuando colocó los dedos en la parte inferior y empujó hacia arriba. Una vez que la hubo levantado al máximo, inclinó el cuerpo hacia delante, se colocó de puntillas, agarró el alféizar con las manos y se coló por la abertura.

Avanzó por el breve pasillo sin hacer ruido hasta el cuarto. El sillón de Madeline Kirk estaba colocado de forma que quedaba de espaldas a él.

El programa ya había empezado, y el presentador, Bob Warner, estaba dando nueva información sobre Zach.

—Hemos recibido docenas de llamadas desde la semana pasada, y hasta ahora ninguna ha dado resultado. Pero todavía le seguimos la pista.

Las recreaciones infográficas de Zach, incluida la que guardaba un inquietante parecido con él, aparecieron en la pantalla.

—Mírenlas bien otra vez —instó Bob Warner a los telespectadores—. Y recuerden que a este hombre le gusta plantar crisantemos amarillos en su casa. Este es nuestro número de información.

Cuando el número de teléfono apareció en pantalla, Zach oyó a Madeline Kirk decir en voz alta:

—Tenía razón. Tenía razón.

Mientras ella alargaba el brazo para coger el lápiz y el bloc, Zach le tocó el hombro.

—¿Sabes una cosa, vieja? Tenías razón. Qué lástima.

Madeline Kirk soltó un grito ahogado de horror, y las manos enguantadas de Zach se cerraron en torno a su garganta.

53

Michael Gordon había pensado ir a Vermont a pasar el fin de semana e intentar concentrarse en su libro, pero decidió quedarse en Manhattan por Katie. Además, sabía que le sería imposible concentrarse en los crímenes más famosos del siglo XX cuando un solo crimen, el asesinato de Natalie, acaparaba toda su atención.

La llamada de teléfono a su despacho.

La pregunta sobre la recompensa.

¿Era algo serio? ¿Había alguien allí fuera que podía demostrar que Jimmy Easton había estado en casa de Gregg cuando se encontraba realizando un trabajo?

Sabía que podía tratarse de una llamada de broma. Pero, por otra parte, Gregg y los Moore siempre habían creído que si Easton había estado en la casa, habría sido realizando algún tipo de servicio o entrega.

¿Y la recompensa?, se preguntó Mike mientras hacía ejercicio en el gimnasio del Athletic Club, en Central Park South. En cuanto mencione la palabra recompensa en el aire, recibiremos cientos de pistas falsas. Y si era una llamada de broma, hablar del tema haría que Gregg, Katie y Alice albergaran falsas esperanzas...

Estaba corriendo en la cinta móvil, pensando. Se había asombrado al leer en los periódicos de la mañana que a Emily Wallace le habían hecho un trasplante de corazón. Su equipo había elaborado un perfil biográfico completo de ella, considerando que algún día podía acudir al programa de invitada, y ese dato no figuraba. Naturalmente, habían descubierto que su marido, un capitán del ejército, había sido víctima de una bomba en Irak tres años antes.

Sabía que después de la pronunciación del veredicto Richard Moore había ido a Nueva York para hablar detenidamente con Katie y Alice. Él mismo podría haber escrito el guión de lo que les diría. Les prometería que apelarían. Señalaría que la mitad de las personas que habían participado en la encuesta de *Primera tribuna* habían votado a favor de Gregg, no en contra de él. El problema era que, por el momento, Moore no tenía ningún argumento de peso para apelar: el juez no había emitido un fallo polémico.

Pero si la llamada de la recompensa iba en serio, si alguien tenía pruebas de que Jimmy Easton había estado en la casa antes de la muerte de Natalie, sin duda Richard presentaría una petición para que se celebrara un nuevo juicio...

¿Cuánto debo ofrecer como recompensa? ¿Quizá cinco mil? ¿Diez mil? ¿Veinticinco mil? Esos pensamientos le daban vueltas en la cabeza al dirigirse al vestuario.

Después de salir del gimnasio, Mike comió en el asador del club. Se sentó ante una mesa junto a la ventana y contempló Central Park. Las hojas estaban en pleno apogeo, con tonos escarlata, dorados y anaranjados. Se fijó en que los carruajes tirados por caballos estaban haciendo negocio. Era el tipo de día otoñal, soleado pero con una brisa fresca, que atraía a la gente al parque a pasear, patinar o hacer footing.

Si no se celebra otro juicio o la apelación no tiene éxito, Gregg no volverá a recorrer esta manzana jamás para reunirse conmigo en el club, pensó Mike. Tal como están las cosas, seguro que lo expulsan en la próxima reunión de la junta. Claro que ese era el menor de sus problemas.

Mientras pedía una hamburguesa y una copa de vino, la magnitud de lo que le había ocurrido a su amigo empezó a calar en su persona. Sabía que el veredicto podía ser de culpabilidad, pero cuando vi que a Gregg le ponían las esposas, fue como si me cayera una tonelada de ladrillos encima, meditó. Ahora, viendo a esas personas divirtiéndose en Central Park, estoy empezando a hacerme a la idea de lo que debe de ser experimentar la pérdida total de libertad.

Voy a ofrecer la recompensa de mi dinero, decidió. La anunciaré en la página web del programa. Será lo bastante elevada para que, en caso de que a la persona que llamó le preocupe causar problemas al que contrató ilegalmente a Easton, el dinero venza sus remordimientos.

Veinticinco mil dólares. Eso llamará la atención de todo el mundo. Con la sensación de haber tomado una buena decisión, Mike empezó a comer la hamburguesa que el camarero acababa de colocarle delante.

El sábado por la noche, poco antes de que Mike saliera a cenar con unos amigos, llamó a casa de Gregg. Alice Mills contestó al teléfono.

—Cuando llegamos ayer Katie estaba tan afectada que Richard Moore llamó a un médico que vive en el edificio de al lado. Le recetó un sedante. Hoy ha dormido hasta el mediodía, se ha despertado y se ha puesto a llorar. Pero luego unas amigas han venido a verla y la han animado. Se han ido todas al cine.

—Os invito a comer mañana a las dos —dijo Mike—. ¿Sabes el horario de visita de la cárcel?

—Richard nos avisará cuando podamos ver a Gregg. Katie está empeñada en ver a su padre una vez más antes de volver al colegio dentro de un par de días. El regreso a la rutina le vendrá muy bien.

—¿Qué tal te encuentras tú, Alice?

—Físicamente, no estoy mal para ser alguien que está a punto de cumplir setenta y un años. Emocionalmente, no hace falta que te lo diga. Supongo que has visto los periódicos de esta mañana.

—Sí.

Mike intuyó lo que venía a continuación.

—Mike, no me siento muy orgullosa de la escena que monté en el juzgado. Me resultó totalmente imposible contenerme. Y desde luego jamás me habría referido al corazón de Emily Wallace.

—No sabía que le hubieran hecho un trasplante —le dijo Mike—. Por lo que tengo entendido, no era de dominio público. Le sustituyeron una válvula aórtica, y el trasplante se lo hicieron tan poco tiempo después que ni siquiera sus amigos se enteraron de que le habían hecho una segunda operación. Y al parecer ella ha sido muy discreta.

—Ojalá no hubiera dicho nada de su corazón cuando la emprendí con ella. Aun así, Mike, sigo pensando que Emily Wallace sabe que Gregg es inocente.

—Nadie lo diría a juzgar por la forma en que se le lanzó al cuello en el estrado, Alice.

—Estaba intentando convencerse a sí misma, no al jurado, Mike.

—Alice, sinceramente, eso es suponer demasiado.

—Entiendo que lo parezca. Mike, Richard ha hablado de presentar una apelación. Katie se ha animado al oírlo, pero ¿era solo palabrería?

Michael Gordon decidió que no mencionaría la llamada de un posible nuevo testigo hasta que comieran juntos al día siguiente.

—Alice, tal como están las cosas, no creo que haya motivos de peso para apelar. Pero vamos a ofrecer una recompensa a cambio de cualquier información que pueda llevarnos a una pista nueva. Mañana os lo contaré. Dejémoslo por ahora.

—Estoy de acuerdo. Buenas noches, Mike.

Mike apagó su móvil. Había algo en la voz de Alice Mills que no había logrado determinar al principio, pero entonces se dio cuenta de lo que era: la absoluta certeza de que Emily Wallace creía que Gregg era inocente.

Se metió el teléfono en el bolsillo sacudiendo la cabeza y se dirigió a la puerta.

En ese mismo instante, sola en la casa de Park Avenue, Alice Mills entró en el cuarto de huéspedes que ahora ocupaba, y donde a veces había dormido cuando Gregg y Natalie estaban casados. Abrió un cajón y miró la foto de Emily Wallace que había recortado del periódico por la mañana.

Con los ojos inundados de lágrimas, recorrió con un dedo tembloroso el contorno del corazón que había salvado la vida de Emily.

54

El encuentro casual con Marion Rhodes el sábado por la mañana había animado a Emily. En general, sabía que era una persona
reservada y que no era dada a compartir sus problemas con los
demás. Sin embargo, con Marion se había sentido cómoda inmediatamente, tanto la semana anterior como ese mismo día, y
estaba deseando hablar con ella.

Por ese motivo, cuando llegó a casa justo a tiempo para coger el teléfono que estaba sonando, se mostró optimista.

Era su padre que la llamaba desde Florida. Le había enviado
un correo electrónico el día anterior para darle la enhorabuena
por el veredicto y pedirle que lo llamara cuando tuviera ocasión.
Ella tenía intención de hacerlo la noche anterior, pero sabía que
él detectaría que estaba disgustada y no quería que se preocu-
para.

Y por la mañana, después de leer el periódico, había vuelto a
aplazar la llamada.

—Em, me alegro mucho por ti de lo del veredicto. Es un
gran triunfo. ¿Cómo es que no llamaste a tu viejo anoche? Me
imaginé que estarías celebrándolo.

—Lo siento, papá. Quería llamarte anoche, pero cuando llegué a casa no tenía energías para coger el teléfono. Me fui directa a la cama. Te habría llamado hoy desde la calle, pero me he olvidado el móvil. Acabo de entrar por la puerta. ¿Qué tal está
Joan?

—Estupendamente, pero los dos estamos disgustados por

los artículos que han publicado los periódicos. Los hemos visto por internet. Sabemos que nunca has querido hablar del trasplante. Y la madre de la mujer que fue asesinada no fue justa contigo.

Ella intentó mostrarse tranquilizadora.

—Oh, como es natural, me he llevado un pequeño disgusto, papá, pero ahora estoy bien y me da mucha lástima esa pobre mujer.

—Espero que ahora que el juicio ha acabado te relajes y puedas divertirte. Sabes que puedes coger un avión en cualquier momento y venir a vernos. Joan te prepararía comida decente, no esa bazofia para llevar de la que te alimentas.

—Iré sin falta para Acción de Gracias, papá, pero ahora mismo te horrorizarías si vieras mi mesa del despacho. Es un desastre. Tengo que ponerme al día en muchos casos.

—Lo entiendo. Em...

Sé lo que viene ahora, pensó Emily.

—Em, siempre me ha dado miedo preguntártelo porque sé que echas de menos a Mark, pero ya han pasado tres años. ¿Estás interesada en alguien?

—No hay nada malo en preguntar, papá. La respuesta es no, pero no digo que no pueda pasar. Desde que me asignaron este caso hace siete meses, apenas he tenido tiempo para sacar a pasear a Bess.

Emily se sorprendió haciendo un comentario adicional, pero se dio cuenta de que el sentimiento que estaba expresando era sincero.

—Sé que han pasado tres años, papá, y sé que tengo que seguir con mi vida. Estoy empezando a entender que no solo echo de menos a Mark, sino que también echo mucho de menos compartir mi vida con alguien. Y quiero recuperarlo.

—Me alegro de oírlo, Emily. Lo entiendo de verdad. Después de que tu madre muriera, no se me ocurría mirar a otra mujer. Pero al cabo de un tiempo uno se siente muy solo, y cuando Joan apareció, tuve la seguridad de que hacía lo correcto.

—Era lo correcto, papá. Joan es un encanto. Y para mí es un consuelo saber que te cuida tan bien.

—Ya lo creo, cielo. Está bien, te llamaré dentro de un par de días.

Después de colgar, Emily reprodujo los siete mensajes que le habían dejado ese día en el contestador automático. Uno era de su hermano, Jack. Los otros eran de amigas que la felicitaban por el resultado del juicio. Varios eran invitaciones a cenar al cabo de unos días y una para esa misma noche. Un par de amigas expresaban sorpresa, de forma muy afectuosa, al descubrir que lo que habían creído era una operación de válvula había acabado en trasplante.

Decidió llamar a Jack y a la amiga que la había invitado a salir esa noche. El resto podían esperar hasta el día siguiente. Se activó el buzón de voz de Jack, dejó un mensaje y a continuación hizo la segunda llamada a Karen Logan, una compañera de clase de la Facultad de Derecho que se había casado y había tenido dos hijos.

—Karen, necesito desesperadamente relajarme esta noche... —dijo—. Pero quedemos mejor el próximo sábado si es que estás libre.

—Emily, lo de esta noche solo habría sido un plato de pasta en tu casa. Pero de todas formas quería preguntarte si te va bien el sábado que viene. —Su voz tenía un dejo de esperanza e inquietud—. Nos gustaría ir a un buen resturante y llevar a alguien que tiene muchas ganas de conocerte. Es traumatólogo, treinta y siete tacos, y aunque no te lo creas, no ha estado casado. Es inteligentísimo, aunque también muy normal y muy guapo.

Emily se dio cuenta de que su respuesta sorprendía gratamente a Karen.

—Suena muy bien. Me apunto.

Eran casi las seis. Emily sacó a Bess a pasear diez minutos, le dio de comer y decidió ir corriendo al videoclub a alquilar un par de películas. Lo que menos quería ver esa noche era *La caza del fugitivo*. Me sentiría como si todavía estuviera en la oficina. Y creo que compraré un poco de esa «bazofia para llevar» de la que papá me acusaba de alimentarme, pensó sonriendo.

No llegó a ver la segunda película. A las diez era incapaz de mantener los ojos abiertos y se fue a la cama. La película que vio estaba bien, pero no era nada del otro mundo. No había parado de echar cabezadas conforme avanzaba. El domingo se despertó sola a las ocho y media de la mañana, sorprendida y agradecida porque Bess la había dejado dormir.

Era 12 de octubre, una especie de aniversario. Ese mismo día, siete años antes, había conocido a Mark en una fiesta informal en el estadio de los Giants. Ella había ido con su pareja, que había invitado a unos compañeros de Georgetown a reunirse con ellos. Uno de ellos era Mark.

Aquel día hacía mucho frío, recordó Emily mientras salía de la cama y cogía su bata. Yo no llevaba ropa de abrigo. Mi compañero estaba tan concentrado en el partido que no se fijó en que tenía los labios morados. Mark se quitó su chaqueta y me dijo que me la pusiera. Cuando intenté negarme, él dijo:

—Debes entender que soy de Dakota del Norte. Para mí no hace nada de frío.

Hasta más tarde no descubrí que había crecido principalmente en California. Su padre, un graduado de West Point, había sido soldado profesional. Al igual que él, Mark era ingeniero, y al mudarse a Manhattan después de la escuela de graduados se había alistado en la reserva militar. Los padres de Mark vivían ahora en Arizona y se mantenían en contacto con ella regularmente.

Estuvimos casados tres años, y hace tres años que murió, pensó Emily, mientras descendía al piso de abajo para emprender la rutina familiar consistente en dejar salir a Bess y encender la cafetera. ¿Es eso una parte del problema, que he estado deseando tener la maravillosa sensación de esperar con impaciencia a que acabe el día para estar con alguien que me quiera y al que yo quiera? Ella misma se respondió: sí.

Domingo por la mañana. Últimamente no he ido mucho a la iglesia, pensó Emily. Después de casarse, se habían mudado a una casa en Fort Lee. Mark se había ofrecido como cantante principal del coro de su iglesia. Tenía una voz maravillosa. Ese es uno de los motivos por los que voy en contadas ocasiones, reconoció. Cuando iban juntos, él siempre estaba en el altar.

> *Me acercaré al altar de Dios,*
> *el Dios que alegra mi juventud...*

De nuevo, estaba al borde de las lágrimas.

Ni hablar, pensó, nada de llorar.

Poco más de una hora después, estaba en la misa de las diez y media de la iglesia de Sainte Catherine. El hecho de que la cantante principal fuera una joven facilitó las cosas. Las oraciones y las respuestas, familiares para ella desde que era una niña, regresaron sin problemas a los labios de Emily.

> *Es justo darle gracias y alabarlo...*
> *Pues tuyo es el poder y la gloria...*

Durante la misa rezó no solo por Mark, sino para él: me alegro mucho de que compartiéramos ese tiempo; los dos fuimos muy dichosos.

Camino de casa, paró a hacer la compra en el supermercado. Gladys, la mujer que le hacía la limpieza semanalmente, le había dejado una larga lista y había añadido un ruego vehemente: «Emily, me estoy quedando sin nada».

Hay otra tarea que he estado posponiendo y de la que me voy a ocupar hoy, decidió Emily, mientras pagaba en la caja y pedía unas cajas vacías a un cajero. Voy a guardar la ropa de Mark y a donarla. No está bien que no se use cuando podría venirle bien a otra persona.

Cuando se había trasladado de Fort Lee a la casa de Glen Rock había sido incapaz de separarse de las cosas de Mark, de modo que había colocado la cómoda de él en el pequeño cuarto de huéspedes y había colgado sus trajes y chaquetas en el armario de la habitación. Pensó en todas las veces que había hundido la cara en una de sus chaquetas durante el primer año, tratando de detectar una pizca del aroma de su loción de afeitado impregnada en la tela.

Una vez en casa, se enfundó unos tejanos y un jersey y llevó las cajas al cuarto de huéspedes. Cuando se puso a doblar las chaquetas y los trajes, procuró no recrearse en las ocasiones especiales en las que Mark se los había puesto.

Cuando el armario y los cajones de la cómoda quedaron vacíos, recordó otra cosa que tampoco podía esperar más. Entró en su habitación, abrió la cómoda y sacó los camisones que le habían regalado. Los metió en la última caja y luego, impaciente por perder de vista la ropa guardada, cerró la puerta del cuarto de huéspedes y bajó al primer piso.

Bess, siempre entusiasta, se puso a dar brincos arriba y abajo cuando vio que Emily soltaba la correa del gancho del porche. Antes de que salieran, echó un rápido vistazo para asegurarse de que Zach no andaba en su jardín, pero no había rastro de él. Aun así, cruzó la calle rápidamente. Luego pasó por delante de la casa de Madeline Kirk, la anciana solitaria a la que solo había visto junto al buzón de su casa o barriendo la entrada. Está muy sola, pensó Emily. Nunca veo coches en su entrada que hagan pensar que tiene visita.

Y durante los dos años que llevo viviendo aquí, lo mismo se podría decir de mí, añadió tristemente.

—Está claro que ha llegado el momento de cambiar —dijo a Bess, mientras continuaban avanzando por la manzana—. No quiero acabar como esa pobre anciana.

Pasearon durante casi una hora. Emily notó que su cerebro empezaba a despejarse. ¿Qué más da que la gente sepa que me han hecho un trasplante? Desde luego no me avergüenzo. Y como ya han pasado dos años y medio, dudo que alguien me mire ahora como si me fuera a desmayar.

Y en cuanto a lo que me dijo Alice Mills, que en lo más profundo de mi corazón sé que Gregg Aldrich es inocente, creo que mi problema es que él parece un buen hombre y su hija me da lástima. Echaré un último vistazo a su expediente y lo archivaré. No tiene el más mínimo motivo para apelar.

Esa noche, mientras veía la segunda película que había alquilado y cenaba chuletas de cordero y una ensalada encima de una bandeja en la sala de estar, se sorprendió tratando de recordar qué le había preocupado cuando estaba guardando los camisones.

55

El domingo por la tarde Zach había visto a Emily cruzar la calle con Bess desde la ventana delantera de su casa. Se figuró, acertadamente, que no había pasado por delante de su casa porque no quería encontrarse con él. Ya verás, le advirtió en silencio, ya verás.

La satisfacción que había sentido cuando había arrebatado la vida a Madeline Kirk se había visto sustituida por la certeza de que se le estaba acabando el tiempo. Ella lo había reconocido. Tal vez había sido porque se había fijado en que había plantado crisantemos en sus otras casas. Pero incluso sin saber lo de las flores, alguien del trabajo o del barrio podía haberlo identificado a partir de la imagen infográfica que se parecía a él.

Además, los próximos días alguien advertiría que el periódico de Kirk seguía en su porche o que no había sacado el correo del buzón. Había pensado ganar más tiempo cogiendo el periódico y el correo cuando se hiciera de noche, pero decidió que era demasiado arriesgado. Alguien podía verlo.

O tal vez unos parientes que estaban deseando que ella muriera y les dejara la casa se entusiasmarían al ver que no contestaba el teléfono. Aunque vivieran en la otra punta del país, podían llamar a la policía y pedirle que comprobaran si estaba bien. En cuanto la poli empezara a husmear, verían la mosquitera cortada y la pintura desconchada en el suelo. De ningún modo parecería que lo había quitado ella sola.

Después de matarla, había envuelto su cuerpo en bolsas de

basura grandes y lo había atado con bramante. La había llevado a la cocina y había cogido la llave de su coche de un plato que había en la encimera. Luego la había llevado al garaje contiguo y la había metido en el maletero del coche. Después, había registrado la casa y había encontrado algunas joyas sorprendentemente valiosas y ochocientos dólares en efectivo escondidos en la nevera. Había sonreído al ver que había envuelto los diamantes y el dinero en papel de aluminio.

Luego, tras ver que no había nadie paseando fuera ni venía ningún coche por ninguna dirección, había cruzado la calle a toda prisa y había vuelto a su casa. Antes de irse a la cama, había recogido su ropa, su radio y su televisión y las había metido en el coche. Su instinto no dejaba de advertirle que le quedaba poco tiempo. Seguro que alguien venía a buscar a la vieja durante los próximos días, y cuando registraran el coche encontrarían el cadáver.

Donde iba siempre lograba encontrar trabajo, y siempre tenía una reserva de dinero en efectivo. Ahora, después de comprar el coche, la reserva ascendía a casi ocho mil dólares, suficiente para vivir hasta que estuviera otra vez instalado. Se había conectado a internet y, usando otro nombre falso, había alquilado una cabaña en un motel cerca de la montaña Camelback, en Pensilvania. A tan solo unas horas de viaje, sería fácil volver allí al cabo de un par de semanas, cuando la zona ya no estuviera plagada de policías las veinticuatro horas del día.

Satisfecho con sus planes, Zach había dormido bien. El domingo por la mañana había disfrutado viendo a Emily en la cocina y se había regocijado de lo ajena que estaba a los planes que le tenía reservados. Cuando ella había salido de su casa en torno a las diez y cuarto, se había preguntado si volvía a la oficina, pero había llegado a la conclusión de que parecía demasiado elegante para eso. ¿Tal vez iba a la iglesia?, había pensado. Eso estaría bien. No sabe lo mucho que le hace falta rezar. Poco antes de que liquidara a Madeline Kirk, la vieja se había dado a la religión.

—Dios... mío... ayúdame...

Sabía que tenía que marcharse enseguida. Podía llamar a su jefe por la mañana y decir que su madre había empeorado y tenía que ir a Florida. Le diría lo mucho que le había gustado trabajar allí y que iba a echar de menos a todo el mundo. Llamaría al agente de la inmobiliaria y le diría lo mismo, y que dejaría llave de la casa debajo de la alfombra. A ellos les daría igual. He pagado hasta finales de mes, y se alegrarán de que me vaya tan pronto para tener la casa lista para el próximo inquilino.

Naturalmente, aunque iba a desaparecer de aquella casa, tendría que volver al cabo de poco para ocuparse de Emily. Tanto si alguien que ha visto *La caza del fugitivo* llama para delatarme como si no, en cuanto encuentren el cadáver de Kirk y se den cuenta de que me he marchado, me relacionarán con todo rápidamente. Charlotte y su familia, Wilma y Lou...

Ese día Emily Wallace aparecía en los periódicos por todas partes. No sabía que le habían hecho un trasplante. Habría sido muy comprensivo si me lo hubiera confesado, pero no lo había hecho. Es una verdadera lástima que su nuevo corazón vaya a dejar de latir tan pronto...

Tras inspeccionar detenidamente cada habitación de la casa para asegurarse de que no se olvidaba de nada salvo lo que tenía intención de dejar, Zach abandonó su casa alquilada y cerró la puerta tras de sí.

Al subir al coche echó un vistazo a las nuevas flores que había plantado en la entrada. En una semana habían crecido y se habían desplegado. Se echó a reír. ¡Si tuviera un poco más de tiempo, las desenterraría y plantaría otra vez crisantemos!

Menuda broma les gastaría a los detectives aficionados de la zona.

56

El lunes por la mañana el defensor de oficio de Jimmy Easton, Luke Byrne, fue a la cárcel del condado de Bergen para hablar con su cliente. Tras la lectura del veredicto de Aldrich el viernes, el juez Stevens había fijado la lectura de la sentencia de Easton para ese día a la una y media.

—Jimmy, solo quiero repasar lo que vamos a decir hoy en el tribunal —dijo.

Easton lo miró con expresión avinagrada.

—Me conseguiste un trato miserable, y pienso quejarme al juez.

Byrne miró a Easton, asombrado.

—¿Un trato miserable? No lo dirás en serio, ¿verdad? Te pillaron saliendo de esa casa con las joyas. ¿Qué clase de defensa esperabas que te diera?

—No estoy hablando de evitar la acusación. Estoy hablando de la mierda de condena que quieren imponerme. Cuatro años es mucho. Quiero que hables con esa fiscal y le digas que aceptaré cinco años en libertad condicional menos el tiempo que he pasado en la cárcel hasta el juicio.

—Seguro que a Wallace le da un soponcio al oírlo —soltó Byrne—. Jimmy, hiciste un trato por cuatro años. De lo contrario, te habrían caído diez por ser delincuente habitual. La hora de negociar ya ha pasado. Cuatro años era lo mínimo aceptable.

—No me digas que cuatro años es lo mejor que pudiste conseguir. Me necesitaban para coger a Aldrich. Si hubieras sido más duro, podría haber conseguido la libertad condicional. Hoy me soltarían.

—Si quieres que pida la libertad condicional al juez, lo haré, pero te garantizo que no la concederá a menos que la fiscal acceda. Vas a cumplir cuatro años.

—Me da igual tu garantía —gruñó Easton—. Tú dile a Emily Wallace que si no consigo lo que quiero, no recibirá más piropos por ser tan buena fiscal. Al menos cuando oigan lo que tengo que decir.

Sin ganas de seguir hablando, Luke Byrne indicó por señas al carcelero que estaba listo para marcharse.

Recorrió el par de manzanas de distancia que había hasta el palacio de justicia y fue directamente al despacho de Emily.

—¿Tienes un momento? —preguntó.

Emily alzó la vista y sonrió. Luke era uno de los mejores defensores de oficio del palacio de justicia. Con sus dos metros de estatura, su pelo color zanahoria y su actitud relajada, hacía todo lo posible por sus clientes, pero siempre mostraba una cordialidad profesional hacia los fiscales.

—Pasa, Luke. ¿Cómo te va? —Al empezar a hablar, Emily deslizó la mano por encima del nombre del expediente que había estado revisando.

—Bueno, Emily, la verdad es que podría ir mejor. Acabo de ver a tu testigo estrella en la cárcel y me temo que está de mal humor, por no decir otra cosa. Cree que le he traicionado con el acuerdo por cuatro años. Vengo a entregarte el mensaje de que quiere la libertad condicional y quiere salir hoy.

—¿Estás de broma? —preguntó Emily, alzando la voz.

—Ojalá. Y ahí no acaba la cosa. Dice que si no consigue lo que quiere, dirá más cosas que te perjudicarán de alguna forma. No me ha dado más detalles.

Luke Byrne advirtió que Emily estaba sorprendida y disgustada.

—Luke, te agradezco la advertencia. Puede decir lo que le

venga en gana, pero cumplirá los cuatro años que le tocan. Y desaparecerá de mi vista.

—Y de la mía —dijo Luke sonriendo—. Hasta luego.

A la una y media Jimmy Easton, sujeto con grilletes y vestido con un uniforme naranja de presidiario, fue conducido de la celda de detención a la sala de justicia. Una vez que los abogados hicieron acto de presencia, el juez Stevens pidió a Luke Byrne que hablara.

—Señoría, el testimonio de Jimmy Easton fue decisivo para obtener la condena de Gregg Aldrich por el brutal asesinato de su esposa. Evidentemente, el jurado ha aceptado su testimonio como creíble. El estado acordó que su sentencia máxima sería de cuatro años. Señoría, ya ha pasado ocho meses en la cárcel, y ha sido muy duro para él. Muchos presidiarios lo han marginado porque ha colaborado con la fiscalía, y vive con el miedo constante a que le hagan daño por ello.

Byrne hizo una pausa y continuó.

—Señoría, solicito que el señor Easton sea puesto en libertad condicional y se le descuente el tiempo que ha pasado hasta ahora en la cárcel. Está dispuesto a que se le vigile muy de cerca y a realizar servicios comunitarios. Gracias.

—Señor Easton, tiene derecho a hablar en su propio nombre —dijo el juez Stevens—. ¿Hay algo que quiera decir?

Con la cara colorada, Jimmy Easton respiró hondo.

—Señoría, me van a condenar apresuradamente. Mi abogado no ha hecho nada por mí. Si los hubiera puesto en evidencia y hubiera seguido luchando, me habrían concedido la libertad provisional. Me necesitaban para este caso. He hecho lo que se suponía que tenía que hacer y ahora quieren tirarme a la basura.

El juez Stevens señaló con la cabeza a Emily.

—Fiscal, puede hablar.

—Señoría, es absurdo por parte del señor Easton afirmar que se le va a condenar apresuradamente. Nuestra primera oferta era de seis años de condena, y después de mucho negociar la redujimos a cuatro. Creemos que el señor Easton, que tiene unos extensos antecedentes penales, debe ser condenado a la cárcel. Por mucho que hubiera hecho su abogado, no nos habría convencido de que le ofreciéramos la libertad condicional. Eso no iba a ocurrir nunca.

El juez Stevens se volvió hacia Jimmy Easton.

—Señor Easton, su caso me fue asignado desde el principio. Las pruebas contra usted relativas a la acusación de robo eran muy contundentes. Su abogado negoció enérgicamente con la fiscalía. Recibió y aceptó una oferta de condena mucho más baja que la que debería haber recibido en otras circunstancias. Sin duda, el estado ha recibido un beneficio considerable de su testimonio y usted recibirá un beneficio considerable por su colaboración. Pero bajo ningún concepto considero que usted sea un candidato apto para la libertad condicional. Será ingresado en el correccional por un período de cuatro años. Tiene derecho a apelar si está descontento con la sentencia.

Cuando el alguacil le cogió el brazo para llevárselo, Jimmy Easton se puso a gritar:

—¿Descontento? ¿Descontento? Voy a enseñar a todo el mundo lo que significa estar descontento. ¡Ya verán! Dentro de poco todos tendrán noticias mías.

»Y no les gustarán.

57

El lunes por la mañana a Phil Bracken, el encargado del almacén de Pine Electronics en la carretera 46, le dio pena enterarse de que Zach Lanning tenía que dejar el trabajo antes de tiempo porque su madre se estaba muriendo.

—Zach, no te imaginas cuánto lo siento, por tu problema y porque trabajas muy bien. Siempre que quieras volver aquí tendrás trabajo.

Era la pura verdad, pensó Phil, mientras colgaba el teléfono de su despacho. Zach nunca ganduleaba, nunca se escaqueaba para fumar un cigarrillo, siempre colocaba las mercancías en su sitio, no en los estantes incorrectos como algunos de los colgados que trabajaban allí hasta que encontraban un trabajo mejor.

Por otra parte, había algo en Zach que me incomodaba, reconoció Phil para sus adentros. Tal vez era porque parecía muy listo para el trabajo. Siempre he pensado eso de él. Y nunca se quedaba a charlar al final de su turno ni salía a tomar una cerveza con los otros muchachos. Zach le había dicho que estaba divorciado y que no tenía hijos, así que no es que tuviera que volver corriendo a casa para estar con su familia.

Betty Tepper, una divorciada de cuarenta y tantos, trabajaba en la oficina de contabilidad. Cuando se había enterado de que Zach estaba soltero, lo había invitado a un par de fiestas, pero él siempre buscaba algún pretexto para no ir. No parecía interesado en tener ningún amigo.

¿Qué vas a hacer?, se preguntó Phil. Tal y como está la situación económica, hay docenas de tipos que no dejarán escapar la oportunidad de un trabajo fijo en la empresa con buenos beneficios.

Zach Lanning era un poco raro, pensó. Nunca me miraba a los ojos cuando le hablaba. Era como si siempre estuviera mirando a ver si se le acercaba alguien.

Ralph Cousins, uno de los empleados más recientes, entró en el despacho después de fichar a las cuatro al acabar su turno.

—Phil, ¿tienes un momento?

—Claro. ¿Qué pasa? —Que no se marche también, pensó Phil.

Ralph, un afroamericano de veintitrés años, hacía el turno de día e iba a la universidad por la noche. Era listo y formal.

—Phil, hay algo que me preocupa. Es sobre ese tipo, Lanning.

—Si es sobre Lanning, no te preocupes. Se ha despedido esta mañana.

—¡Que se ha despedido! —repitió Cousins, con tono de agitación.

Sorprendido ante la reacción de Ralph, Phil dijo:

—Tenía pensado marcharse a finales de mes. ¿No lo sabías? Iba a trasladarse a Florida para cuidar de su madre. Pero se está muriendo, así que se ha ido esta mañana.

—Sabía que debería haber hecho caso a mi corazonada. Espero que no sea demasiado tarde.

—¿Qué corazonada?

—La otra noche estaba viendo *La caza del fugitivo* y le dije a mi mujer que el retrato robot de un asesino en serie se parecía mucho a Lanning.

—Venga ya, Ralph, ese tipo tiene de asesino en serie lo que tú y yo.

—Phil, en mayo, cuando se acercaba el día de la madre, le pregunté por su madre. Me dijo que no la había conocido, que se había criado en un montón de casas de acogida. Te ha mentido. Apuesto a que se ha marchado porque tiene miedo de que lo identifique alguien que haya visto el programa.

—Yo también he visto ese programa un par de veces. Creo que estás chalado, pero si tienes razón, ¿por qué no llamaste enseguida? Siempre ofrecen recompensas a cambio de información.

—No llamé porque no estaba seguro y no quería quedar en ridículo. Y quería hablar contigo. Si la policía venía a interrogarlo y resultaba que no era él, pensé que a lo mejor te podían demandar si yo había dado el soplo. Pero voy a llamar ahora. El sábado por la noche anoté el número de teléfono.

Mientras Ralph Cousins marcaba el número en su teléfono móvil, Betty Tepper entró en el despacho de Phil.

—¿Qué es lo que he oído? —preguntó—. ¿Es verdad que Zach Lanning se ha despedido?

—Esta mañana —confirmó Phil.

Aunque estaba tratando de digerir el asombroso hecho de que podía haber estado codeándose con un asesino en serie durante dos años, todavía le irritaba que a Betty no le entrara en la cabeza que tenía que llamar antes de irrumpir en su despacho.

Ella no hizo ningún intento por ocultar su decepción.

—Yo creía que lo tenía en el bote y que me iba a invitar a salir. Era poco atractivo, pero siempre he pensado que tenía algo misterioso y excitante.

—Puede que tengas razón, Betty. Puede que tengas razón... —respondió Phil, mientras Ralph Cousins marcaba el número de *La caza del fugitivo*.

Cuando respondieron a su llamada, Ralph dijo:

—Ya sé que reciben muchas pistas, pero creo sinceramente que mi compañero de trabajo es Charley Muir, el asesino en serie.

58

Era el lunes por la mañana en Yonkers. Reeney Sling estaba discutiendo con su marido, Rudy, una situación poco común. Ella había sido la persona que había llamado para preguntar a las oficinas de *Primera tribuna* el viernes por la noche. Rudy había perdido los estribos cuando más tarde le había contado lo que había hecho.

—Sal es amigo mío —había dicho furioso—. Recuerda el trabajo que nos hizo. Nos trajo aquí a precio reducido y nos dejó pagarle dos meses más tarde. ¿Cuántas personas crees que harían eso? ¿Y así es como le das las gracias a Sal?

Reeney había señalado que Sal tenía trabajando ilegalmente a varios empleados que también podían acordarse de Jimmy.

—Alguno podría dar la misma información, y si hay una recompensa, ellos serían los que la cobrarían. Así que si hay una recompensa, ¿por qué no podemos recibirla nosotros?

Rudy había bebido un trago de cerveza.

—Yo te diré por qué. Te lo voy a volver a explicar. Sal es mi amigo. Y no voy a meterlo en líos. Ni tú tampoco.

La tensión entre ellos había durado todo el fin de semana. El domingo por la noche Reeney había consultado la página web de *Primera tribuna* y se había enterado de que el lunes por la noche Michael Gordon tenía intención de anunciar la existencia de una recompensa de veinticinco mil dólares. El dinero se pagaría a cambio de información que demostrara que Jimmy Easton había accedido a la casa de Gregg Aldrich cuando él no se encontraba presente y antes de que Natalie Raines fuera asesinada.

—¡Veinticinco mil dólares! —había gritado Reeney—. Abre los ojos y echa un vistazo a esta casa. Todo se está cayendo a pedazos. ¿Cuánto tiempo he tenido que vivir así? Me da vergüenza que vengan nuestros amigos. Piensa en lo bien que podríamos arreglarla con ese dinero. Y a lo mejor nos sobraba para hacer un viaje como el que me has prometido siempre.

—Reeney, si les digo que Jimmy Easton trabajó para Sal, querrán ver sus cuentas. Dudo que Sal recuerde cuánto tiempo trabajó para él. Solo tiene un empleado a jornada completa. A los demás les paga en efectivo cuando los necesita para un trabajo. Sal nunca ha hecho una entrega en casa de Aldrich. Él mismo me lo dijo la semana pasada.

—¿Qué esperabas que te dijera? ¿Que le encantaría tener a los de Hacienda encima de él?

El domingo por la noche se habían ido a la cama enfadados. El lunes por la mañana la resistencia de Rudy estaba empezando a flaquear.

—Esta noche no he dormido mucho, Reeney —dijo.

—Sí que has dormido —le espetó ella—. Has estado roncando toda la noche. Con toda la cerveza que bebiste, te quedaste grogui.

Estaban desayunando en el pequeño comedor que había junto a la cocina. Rudy estaba empleando el último trozo de tostada para mojar los restos de los huevos fritos que se había comido.

—Lo que trato de decir, si me dejas hablar, es que tienes razón. Cualquiera que haya trabajado para Sal y haya conocido a Easton y se haya enterado de que hay una recompensa, llamará corriendo al programa. Si Sal se va a meter en líos de todas formas, ¿por qué deberíamos renunciar al dinero? Si resulta que Easton no hizo ninguna entrega allí, el programa no pagará y no compraremos muebles nuevos.

Reeney se levantó de un brinco y corrió al teléfono.

—Tengo el teléfono apuntado.

Agarró un pedazo de papel y empezó a marcar.

59

Como asesino convicto, Gregg Aldrich se consideraba de eleva-
do riesgo para la seguridad y se hallaba alojado en una pequeña
celda solo. Había tardado en asimilar la terrible realidad de lo
que le había ocurrido.

Cuando había llegado a la cárcel después del veredicto, lo
habían fotografiado y le habían tomado las huellas dactilares. Había cambiado la chaqueta de Paul Stuart y los pantalones de
sport por el mono verde claro que se suministraba a todos los
presos. Su reloj y su cartera habían sido incluidos en su expediente recién abierto y le habían sido confiscados.

Le habían dejado las gafas para leer.

Lo había entrevistado una enfermera que le había preguntado por las enfermedades mentales o físicas que había tenido o
los medicamentos que estaba tomando.

El viernes a eso de las dos de la tarde, obnubilado por la sorpresa que experimentaba del impacto del veredicto, lo habían
llevado a su celda. Como no había comido, un carcelero le había llevado un sándwich de embutido y un refresco.

—Gracias, oficial. Se lo agradezco —había dicho educadamente.

El lunes por la mañana Gregg se despertó al amanecer y se percató de que no recordaba un solo instante desde que había dado
el primer bocado al sándwich del viernes. Todo era confuso. Se

quedó mirando el inhóspito entorno que le rodeaba. ¿Cómo ha podido pasar esto? ¿Por qué estoy aquí? Natalie, Natalie, ¿por qué has dejado que me ocurra esto? Sabes que yo no te maté. Sabes que te entendía mejor que nadie.

Sabes que solo quería que fueras feliz.

Ojalá tú me hubieras deseado lo mismo.

Se levantó, se estiró y, perfectamente consciente de que probablemente no volvería a hacer footing en Central Park, ni en ninguna parte, volvió a sentarse en la litera y se preguntó cómo iba a sobrevivir a aquello. Se tapó la cara con las manos. Su cuerpo se estremeció durante varios minutos acometido por violentos sollozos hasta que se quedó sin energía y se tumbó de nuevo en la cama.

Tengo que calmarme, pensó. Si existe alguna posibilidad de que salga de esta, tengo que demostrar de alguna forma que Easton es un mentiroso. No puedo creer que él esté en alguna parte de este mismo edificio. Él se merece estar aquí. Yo no, pensó amargamente.

Después de que leyeran el veredicto, Richard Moore había hablado con él un rato cuando todavía estaba en la celda de detención contigua a la sala de justicia del juez Stevens. Richard había intentado consolarlo prometiéndole que presentaría la apelación inmediatamente cuando la sentencia entrara en vigor.

—Mientras tanto, ¿estaré bajo el mismo techo que ese canalla? —recordaba haber preguntado Gregg.

Richard había contestado que el juez Stevens acababa de dictar una orden de separación para que no tuviera ningún contacto con Easton en la cárcel.

—Tampoco va a estar allí mucho tiempo —le había asegurado Richard—. El juez va a condenar a Jimmy Easton el lunes por la tarde. Dentro de un par de semanas estará fuera de la cárcel del condado, destinado en una prisión estatal.

Menos mal, pensaba Gregg para sus adentros, enfurecido ante lo que Easton le había arrebatado. Si tuviera la ocasión, creo que lo mataría.

Oyó el ruido de la cerradura al girar.

—Te traigo el desayuno, Aldrich —estaba diciendo el carcelero—. Voy a introducirlo en la celda.

A las dos y media de la tarde Richard Moore, acompañado por un carcelero, apareció en la puerta de la celda de Gregg. Este alzó la vista, sorprendido. No esperaba ver a Richard ese día. Inmediatamente le quedó claro que había pasado algo positivo.

Richard fue directo al grano.

—Gregg, acabo de salir de la sesión de condena de Easton. Como te dije, esperaba que fuera bastante discreta. Aparte de algunos comentarios de su abogado y de Emily Wallace, y luego inevitablemente un discurso falso de él sobre lo mucho que iba a cambiar su vida, creía que sería bastante rutinaria, pero desde luego me equivocaba.

Mientras Gregg escuchaba, casi con miedo a albergar la más mínima esperanza, Richard le describió lo que había ocurrido.

—Gregg, no me cabe duda de que Emilly Wallace se ha quedado conmocionada. Cuando Easton estaba soltando que tenía muchas cosas más que decir, creo que sé lo que a ella le pasaba por la cabeza. Sabe que Easton es un individuo despreciable y toda una bomba de relojería. Y todos los reporteros que estaban allí ahora también lo saben. Mañana aparecerá en los periódicos. Si Wallace no tenía intención de investigar el tema a fondo, la difusión de la prensa la obligará a hacerlo.

Entonces, viendo el sufrimiento reflejado en los ojos de Gregg, decidió informarle de la recompensa que había ofrecido Michael Gordon en la página web de su programa y de la llamada telefónica que la había motivado.

Mientras observaba cómo Richard Moore abandonaba la celda, un Gregg Aldrich transformado empezaba a creer fervientemente que dentro de poco podría salir con él de allí.

60

Saltaba a la vista que a Ted Wesley no le había hecho ninguna gracia presenciar el arrebato de Jimmy Easton. Cuando se enteró de que Emily sabía de antemano que reclamaba la libertad condicional, estalló.

—¿Qué está pasando? ¿No le dejaste claro que iba a ir a la cárcel? ¿Y por qué no me lo dijiste antes de que fuera al tribunal?

—Ted —dijo Emily tranquilamente—. Le dejé meridianamente claro que la libertad condicional era imposible. Me he enterado hace poco, y no creo que sea tan raro que un acusado pida un trato mejor en el último momento.

Su voz adquirió un tono decidido.

—Pero te voy a decir una cosa: tengo intención de volver a investigar el caso como si me lo acabaran de asignar. Voy a desandar cada paso. Sabía que Easton era malo cuando empezamos, pero es mucho peor de lo que creía. Es una sabandija de la peor calaña. Si resulta que todo lo que dijo en el estrado es verdad, simplemente nos estará escupiendo porque no quiere ir a la cárcel. En cambio, si estaba mintiendo, hay un hombre inocente pudriéndose en la cárcel. Y si ese es el caso, también tenemos a un asesino suelto que mató a Natalie Raines en nuestra jurisdicción.

—Emily, el asesino que mató a Natalie Raines está en la cárcel y se llama Gregg Aldrich. Como por lo visto no le dejaste claro a Easton que iba a ir a la sombra, los medios de comunicación se van a dedicar a hablar de qué más puede tener que decir.

Ted Wesley cogió el teléfono, una señal de que la reunión había acabado.

Emily regresó a su despacho.

El expediente que había estado estudiando la mayor parte de la mañana contenía el informe inicial de la policía de Old Tappan, donde Jimmy Easton había sido detenido por robo. Era breve. El robo había tenido lugar a las nueve de la noche del 20 de febrero pasado. Cuando estaban tramitando su detención en la comisaría, Easton se había ofrecido a dar información sobre el asesinato de Raines.

Y entonces fue cuando Jake Rosen y Billy Tryon se marcharon corriendo a entrevistarlo, pensó Emily. Sin duda fue una suerte que Easton acabara hablando. Para esta oficina, era una vergüenza que el asesinato de Raines siguiera sin resolver después de dos años. Si Easton leía los periódicos, se habría enterado de que Aldrich era el único sospechoso. Lo había conocido en un bar. ¿Era posible que hubiera reconstruido el resto de la historia, tal vez con un poco de ayuda de Billy Tryon?

Jake jamás habría ayudado a Easton a inventar pruebas, pero Tryon sí. Jake había dicho que había estado presente en la comisaría durante la primera entrevista, pero también había dicho que había llegado después de Billy Tryon.

Me da igual si Ted Wesley me despide cuando todavía tiene ocasión, pensó Emily. Voy a llegar al fondo de esto. Entonces dijo en voz alta lo que había estado intentando negar:

—Gregg Aldrich es inocente. He hecho todo lo que podido por condenarlo y mientras lo hacía sabía que era inocente.

Las palabras que Alice Mills le había gritado resonaron en su cabeza: «Sabes que esto es una farsa y en lo más profundo de tu corazón te avergüenzas de haber participado».

Me avergüenzo, pensó Emily.

Me avergüenzo.

Se sorprendió de lo segura que estaba.

61

Belle Garcia no podía creer que hubieran condenado a Gregg. Apenas había dormido el viernes y el sábado por la noche. El año anterior había visto un documental de medianoche sobre las cárceles, y la idea de que Gregg estuviera encerrado en una jaula le resultaba simplemente espantosa.

—Hasta la madre de Natalie creía en él. ¿Por qué han creído los del jurado a ese ladrón? Si yo hubiera estado en el jurado, ahora estaría en casa con su hija —decía una y otra vez a Sal.

El sábado por la noche él estalló finalmente.

—Belle, ¿es que no lo entiendes? Estoy harto de oírlo. Basta ya. ¿Lo entiendes? ¡Basta ya! —Acto seguido salió de casa como un huracán para dar un largo paseo.

Por otra parte, la madre de Belle, una anciana de ochenta años llamada Nona «Nonie» Amoroso, quería saberlo todo sobre el tema. El domingo por la mañana, el barco de su crucero atracó en Red Hook, Brooklyn. Belle fue a recogerla y durante el trayecto a casa fue de lo único de lo que hablaron. Cuando Belle la dejó en su casa, situada a la vuelta de la esquina de la de ellos, dijo:

—Mamá, sé que estás un poco cansada, pero pásate a cenar esta noche. Te hemos echado mucho de menos. Pero, recuerda, no saques el juicio a colación. Como ya te he dicho, Sal se ha puesto de muy mal humor con el tema.

Al ver la expresión de decepción en la cara de su madre, añadió apresuradamente:

—Lo tengo todo pensado. Mañana Sal tiene una gran mudanza. Se va a levantar muy temprano, así que esta noche querrá irse a la cama bastante pronto. Te llamaré cuando esté dormido, seguramente a eso de las diez. Ponte cómoda porque tengo mucho que contarte.

No añadió que era posible que le pidiera consejo sobre una importante decisión que tenía que tomar.

—Estoy deseándolo —contestó su madre—. Me muero por enterarme de todo.

Cuando llegó para cenar, Nonie llevaba una bolsa llena de fotos que habían tomado ella y sus amigas, y como no podía hablar del caso, se dedicó a ponerlos al corriente de los más mínimos detalles del crucero.

—Olga y Gertie se marearon enseguida y tuvieron que ponerse un parche de esos detrás de las orejas. Yo me compré uno por si acaso, pero no lo necesité...

»La comida era estupenda. Todas hemos comido mucho... Te ponían cosas delante noche y día...

»Y me lo pasé muy bien escuchando las conferencias que daban. La que más me gustó fue una sobre la vida marina... ya sabéis... las ballenas y los pinguinos y todo eso...

Sal, que normalmente se mostraba amable con las anécdotas soporíferas de su suegra, ni siquiera hacía ver que escuchaba. Belle hacía todo lo que podía por aparentar interés y admiró sinceramente la foto enmarcada de su sonriente madre con su bonito traje de chaqueta y pantalón nuevo posando con el capitán.

—¿Quieres decir que ese tipo tiene que hacerse esta foto con todos los pasajeros del barco? —preguntó Sal con incredulidad, participando momentáneamente en la conversación y pensando que algunos días el capitán debía de sentir la tentación de arrojarse por la borda.

—Sí. Naturalmente, cuando hay una pareja o una familia posan todos juntos. Pero las chicas y yo queríamos fotos individuales para que nuestras familias las tengan cuando nosotras ya no estemos —explicó Nonie.

Lo entiendo, pensó Sal. Ninguna de las «chicas» tiene menos de setenta y cinco años.

Después de tomar el postre y la segunda taza de té, él dijo:

—Nonie, debes de estar cansada del viaje. Y mañana yo tengo que levantarme temprano. Si no te molesta, te acompañaré a casa.

Belle y su madre se cruzaron miradas de satisfacción.

—Buena idea, Sal —asintió Nonie—. Tú necesitas descansar, y yo estoy lista para dejarlo por hoy. Qué alegría, volver a dormir en mi cama.

Una hora más tarde, poco antes de las diez, cuando la puerta de la habitación ya estaba cerrada y Sal dormía profundamente, Belle se sentó en su sillón favorito de la sala de estar, se colocó el escabel debajo de los pies y llamó a su madre.

Durante la siguiente hora y media realizaron un exhaustivo repaso de todas las pruebas. Cuanto más hablaban y más oía Belle declarar a su madre que habían tendido una trampa a Gregg, más angustia sentía. Aunque Sal lo niegue, estoy casi segura de que Jimmy Easton trabajó para él, pensaba. Finalmente decidió contarle a su madre sus sospechas.

—¿Quieres decir que Jimmy Easton puede haber trabajado para Sal? —exclamó Nonie—. ¿Ha hecho Sal alguna entrega en el edificio de Gregg?

—Sal solía hacer entregas para una tienda de antigüedades que cerró. Supongo que poca gente compra esas cosas. A mí concretamente no me gustan. Pero sé que las entregas se hacían en el East Side, a esos lujosos bloques de pisos —contestó Belle, en tono de preocupación—. Sé que Sal se enfada cuando hablo del caso por ese motivo...

»Tiene miedo —dijo suspirando—. A lo largo de los años ha contratado a distintos muchachos cuando ha necesitado ayuda extra. Siempre les paga en efectivo. No quiere tener que hacer el papelo que le tocaría si los tuviera contratados legalmente.

—Por no hablar del seguro médico que tendría que tener —asintió Nonie—. Le costaría una fortuna. Ya sabes cómo funciona el mundo: los ricos se hacen cada vez más ricos, y al resto nos despluman. Ya sabes lo que me costó ahorrar para el viaje con las chicas.

Nonie carraspeó varios segundos.

—Lo siento, es la alergia. Creo que me la ha provocado la humedad del barco. En fin, Belle, no quiero que Sal se meta en líos por los impuestos. Pero si Jimmy Easton trabajó para él y fue a esa casa a hacer una entrega, eso explicaría por qué sabía tanto.

—Eso es lo que me está atormentando. —Belle estaba al borde de las lágrimas.

—Cielo, no puedes dejar que alguien esté encerrado en la cárcel cuando podrías cambiarlo todo solo con abrir la boca. Además, si gracias a ti ponen a Gregg en libertad, apuesto a que al día siguiente firmará un cheque por los impuestos sin pagar de Sal. Díselo a Sal. Dile que va a hacer lo correcto y que si no lo hace él, lo harás tú.

—Tienes toda la razón, mamá —dijo Belle—. Me alegro mucho de habértelo contado.

—Quiero que le digas a Sal que puede confiar en mí. Tengo sentido común.

Belle sabía que eso no iba a pasar.

El lunes Sal se fue temprano. Tirando del carrito de la ropa sucia, Belle bajó inmediatamente al sótano, donde se hallaba el pequeño trastero de su casa. Era allí donde Sal guardaba las cajas de cartón llenas de los archivos de su empresa de mudanzas de los últimos veinte años. Sabía que Sal detestaba el papeleo, pero al menos tenía marcadas las cajas con los años que abarcaban los archivos.

Hace dos años y medio que murió Natalie Raines, pensó Belle. Tengo que empezar por ese punto y avanzar hacia atrás. Metió las dos cajas que contenían los archivos de los dos años anteriores al asesinato en el carrito de la ropa sucia y lo introdujo en el ascensor.

De vuelta en la sala de estar, empezó a examinar la primera

caja. Cuarenta y cinco minutos más tarde encontró lo que estaba buscando. Sal tenía el recibo por la entrega de una lámpara de pie de mármol realizada a «G. Aldrich» en la dirección que había oído varias veces por televisión. El recibo tenía fecha del 3 de marzo, trece días antes de la muerte de Natalie.

Belle se hundió en un sillón con el recibo en la mano. Como recordaba todas las fechas importantes del caso, sabía que el 3 de marzo era el día que Easton afirmaba haberse citado con Gregg en su casa y que había recibido el adelanto por matar a Natalie.

Se estremeció al mirar la firma clara de la persona que había aceptado la entrega. Harriet Krupinsky. Era la asistenta de Aldrich, que se había jubilado pocos meses más tarde y había fallecido repentinamente aproximadamente un año después del asesinato de Natalie.

Belle estaba segura de que Jimmy Easton había hecho esa entrega. ¿Cómo podía saber eso Sal y vivir tranquilo?, se preguntó tristemente. ¡Con lo que debían de estar pasando aquel pobre hombre y su hija!

Continuó con su investigación y no tardó en dar con la prueba definitiva de que Easton había trabajado para Sal. Se encontraba en una agenda de teléfonos de bolsillo arrugada que contenía un par de docenas de nombres. Belle reconoció algunos como personas que habían trabajado a tiempo parcial para Sal. No había nada en la lengüeta de la E, de modo que pasó a la J. Garabateado en lo alto de la página estaba «Jimmy Easton». Y un número de teléfono.

Prácticamente vencida por la decepción hacia Sal, e igual de inquieta por el impacto que la revelación de esa información iba a tener en él, Belle volvió a llenar las cajas, pero se quedó con el recibo y la agenda de teléfonos. Metió las cajas de nuevo en el carrito de la ropa sucia y volvió a guardarlas en el sótano. Luego decidió que sería mejor para Sal si era él el que hacía la llamada, se dejó caer de nuevo en el sillón y llamó por teléfono a su madre.

—Mamá —dijo, con la voz quebrada—. Sal me ha mentido. He repasado sus archivos. Jimmy Easton trabajó para él, y hay un recibo por una entrega hecha en casa de Aldrich trece días antes de que muriera Natalie.

—Dios mío, Belle. No me extraña que Sal haya estado tan hecho polvo. ¿Qué vas a hacer?

—En cuanto Sal llegue a casa voy a decirle lo que sé y que vamos a llamar al teléfono de información de Michael Gordon. ¿Sabes, mamá? En cierto sentido, estoy segura de que Sal se sentirá aliviado. Es un buen hombre. Solo está muy asustado. Yo también. Mamá, ¿crees que hay alguna posibilidad de que metan a Sal en la cárcel?

62

Tom Schwartz, el productor ejecutivo de *La caza del fugitivo*, llamó a la oficina del fiscal del condado de Bergen el lunes, poco después de las cuatro. Habló con la secretaria y le dijo que era muy urgente que hablara con el fiscal de un asesino en serie del que habían elaborado un perfil recientemente y que podía estar viviendo en el condado de Bergen.

Diez segundos más tarde Ted Wesley estaba al teléfono.

—Señor Schwartz, ¿qué ocurre?

—Tenemos motivos para creer que una pista que acabamos de recibir podría conducir a la localización de un asesino en serie. ¿Conoce nuestro programa?

—Sí, pero no lo he visto últimamente.

—Entonces, si espera unos minutos, lo pondré en antecedentes.

Mientras Schwartz explicaba rápidamente la historia del asesino antes conocido como Charley Muir y por qué su compañero de trabajo creía que él y Zach Lanning eran la misma persona, Ted Wesley ya estaba visualizando la positiva difusión periodística que recibiría si su oficina lograba atrapar a ese fugitivo.

—Ha dicho que ese tipo vive en Glen Rock. ¿Tienen su dirección? —preguntó a Schwartz.

—Sí, pero recuerde que nuestra fuente ha dicho que esta mañana Lanning ha llamado a su jefe para avisarle de que dejaba el trabajo y le ha dicho que se marchaba a Florida enseguida. Puede que ya se haya ido.

—Pondré a mis detectives a trabajar en ello ahora mismo. Nos pondremos en contacto con usted.

Wesley colgó y apretó el intercomunicador.

—Dile a Billy Tryon que venga. Y pásame al fiscal de Des Moines por teléfono.

—Enseguida.

Mientras esperaba impacientemente, Wesley se puso a dar golpecitos en la mesa con sus gafas para leer. Glen Rock era un tranquilo municipio de clase alta. Emily vivía allí, y también otros empleados de la oficina. Cogió el callejero de un estante que tenía detrás. El informante había dicho que Zachary Lanning vivía en el 624 de Colonial Road.

Wesley abrió los ojos como platos al abrir el callejero y mirar la dirección de Emily. Ella vivía en el 622 de Colonial Road. Dios mío, si es el tipo que estamos buscando, ha estado viviendo al lado de un chiflado, pensó.

En ese preciso instante le pasaron la llamada del fiscal de Des Moines, y Billy Tryon entró corriendo en su despacho.

Veinte minutos más tarde, Tryon, Jake Rosen y varios coches patrulla del Departamento de Policía de Glen Rock estaban en la casa donde Zach Lanning había vivido durante dos años. Al ver que no respondían a la puerta, un agente consiguió el número de teléfono del agente inmobiliario que había alquilado la casa a Zach y lo llamó con el fin de solicitar permiso para entrar en la casa.

—Por supuesto que pueden entrar —contestó el agente inmobiliario—. Esta mañana Lanning me ha llamado y me ha dicho que iba a dejar las llaves colgadas en un gancho del garaje. Su alquiler ha vencido. ¿Por qué lo buscan?

—No puedo decírselo en este momento, señor —respondió el joven agente—. Gracias.

Recuperaron la llave del garaje y entraron con cuidado empuñando las pistolas, y a continuación se desplegaron en abanico y registraron cada habitación y armario. No encontraron a nadie.

Billy Tryon y Jake Rosen volvieron a inspeccionar cada habitación para ver si había alguna pista sobre el destino de Lanning, pero en toda la casa no había ni un periódico ni una revista.

—Llama a los de dactiloscopia —dijo Tryon—. Deberíamos poder conseguir huellas para confirmar si es nuestro hombre.

—Espero que podamos conseguirlas —comentó Jake Rosen—. Este tipo debe de ser asquerosamente limpio. No hay ni una mota de polvo en ninguna parte. Mira cómo tiene alineadas las copas de la vitrina.

—A lo mejor ha ido a West Point —soltó Tryon, sarcásticamente—. Jake, dile a los muchachos de Glen Rock que llamen a los vecinos de la manzana para ver si alguno sabe algo de él. Asegúrate de que los polis del municipio saben que ya hemos dado orden de búsqueda del coche y su matrícula.

Tryon miró a su alrededor. Le llamó la atención un pequeño aparato colocado en el alféizar de la ventana de la cocina. Entonces se sorprendió al oír a un perro ladrando tan fuerte como si estuviera en la misma habitación. El sonido se oía a través del aparato, que hacía de intercomunicador.

Miró por la ventana. Ted Wesley le había dicho que Emily vivía al lado de Lanning. En ese mismo momento ella estaba saliendo a toda prisa de su coche y avanzaba hacia la puerta de su casa. Por eso está ladrando el perro, pensó.

Observó cómo ella abría la puerta y entraba. A continuación oyó claramente que saludaba a su perro con un grito.

—Jake —chilló—, ven a ver esto. Ese tal Lanning tiene un micrófono colocado en casa de Emily y ha estado escuchando todo lo que dice.

—Vamos, Bess —estaba diciendo Emily—. Ahora mismo te saco. En la casa de al lado pasa algo con el chalado que te sacaba a pasear.

—Dios mío —murmuró Jake al escuchar el sonido nítido de la voz de Emily. Inclinó la persiana—. Mira, Billy. Tiene una vista directa de la cocina de Emily. ¿Sabes lo que creo? Después de ver esta casa, está claro que ese tipo es muy organizado. No se ha olvidado de dejar el aparato. Lo ha dejado para que la policía lo encuentre y Emily se entere.

Oyeron que la puerta del porche se abría y Emily llamaba al perro adentro.

Un detective de Glen Rock entró en la cocina.

—Estamos seguros en un noventa y nueve por ciento de que Lanning es el hombre que buscamos —dijo, tratando de dominar la emoción de su voz—. La otra noche vi el programa. Una de las pistas que dieron es que a Charley Muir le gustaba mucho plantar crisantemos amarillos. Hemos encontrado tres bolsas grandes de la basura llenas de crisantemos en el garaje. Creemos que él también vio el programa y se puso nervioso.

Vieron por la ventana cómo Emily cruzaba el camino de entrada. A continuación se juntó con ellos en la cocina.

—Ted Wesley me ha llamado para decirme que estáis investigando a ese tipo. Me ha puesto al corriente de los detalles. ¿Estabais hablando de los crisantemos del garaje? Zach los plantó un sábado, hace poco más de una semana, y veinticuatro horas más tarde los desenterró y plantó flores nuevas. Me pareció muy raro, pero por otra parte él era muy extraño.

—Emily —dijo Jake, suavemente—, estamos bastante seguros de que Zach Lanning es el asesino en serie Charley Muir. Hay algo más que tenemos que decirte y que te va a disgustar mucho.

Emily se quedó paralizada.

—No puede ser peor que lo que estoy descubriendo. En junio se ofreció a sacar a pasear a Bess por las tardes. Durante el día dejo a Bess en el porche, y le di una llave exclusiva de esa parte de la casa, no la de la puerta de la cocina. Una noche que volví tarde a casa me lo encontré sentado en el porche y me asusté. Enseguida me encargué de que dejara de pasear a la perra. Me inventé una excusa, pero noté que no se la creyó y se enfadó.

Abrió mucho los ojos y su rostro palideció.

—Ahora estoy segura de que la semana pasada estuvo en mi

casa. Una noche, al volver, me fijé en que en la cómoda de mi habitación había un camisón que asomaba por un cajón. Estoy segura de que yo no lo había dejado así.

Se detuvo.

—Dios mío. Ahora sé lo que me preocupaba ayer cuando guardé los camisones para donarlos. ¡Faltaba uno! Jake, dime lo que tengas que decirme.

Jake señaló la ventana.

—Emily, tiene un aparato de escucha colocado en tu casa. Hace nada te hemos oído hablar a tu perro.

La magnitud de la invasión de Zach en su vida afectó físicamente a Emily. Inmediatamente notó náuseas en la boca del estómago y las piernas le empezaron a flojear.

En ese momento un detective de Glen Rock entró corriendo.

—Parece que ha habido un allanamiento de morada al otro lado de la calle. Una ventana de la parte trasera tiene la mosquitera cortada, y la anciana que vive allí no contesta a la puerta. Vamos a entrar.

Tryon, Rosen y Emily cruzaron la calle a toda prisa con la policía. Un agente echó abajo la puerta de una patada. A los pocos minutos, sabían que Madeline Kirk no estaba en la casa.

—Registrad el garaje —dijo Tryon—. Hay una llave de coche en un plato al lado de la puerta de la cocina.

Siguiendo a los agentes a escasos pasos de distancia, Emily observó que el perro afgano de Madeline Kirk se hallaba desplomado en el suelo de un cuarto. Se quedó boquiabierta al ver el bloc que había sobre la mesa situada junto al sillón. Tenía escritas las palabras *La caza del fugitivo*. Había un lápiz encima. Convencida de que a su vecina le había ocurrido algo malo, siguió a los detectives hasta el garaje. Estaban inspeccionando el interior del coche de Madeline Kirk.

—Abrid el maletero —mandó Billy Tryon.

Cuando levantaron la puerta del maletero, el hedor a muerte era abrumador. Tryon desató con cuidado el bramante que sujetaba las bolsas de basura y levantó una de ellas. El rigor mortis que se había instalado en el cadáver había conservado la expresión de terror de la cara de la anciana.

—Dios mío —dijo Emily gimiendo—. Pobre alma indefensa. Ese hombre es un monstruo.

—Emily —dijo Jake con delicadeza—. Tienes suerte de no haber acabado como ella.

63

El lunes por la tarde, después de asistir a la lectura de la sentencia de Jimmy Easton, Mike Gordon fue directamente a su despacho. Las imágenes en las que el delincuente amenaza a la fiscal e insinúa que sabe mucho más de lo que calla darán un buen programa para esta noche, reflexionaba. ¿Estaba marcándose un farol y simplemente arremetió contra ella porque no le había conseguido la libertad condicional? ¿O está a punto de soltar una bomba? Los expertos del programa van a disfrutar de lo lindo con esto, pensaba.

Su secretaria, Liz, lo siguió hasta su despacho y le dijo que habían recibido cincuenta y una respuestas en el número de teléfono que figuraba en la página web del programa desde que habían anunciado la recompensa de veinticinco mil dólares el domingo por la noche.

—Veintidós eran de videntes, Mike —le dijo, situada delante de su mesa—. Dos de ellos deben de compartir la misma bola de cristal. Los dos ven a un hombre con el pelo moreno y ropa oscura observando a Natalie Raines al llegar a su casa en coche la mañana que fue asesinada.

Sonrió.

—No te vas a creer el resto. Lo ven esperándola con una pistola en la mano. Ahí acaba la visión. Al parecer, cuando cobren la recompensa, podrán verle la cara y describirlo del todo.

Mike se encogió de hombros.

—Estaba seguro de que atraeríamos a algunos bichos raros.

Liz realizó un resumen informal de las llamadas.

—Diez o doce eran de personas que decían que Jimmy Easton les había engañado o robado. Ninguna podía creer que un jurado declarara culpable a Gregg Aldrich basándose en su testimonio. Algunas decían que les gustaría ir al juzgado cuando Aldrich sea condenado y decirle al juez que Easton es un mentiroso patológico.

—Es bueno saberlo, pero no nos sirve de mucho. ¿Qué hay de la mujer que llamó el viernes por la noche y preguntó por la recompensa? ¿Tenemos noticias de ella?

—Me reservaba lo mejor para el final —le dijo Liz—. Ha vuelto a llamar esta mañana. Dice que tiene la prueba de dónde trabajó Jimmy y por qué pudo haber estado en casa de Aldrich. Quiere saber si podemos ingresar el dinero de la recompensa en una especie de cuenta de seguridad para tener la garantía de que no la estafan.

—¿Ha dejado su nombre y un número donde podamos ponernos en contacto con ella?

—No, no ha querido. Primero quiere hablar contigo directamente. No confía en nadie más por miedo a que le roben la información. También quiere saber si, en el caso de que Gregg Aldrich salga de la cárcel gracias a su información, la invitarás a su programa con él. Le he dicho que ibas a venir ahora y que volviera a llamar.

—Liz, si alguien nos da una prueba concreta, claro que la invitaré al programa. Espero que no sea otro chalado.

Preocupado, Mike recordó que había informado a Alice y Katie de la llamada de la mujer en la comida del día anterior y que ellas habían reaccionado con euforia.

—De acuerdo. Es todo lo que tengo —dijo Liz alegremente—. A ver qué más recibimos.

—Mantén las llamadas en espera hasta que esa mujer vuelva a llamar. Y pásamela directamente.

Liz apenas había llegado a su mesa cuando sonó el teléfono. Mike la oyó decir a través de la puerta abierta:

—Sí, ha vuelto y quiere hablar con usted. Espere un momento, por favor.

Mike tenía la mano en el teléfono a la espera de que sonara el timbre.

—Mike Gordon —dijo—. Me han comunicado que es posible que tenga información relacionada con el caso Aldrich.

—Me llamo Reeney Sling, señor Gordon. Es un honor hablar con usted. Me gusta mucho su programa. Jamás pensé que me vería envuelta en uno de sus casos, pero...

—¿Cómo se ha visto envuelta, señora Sling? —preguntó Mike.

—Tengo información importante sobre dónde trabajó Jimmy Easton en la época en que Natalie Raines fue asesinada. Pero quiero asegurarme de que nadie me roba la recompensa.

—Señora Sling, le garantizo personalmente, y me comprometo a ponerlo por escrito, que si es usted la primera persona que nos ofrece información relevante que conduzca a un nuevo juicio o a la retirada de los cargos, recibirá la recompensa. Pero debe saber de antemano que si ese resultado es producto de su información combinada con información adicional de otra persona, la recompensa se repartirá.

—Imagínese que mi información es mucho más importante. ¿Qué pasaría entonces? Un momento, por favor. Mi marido quiere decirme algo.

Mike oyó unas voces tenues, pero no logró distinguir lo que estaban diciendo.

—Mi marido, Rudy, dice que confiamos en que sea justo.

—Es una pregunta justa —dijo Mike—. Adecuaremos la recompensa según el valor de la información de cada persona.

—Suena bien —dijo ella—. Rudy y yo iremos a verlo cuando quiera.

—¿Qué les parece mañana a las nueve de la mañana?

—Allí estaremos.

—Y por favor, traigan cualquier escrito o documento que apoye lo que dicen.

—Desde luego —contestó entusiasmada Reeney, que ya había perdido el miedo a que le quitaran la recompensa.

—Les veré entonces —dijo Mike—. La paso otra vez con mi secretaria. Ella le dará la dirección y cualquier indicación que pueda necesitar.

64

Jimmy Easton acababa de llegar a la cárcel del condado de Bergen después de ser condenado.

El capitán Paul Kraft, el comandante de turno, estaba esperándolo.

—Jimmy, tengo noticias para ti. Estás a punto de dejar tu segunda casa. Vamos a trasladarte a la cárcel de Newark dentro de unos minutos.

—¿Por qué? —preguntó Jimmy.

Sabía por su larga experiencia previa que el traslado administrativo a la prisión estatal normalmente tardaba de unos días a unas semanas.

—Jimmy, ya sabes que tienes problemas con algunos presos de esta cárcel por haber colaborado.

—Eso es lo que intentó decir mi abogado al juez —soltó Jimmy—. No me dan un respiro. No paran de molestarme porque ayudé a la fiscal. ¡Como si esos tipos no hubieran hecho lo mismo para que les rebajaran la condena!

—Eso no es todo, Jimmy —le dijo Kraft—. En la última media hora hemos recibido un par de llamadas anónimas. Creemos que las dos eran del mismo hombre. Ha dicho que más te vale tener la boca cerrada de ahora en adelante.

Al ver la expresión de inquietud en la cara de Easton, añadió:

—Jimmy, podría ser cualquiera. Lo que has dicho hoy en el juzgado ya ha salido por la radio y por internet. Con los problemas que has tenido aquí y ahora esas llamadas, nos ha parecido que lo más conveniente era sacarte de aquí enseguida. Por tu seguridad.

Kraft se dio cuenta de que Easton estaba muy asustado.

—Jimmy, sé sincero. Hazte un favor. Sabes quién ha hecho esas llamadas, ¿verdad?

—No, no lo sé —dijo Jimmy tartamudeando—. Algún gilipollas, supongo.

Kraft no le creyó, pero no insistió.

—Investigaremos el teléfono que hemos identificado y averiguaremos el origen de la llamada —dijo—. No te preocupes.

—¿Que no me preocupe? Para usted es fácil decirlo. Le garantizo que esas llamadas vienen de un móvil de prepago. Lo sé todo del tema. Yo mismo he tenido docenas de ellos. Haces una llamada importante y luego tiras el teléfono. Pruébelo alguna vez.

—Está bien, Jimmy. Recoge tus cosas. Ya hemos informado a los de la cárcel. Se asegurarán de que estés bien.

Sin embargo, una hora más tarde, esposado y sujeto con grilletes en la parte de atrás de un furgón policial, Jimmy miraba malhumoradamente por la ventanilla. Estaba en la autopista de peaje de Newark, cerca del aeropuerto. Vio un avión despegar y elevarse en el cielo. Lo que daría por estar en ese avión, fuera adonde fuese, pensaba.

Se acordó de una canción de John Denver. «Partiendo en un avión a reacción...»

Ojalá yo partiera en uno.

No volvería nunca aquí.

Volvería a empezar en algún sitio.

Cuando el furgón policial llegó a la valla de la cárcel y estaba siendo inspeccionado antes de entrar, Jimmy ya estaba planeando su siguiente paso.

El abogado de Aldrich fue muy cruel conmigo en el juicio, pero apuesto a que se alegrará de tener noticias mías mañana.

Cuando acabe de hablar con él ni siquiera le molestará que la llamada sea a cobro revertido.

65

El lunes temprano, cuando abandonó la casa de Glen Rock, Zach Lanning fue directo al aeropuerto de Newark. Encontró un espacio en el parking de estacionamiento prolongado, a varias plazas de distancia de donde había aparcado la furgoneta que había comprado a Henry Link. Mientras transportaba sus pertenencias de un vehículo al otro, confiaba en estar mezclándose con los viajeros del aeropuerto que iban y venían de las terminales cargados de maletas.

Se llevó un susto cuando estaba sacando su televisión del maletero y pasó por delante un guarda jurado en un coche, pero no pareció fijarse en él. Zach acabó de transportar las últimas cosas que quedaban y cerró el coche con llave. A esas alturas tenía los nervios destrozados. El guarda jurado podía preguntarse de repente qué haría alguien con una televisión pesada y pensar que la había robado de un coche aparcado.

Zach temía que volviera para echar un vistazo.

Pero salió del aparcamiento sin ningún problema. Regresó a la autopista de peaje y se dirigió a la montaña de Camelback. A las ocho menos cuarto de la mañana se metió en un área de descanso y llamó a su trabajo y al agente inmobiliario para decirles que no iba a volver.

Había mucho tráfico en la autopista, y casi eran las once cuando llegó al motel y fue al mostrador de recepción a registrarse.

Mientras esperaba a que el recepcionista terminara de hablar por teléfono, miró a su alrededor y notó que se iba calmando. Era el tipo de sitio que buscaba. Un tanto decadente, situado en una zona muy apartada de las carreteras principales, seguro que sería tranquilo. La temporada de esquí todavía no había comenzado. Todos los huéspedes que están alojados ahora buscan paz, tranquilidad y caminatas por la naturaleza otoñal, se dijo.

El recepcionista, un tipo lento que rayaba en los setenta, tenía la llave de la cabaña en la mano.

—Le he dado una de nuestras mejores cabañas —dijo, afablemente—. La temporada todavía no ha empezado, y el motel no está muy lleno. Dentro de seis semanas, esto estará hasta los topes. Vienen muchos esquiadores, sobre todo los fines de semana.

—Qué bien —contestó Zach mientras cogía la llave y se disponía a apartarse. Lo que menos necesitaba era que la conversación se alargara y el viejo se centrara en él.

El recepcionista entornó los ojos.

—Usted ha estado aquí antes, ¿verdad? Me suena. Ya sé —dijo riéndose entre dientes—, se parece usted al tipo ese que mató a todas sus mujeres. La semana pasada hablaron de él en *La caza del fugitivo*. Estuve bromeando con mi cuñado. Él se le parece todavía más que usted.

El recepcionista se echó a reír a carcajadas.

Zach trató de reírse con él.

—Yo solo he tenido una mujer, y todavía está viva. Y si el cheque de su pensión llega con un día de retraso, su abogado se encarga de recordármelo.

—¿Usted también? —dijo el recepcionista en voz alta—. Yo también pago una pensión. Es un asco. El tipo que salió en *La caza del fugitivo* mató a su última mujer porque se quedó con la casa cuando se divorciaron. Se volvió loco, pero aun así me da un poco de lástima.

—A mí también —murmuró Zach, impaciente por marcharse—. Gracias.

—Para su información —gritó el recepcionista detrás de

él—, el almuerzo se empieza a servir en el bar a mediodía. La comida está muy buena.

La cabaña de Zach era la que estaba más cerca del edificio principal. Constaba de una gran habitación con dos camas de matrimonio, una cómoda, un sofá, un sillón y una mesilla de noche. En la pared había una televisión de pantalla plana fijada encima de la repisa de una chimenea de leña. Había un pequeño cuarto de baño con una cafetera eléctrica sobre la encimera.

Zach sabía que era peligroso quedarse allí mucho tiempo. Se preguntaba si alguien se había percatado ya de que Madeline Kirk había desaparecido. ¿Y Henry Link? Se tragó que yo iba a presentar todo el papeleo del coche e iba a mandárselo al cabo de unos días. Pero ¿y si también vio el programa el sábado por la noche? ¿Y si cree que me parezco a Charley Muir?

Zach cerró los ojos. Tan pronto como encuentren el cadáver de Kirk, empezará otro bombardeo publicitario y volveré a convertirme en el caso principal de *La caza del fugitivo*, se advirtió a sí mismo.

De repente se sentía cansado. Decidió tumbarse a echar una cabezadita. Se sorprendió al despertarse y darse cuenta de que eran casi las seis. Presa del pánico, cogió el mando a distancia de la mesilla que había al lado de la cama y encendió la televisión para ver las noticias.

Se preguntaba si hablarían de él o de Kirk en una cadena de noticias de Pensilvania. Es posible, pensó. Camelback está solo a un par de horas del condado de Bergen.

Estaban emitiendo las noticias. El presentador comenzó a decir:

—De Glen Rock, New Jersey, nos llega la macabra noticia del asesinato de una anciana. La policía cree que el asesino es un vecino que vivía al otro lado de la calle. También tienen la firme sospecha de que se trata de la misma persona que supuestamente ha cometido como mínimo siete asesinatos previos y cuyo perfil se emitió la semana pasada en el programa *La caza del fugitivo*.

El presentador continuó:

—Gracias a una información de un compañero de trabajo, la policía acudió a su casa, donde descubrieron que aparentemente acababa de huir. Una mosquitera cortada en una ventana condujo al descubrimiento de que la entrada de la casa de Madeline Kirk, de ochenta y dos años, había sido forzada. Preocupados por su seguridad, la policía derribó la puerta de su casa y poco después halló su cadáver metido en el maletero de su coche en el garaje.

Lo sabía, pensó Zach. Alguien del trabajo vio el programa y me reconoció. Kirk me reconoció. El imbécil de recepción se ha fijado en que me parezco al de la tele. ¿Y si él también ve las noticias esta noche? Seguro que dicen mucho más sobre mí, y mañana dirán mucho más en los periódicos...

A Zach se le quedó la boca seca cuando el presentador indicó que después de la pausa publicitaria mostrarían las mismas fotografías y recreaciones infográficas que habían emitido en *La caza del fugitivo*.

No puedo quedarme aquí, pensó. Si el colgado de recepción lo ve, no va a pensar en su cuñado. Antes de salir de aquí, tengo que averiguar si todavía puedo conducir la furgoneta sin peligro. Y tengo que saber si Henry Link ha sumado dos más dos y ha llamado a la policía.

Empleando uno de los dos teléfonos de prepago que tenía guardados, Zach llamó al departamento de información telefónica para conseguir el número de Henry Link. Después de comprar el vehículo, había tirado el anuncio en el que figuraba el número. Afortunadamente, estaba en el listín. Esperó a que se realizara la comunicación mordiéndose el labio con nerviosismo.

Había usado el seudónimo Doug Brown en su cita con Henry Link. También había tenido cuidado de llevar gafas de sol y una gorra de béisbol todo el sábado cuando había ido a comprar la furgoneta.

Link cogió el teléfono.

—Hola, Henry. Soy Doug Brown. Solo quería decirle que

esta mañana he llevado los papeles a la oficina de tráfico. Debería recibirlo todo por correo durante los próximos días. La furgoneta funciona estupendamente.

La voz de Henry Link no sonaba cordial.

—Mi yerno se ha enfadado conmigo por dejar que usted haga todo el papeleo. Me ha dicho que si usted tuviera un accidente antes, el como se llame... el contrato... pasaría de una persona a otra. Podrían empapelarme... ¿Y las matrículas? Dice que yo soy el que tiene que entregarlas. Y se pregunta por qué ha querido pagarme en efectivo.

Zach tenía los nervios a flor de piel. Se sentía como si una red se estuviera cerrando sobre él.

—Henry, esta mañana no he tenido ningún problema en la oficina de tráfico. He entregado las matrículas y me han dado un contrato nuevo. Dígale a su yerno que solo quería ser amable. Tenía que ir a la oficina de todas formas para inscribir el coche a mi nombre y me alegraba poder echarle una mano. Lamentaba que su mujer estuviera en una clínica.

Zach se humedeció los labios con la lengua.

—Henry, llevé dinero en efectivo a propósito para que no hubiera problemas. ¿Sabe la cantidad de personas que se niegan a aceptar un cheque? Dígale a su yerno que si tan preocupado estaba, debería haber estado con usted cuando vendió la furgoneta.

—Doug, lo siento mucho —dijo Henry, con tono de disgusto—. Sé que es usted un buen tipo. Lo que ocurre es que desde que Edith está en la clínica mi hija y su marido creen que yo no puedo cuidar de mí mismo. Hicimos un trato justo, y usted se ha tomado muchas molestias encargándose del papeleo y llamándome por teléfono. Hoy día la mayoría de la gente no es tan considerada. Voy a cantarle las cuarenta a mi yerno.

—Me alegro de poder ayudar, Henry. Le llamaré dentro de dos o tres días y me aseguraré de que ha recibido los papeles por correo.

Seguramente no tendré problemas con la furgoneta durante

un par de días, pensó Zach mientras colgaba. Al ver que los papeles no llegan, el yerno irá directo a la oficina de tráfico. E inmediatamente después irá a la policía.

Puede que se me esté acabando la suerte. Pero antes de que me pillen, si es que me pillan, voy a volver para ocuparme de Emily.

66

A Belle Garcia le inquietaba mucho enfrentarse a Sal cuando volviera a casa. Las pocas veces que habían tenido una discusión grave en sus treinta y cinco años de matrimonio, había sido porque ella había sido muy testaruda con algo. Pero sabía que esta vez no era lo mismo.

La idea de meter en líos a Sal le resultaba odiosa.

Eran las cinco cuando oyó la llave de él en la cerradura de la puerta principal. Sal entró con cara de agotamiento. Trabaja muy duro, pensó Belle.

—Hola, cariño —dijo él, al tiempo que le daba un beso en la mejilla, y a continuación se dirigió a la nevera a por una cerveza.

Fue a la sala de estar, abrió la lata, se sentó en su sillón favorito y comentó lo cansado que estaba.

—Después de cenar veré un rato la televisión y me iré a la cama.

—Sal —dijo Belle con delicadeza—. Sé que has tenido un día muy largo, pero tengo que decirte lo que he hecho esta mañana. Estaba tan preocupada por si Jimmy Easton había trabajado o no para ti que he decidido mirar en las cajas que tienes en el trastero.

—Está bien, Belle —dijo él en tono de resignación—. ¿Qué has encontrado?

—Creo que ya sabes lo que he encontrado, Sal. He encontrado una agenda de teléfonos con el nombre de Easton y un recibo por una entrega hecha en casa de Aldrich poco antes de que Natalie Raines muriera.

A Belle le desconcertaba que Sal la escuchara, aunque se negaba a mirarla a los ojos.

—Aquí están, Sal. Míralos. Sabías que Jimmy Easton había trabajado y había hecho entregas para ti. Di la verdad. —Señaló el recibo y le dio unos golpecitos con el dedo—. ¿Sabes si fue a hacer esta entrega?

Sal se tapó la cara con las manos.

—Sí, lo sé, Belle —dijo, con la voz quebrada—. Estuvo conmigo. Entramos en la casa. Y puede que él tuviera ocasión de abrir ese cajón.

Belle miró las manos agrietadas y llenas de arrugas de su marido.

—Sal —dijo dulcemente—, sé por qué te has estado torturando tanto. Sé por qué estás asustado. Pero sabes que tenemos que hacer algo. Nunca estaremos tranquilos hasta que lo hagamos.

Se levantó de su sillón, atravesó la habitación, rodeó a Sal con los brazos, lo abrazó y se dirigió al teléfono. Había anotado el teléfono de *Primera tribuna*. Cuando atendieron su llamada dijo:

—Me llamo Belle Garcia. Mi marido es Sal Garcia. Tiene una empresa de mudanzas. Puedo demostrar que el 3 de marzo, hace dos años y medio, el día que Jimmy Easton aseguró haberse reunido con Gregg Aldrich en su casa, estaba en realidad entregando una lámpara antigua con mi marido.

La telefonista le pidió que esperara y a continuación añadió:

—Señora Garcia, en caso de que se corte la línea, ¿puede decirme su número de teléfono?

—Por supuesto —respondió Belle, y lo recitó de un tirón.

Pasó menos de un minuto, y entonces sonó una voz familiar.

—Señora Garcia, soy Michael Gordon. Me acaban de informar de que es posible que tenga información decisiva relacionada con el caso Aldrich.

—Sí, así es. —Belle repitió lo que había dicho a la telefonista y acto seguido añadió—: Mi marido pagaba a Jimmy Easton en negro. Por eso tenía tanto miedo a decir algo.

Una enorme oleada de esperanza invadió a Mike. Tuvo que dejar pasar unos instantes antes de poder hablar.

—Señora Garcia, ¿dónde vive?

—En la calle Doce, entre la Segunda y la Tercera Avenida.

—¿Podrían coger un taxi usted y su marido y venir a mi despacho ahora?

Belle miró a Sal en actitud suplicante y repitió la petición de Mike. Él le indicó con la cabeza que lo correcto era decir que sí.

—Estaremos ahí lo antes posible —le dijo a Mike—. Mi marido tendrá que ducharse y cambiarse de ropa primero. Lleva todo el día haciendo traslados de Long Island a Connecticut.

—Desde luego. Ahora son las cinco y media. ¿Cree que podrían estar aquí a las siete?

—Oh, claro. Sal puede ducharse y vestirse en diez minutos.

Y yo también tendré que vestirme, pensó Belle. ¿Qué debo ponerme? Llamaré a mamá y le preguntaré qué opina. Ahora que había hecho la llamada, el alivio que sentía era mayor que la inquietud por el posible problema de impuestos de Sal.

—Señora Garcia, cuide bien del recibo. Ya sabe que si esto concuerda con los hechos, es posible que tenga derecho a la recompensa de veinticinco mil dólares.

—Dios mío —dijo Belle gimiendo—. No sabía nada de una recompensa.

67

El lunes a las seis de la tarde Emily se dirigió a su coche con Bess en brazos. Las inmediaciones de su casa estaban acordonadas con cinta amarilla para proteger la integridad física de las tres escenas del crimen: la casa de Madeline Kirk, su propia casa y la casa de alquiler de Zach. Una gran furgoneta con la palabra FORENSE escrita se hallaba aparcada junto al bordillo de la acera. Había coches patrulla situados a lo largo de toda la calle.

Totalmente traumatizada por la muerte de su vecina y el descubrimiento de que Zach Lanning no solo la había estado espiando sino que también había estado entrando y saliendo de su casa, Emily había dicho a Jake Rosen que tenía que salir. Jake la acompañó a su coche y le dijo en tono tranquilizador:

—Yo me encargaré de todo.

Ella entendía perfectamente que tenían que examinar su casa a fondo en busca de huellas dactilares, más aparatos electrónicos y cualquier otra pista que Zach pudiera haber dejado.

—Intenta relajarte —le dijo Jake Rosen suavemente—. Te vendrá bien escapar un par de horas. Cuando vuelvas, te contaré todo lo que hemos encontrado. Te prometo que no te ocultaré nada. —Sonrió—. Y también te prometo que no te dejaremos la casa hecha un desastre.

—Insisto en saber si tenía colocadas cámaras o más aparatos en mi casa. No intentes ocultármelo. —Trató de devolverle la sonrisa, pero no logró esbozar una—. Hasta luego.

Fue directa al palacio de justicia. Entró en el ascensor con dos bolsas de lona dobladas colgadas del brazo y sujetando la correa de Bess, que daba brincos a su lado con entusiasmo. Solo quedaban un puñado de personas en toda la oficina.

Cuando estaba recorriendo el pasillo interior hacia su despacho, un par de jóvenes investigadores que se habían enterado de los descubrimientos acariciaron a Bess y expresaron su indignación ante lo que Lanning les había hecho a ella y a la anciana. Luego, amablemente, preguntaron si podían hacer algo por ella.

Emily les dio las gracias.

—Estoy bien. Me voy a quedar en casa los próximos días. Quiero cambiar todas las cerraduras, y no hace falta que nadie me convenza de que tengo que modernizar la alarma. Solo voy a estar aquí unos minutos. Tengo que repasar un montón de expedientes que se me acumularon cuando estaba en el juicio de Aldrich. Mientras la policía trabaja en mi casa, puedo adelantar un poco de trabajo.

—¿Podemos ayudarte al menos a llevar las cosas al coche?

—Me vendría muy bien. Os avisaré cuando me vaya a marchar.

Emily fue a su despacho y cerró la puerta. En efecto, había muchos expedientes que requerían su atención, pero tendrían que esperar. Había decidido recoger todo el expediente Aldrich y llevárselo a casa. Por eso había llevado las bolsas de lona. No quería que nadie viera lo que llevaba en ellas. Tenía intención de repasar el caso y escudriñar cada una de las palabras contenidas en los cientos de páginas de documentos para ver si había pasado algo por alto.

Tardó una media hora en reorganizar las carpetas y meterlas en las bolsas. Una de las carpetas más gruesas, que deseaba examinar especialmente, contenía copias de los informes de la policía de Nueva York sobre el asesinato ocurrido casi veinte años antes en Central Park de la entonces compañera de piso de Natalie Raines, Jamie Evans.

Había sucedido hacía mucho tiempo. Tal vez ese expediente

no recibió suficiente atención por nuestra parte, pensó, mientras veía cómo sus compañeros introducían las bolsas en su coche.

Camino de casa, Emily iba preguntándose si sería capaz de dormir en su casa esa noche, o en cualquier otro momento. La invasión personal y la sensación de humillación ya son bastante graves, pensaba con un nudo en la garganta, pero que un psicópata como Zach Lanning todavía ande suelto es aterrador.

Cuando enfiló el camino de entrada de su casa, Jake salió de la vivienda a recibirla.

—Emily, ya hemos terminado dentro. Primero te daré las buenas noticias. No había cámaras ni aparatos de escucha aparte del de la cocina. La mala noticia es que hay huellas dactilares de Lanning por toda la casa y coinciden con las de Charley Muir. Incluso hemos encontrado sus huellas en el cuarto de las herramientas del sótano.

—Gracias a Dios que no hay cámaras —dijo Emily, sintiendo un gran alivio en ese sentido—. No sé cómo lo habría sobrellevado. Ya tengo bastante con el resto. No puedo creer que también haya estado en el sótano tocando las herramientas de mi padre. Cuando era pequeña mi padre siempre estaba arreglando algo. Estaba muy orgulloso de su taller.

—Emily, tenemos que hablar de una cosa. Los dos sabemos que Lanning sigue ahí fuera y que es un maníaco. Y es un maníaco que está obsesionado contigo. Si se te había ocurrido quedarte aquí, pondremos a un agente de policía fuera las veinticuatro horas del día hasta que lo detengamos.

—Jake, lo he pensado mucho en las últimas horas y no estaba segura de qué hacer. Creo que me voy a quedar, pero me gustaría que hubiera un agente fuera. —Esbozó una media sonrisa—. Por favor, dile al agente que vigile bien la parte de atrás. A Lanning le gustaba entrar por el porche.

—Por supuesto, Emily. La policía de Glen Rock se asegurará de que los agentes den vueltas a la casa continuamente.

—Gracias, Jake. Me tranquiliza mucho. Tendré que presentarle a Bess a los agentes de cada turno para que no les ladre como una loca.

Al ver las bolsas de lona en el asiento trasero del coche, Jake se ofreció a meterlas dentro de la casa.

Pese a lo mucho que confiaba en Jake, por el momento no quería detallarle su contenido.

—Te lo agradecería. Pesan un poco. He traído unos expedientes a casa para trabajar en ellos. No voy a volver a la oficina hasta dentro de un par de días. Quiero estar aquí cuando pongan las cerraduras nuevas y me cambien la penosa alarma que Lanning sorteó tan fácilmente.

68

El detective Billy Tryon volvió al palacio de justicia el lunes a las ocho y media de la tarde para dejar parte de las pruebas físicas del homicidio de Kirk. Había permanecido en la escena del crimen desde el principio y había estado visitando las tres casas, supervisando la recogida de pruebas. Había pasado la mayor parte del tiempo en la casa y el garaje de Kirk.

Después de hablar con Emily en la cocina de Lanning, no había querido volver a encontrarse con ella. Cuando la fiscal se fue, en torno a las seis, Billy había preguntado a Jake Rosen adónde iba. Jake le había dicho que Emily tan solo había dicho que iba a salir un rato.

Billy estaba seguro de que había ido a la oficina. Su primo Ted le había dicho que después del arrebato de Easton en el tribunal, Emily le había informado de que iba a desandar cada paso relacionado con el caso.

Ted había dicho acaloradamente a Billy que había estado a un pelo de prohibir a Emily que siguiera con aquel caso, pero había temido que ella terminara presentando una queja contra él.

—Si lo hiciera, te aseguro que no seré el próximo secretario de Justicia —había manifestado.

Desde su punto panorámico en la casa de Kirk, Billy esperó a ver cuándo volvía Emily. Regresó en torno a las siete y media y la vio hablando de nuevo con Jake Rosen en la entrada de su casa. No le gustaba la camaradería que siempre parecía haber entre ellos. Luego observó cómo Jake metía dos bolsas de lona de aspecto pesado en la casa.

Cuando Jake volvió a salir, Billy lo llamó.

—¿Qué había en las bolsas? —preguntó.

—Emily va a tomarse un par de días libres y se ha traído unos expedientes a casa para trabajar en ellos. ¿Te molesta?

—No me gusta su actitud en general —soltó Tryon—. Está bien. Me largo. Voy a llevar las bolsas con las pruebas a la oficina y luego me iré a casa.

Billy Tryon realizó el trayecto de vuelta a la oficina hecho una furia. Está intentando anular el veredicto y quiere culparme a mí, pero no voy a dejar que eso pase.

No me va a destruir.

Y no va a destruir a Ted.

69

Después de hablar con Belle Garcia, Michael Gordon se dio prisa en marcar el número de Richard Moore.

—Hola, Mike. —Moore tenía un tono optimista—. Hoy te he visto en el juzgado, pero no he tenido ocasión de hablar contigo. En cuanto se dictó la sentencia de Easton, fui corriendo a la cárcel a contarle a Gregg lo que había pasado. Necesitaba oír algo positivo, y creo que por primera vez desde que leyeron el veredicto ha dado señales de esperanza.

—Pues es posible que dentro de muy poco dé muchas más señales —añadió Mike enfáticamente—. Por eso te llamo. Acabo de hablar por teléfono con una mujer que me ha dado información sobre Easton. Si dice la verdad, va a dar un vuelco al caso.

Cuando le transmitió el contenido de su conversación con Belle Garcia, la reacción de Richard fue exactamente la que él esperaba.

—Mike, si esa mujer es digna de crédito y tiene un recibo y una agenda de teléfonos, creo que podré sacar a Gregg bajo fianza mientras el asunto se investiga a fondo. —La voz de Richard adquirió cada vez más vivacidad—. Y si todo esto es verdad, no creo que lo vuelvan a juzgar. No creo que Emily Wallace quiera volver a ir a juicio. Creo que acudirá al juez Stevens para invalidar el veredicto y anular la acusación.

—Yo también lo veo así —asintió Mike—. Van a venir dentro de poco. Muy pronto sabremos a qué atenernos. Si tienen lo que afirman tener, voy a invitarlos esta noche al programa, y me gustaría que tú estuvieras con ellos.

—Mike, me encantaría, pero debo decirte que tengo sentimientos encontrados hacia esas personas. No sé si podré ser amable con ellos. Naturalmente, estoy contentísimo por Gregg si esto sale bien. Pero, por otra parte, me indigna que ese tipo se haya callado esa información porque tenga un problema de impuestos. Es una vergüenza, y es la palabra más suave que se me ocurre.

—Mira, Richard, entiendo perfectamente cómo te sientes. Deberían haber actuado antes, y estoy seguro de que dirás eso esta noche. Pero si vienes al programa y te limitas a atacarlos, no será de ayuda para Gregg. Y lo que menos te conviene es espantar a otra persona que también pueda tener miedo a hablar por el motivo que sea.

—Lo sé. No voy a atacarlos, Mike —contestó Richard—. A lo mejor incluso les doy un beso. Pero sigo pensando que es una vergüenza.

—Será una vergüenza todavía mayor si alguien le dijo a Jimmy Easton que tenía que contar esa historia —le recordó Mike.

—Emily Wallace jamás haría eso —insistió Moore.

—No he dicho que lo hiciera ella personalmente. Míralo de esta forma: cuando todo esto salga a la luz, ¿no querrán presentar cargos por perjurio contra Easton?

—Estoy seguro de que sí.

—Richard, créeme, si alguien de la oficina del fiscal o un agente de policía le dio información para que reforzara su testimonio, Easton entregará a esa persona. Entonces jurará que lo amenazaron con la pena máxima por robo si no accedía a mentir en la tribuna de los testigos.

—Estoy deseando verlo —dijo Moore con vehemencia.

—Te volveré a llamar cuando haya hablado con los Garcia. Dios, espero que esto sea la solución.

A las siete menos diez Belle y Sal Garcia llegaron al despacho de Michael. Durante la siguiente media hora, escuchó su historia acompañado de un joven productor asociado, presente en calidad de testigo.

—Era una lámpara de pie de mármol pesada —explicó Sal, con nerviosismo—. Un tipo que tenía un pequeño taller de reparaciones de antigüedades solía encargarme las entregas. Jimmy Easton estaba trabajando para mí ese día. Llevamos la lámpara juntos.

»La asistenta nos dijo que la pusiéramos en la sala de estar. Entonces sonó el teléfono. Nos pidió que aguardáramos un momento y fue a la cocina a contestar. Le dije a Jimmy que la esperara para que ella firmara el recibo. Recuerdo que había aparcardo en doble fila, así que lo dejé solo en la sala de estar. No sé cuánto tiempo estuvo allí solo. Luego, la semana pasada, recibí una llamada de mi amigo Rudy Sling.

Rudy Sling, pensó Mike. Su mujer Reeney es la que llamó para decir que sabía dónde había trabajado Jimmy.

—Rudy me recordó que cuando le llevé las cosas de la mudanza a Yonkers, Easton estaba trabajando para mí, y la mujer de Rudy, Reeney, lo pilló mirando en los cajones. Así que creo que Jimmy pudo haber abierto el cajón que hacía ruido buscando algo que robar mientras yo volvía al camión y la asistenta estaba en la cocina hablando por teléfono. —Sal tragó saliva nerviosamente y cogió un vaso de agua que le había traído Liz.

Reeney Sling y su marido van a venir mañana por la mañana, pensó Mike. Ellos podrán respaldar la historia. Todas las piezas encajan. Mientras seguía asimilando aquella grata información, a Mike le pasó por la cabeza la incongruente idea de que Gregg y él podrían volver a jugar a balonmano en el Athletic Club.

Sal se bebió el vaso de un trago y suspiró.

—Supongo que eso es todo, Mike. Ahora ya sabe tanto como

yo sobre esa entrega, a menos que quiera que busque más recibos de otros trabajos que hice para ese taller de antigüedades que demuestren que este no es falso.

Mike examinó el recibo de entrega con la firma de la asistenta y la agenda telefónica de bolsillo con el nombre de Jimmy Easton garabateado. A continuación echó un vistazo a los otros recibos que Sal le había llevado.

Está todo aquí, pensó. Está todo aquí. Prácticamente incapaz de mantener su reserva profesional, les dijo que quería que aparecieran en el programa de esa noche.

—Eso estaría bien —asintió Belle—. Sal, me alegro de haberte hecho poner un buen traje y una corbata. ¡Y menos mal que mamá me dijo que me pusiera este conjunto!

Sal negó con la cabeza vehementemente.

—No. Ni hablar. Belle, me has convencido para venir aquí y lo he hecho, pero no quiero salir en ese programa y que todo el mundo me odie. Olvídalo. ¡No pienso ir!

—Sí que vas a ir, Sal —dijo Belle con firmeza—. No eres distinto a los montones de personas que habrían tenido miedo a meterse en líos diciendo la verdad. De hecho, eres un ejemplo para ellos. Cometiste un gran error y ahora lo estás corrigiendo. Yo también cometí un gran error. Durante más de una semana he estado segura de que Jimmy Easton había trabajado para ti y debería haber mirado en esas cajas antes. El juicio hubiera acabado antes de que Gregg Aldrich hubiera sido declarado culpable si tú y yo hubiéramos hecho lo correcto. La mayoría de las personas intentarán entenderlo como mínimo. Y yo voy a ir al programa contigo o sin ti.

—Señor Garcia —dijo Mike—, espero que lo reconsidere. Usted estuvo en la sala de estar de Aldrich con Easton en la misma fecha exacta que él afirmó bajo juramento haberse reunido con Gregg Aldrich para planear el asesinato de su mujer. Es imprescindible que la gente lo oiga directamente de su boca.

Sal miró la expresión preocupada pero resuelta de Belle y las lágrimas que estaba intentando contener. Estaba muerta de miedo. Estaban sentados el uno al lado del otro en el sofá del despacho de Mike. La rodeó con el brazo.

—Si tú puedes aguantar la presión, yo también —dijo con ternura—. No te voy a dejar seguir sola.

—¡Eso es fabuloso! —exclamó Mike, al tiempo que se levantaba de un brinco para estrecharles la mano—. Seguro que todavía no han cenado. Voy a decirle a mi secretaria que los lleve a la sala de conferencias, y ella les pedirá la cena.

Una vez que hubieron salido de su despacho, llamó a Richard Moore.

—Ven lo antes posible —dijo entusiasmado—. Richard, esas personas dicen la verdad. El recibo de entrega está firmado por la asistenta de Gregg, la que murió. No me avergüenza decirte que estoy a punto de llorar.

—Yo también, Mike. Yo también. —Richard Moore hablaba con voz entrecortada—. ¿Sabes una cosa? Acabo de volver a creer en los milagros. Salgo dentro de unos minutos. No tardaré más de una hora en llegar a la ciudad. Estaré ahí antes de las nueve. —Entonces se le quebró la voz—. Antes mandaré a Cole a la cárcel para que le cuente a Gregg lo que está pasando. Y también llamaré a Alice y a Katie.

—Ojalá pudiera estar con ellas cuando se enteren —dijo Mike, recordando el terrible momento en que la palabra «culpable» había sido repetida doce veces en el tribunal.

—Voy a hacer otra llamada importante —dijo Richard, esta vez en tono firme—. A Emily Wallace. ¿Y sabes, Mike? No creo que se sorprenda.

70

Zach apagó la televisión cuando acabaron de hablar de él. Se asustó al volver a ver la recreación infográfica que tanto se parecía al aspecto que lucía ahora. Sabía que era demasiado peligroso permanecer allí más tiempo. Se había fijado en que el recepcionista tenía una pequeña televisión en su oficina, y era evidente que no estaba muy ocupado. Si todavía estaba allí a las seis, podía haber visto perfectamente esa cadena. O tal vez estaba en casa, sentado delante del televisor. En cualquier caso, si veía esa imagen otra vez, incluso su lento cerebro podría empezar a funcionar.

La furgoneta se encontraba en el aparcamiento situado junto al edificio principal. Afortunadamente, el recepcionista no le había preguntado la matrícula cuando se había registrado. Si algún día la policía aparecía por allí buscándolo, alguien podría decirles la marca y el color de la furgoneta, pero dudaba que alguien se acordara del número de matrícula.

Sopesando desesperadamente sus opciones, Zach decidió bajar las persianas, encender las luces y marcharse. Por lo menos hasta el día siguiente daría la impresión de que seguía allí.

Invadido por un terrible desánimo, sabía que si el recepcionista no se hubiera fijado en él, aquella cabaña podría haber sido relativamente segura al menos durante un par de semanas. Era mejor ir a Carolina del Norte, encontrar un lugar donde alojarse y luego volver a Glen Rock a ocuparse de Emily al cabo de unos meses, cuando la presión hubiera disminuido.

Pero entonces algo volvió a hacerle ver que se le estaba acabando la suerte. Fuera adonde fuese, sabía que en cualquier momento un coche de policía podría situarse detrás de él, con las luces encendidas y la sirena sonando, y obligarlo a parar a un lado de la carretera.

Recordó cuando Charlotte se había divorciado de él y había logrado que el juez dictaminara que debía quedarse con la casa de él. Recordó a Lou y a Wilma, lo bien que se había portado con las dos; y sin embargo, ambas lo habían abandonado.

A esas alturas Emily ya debía de saber que había estado espiándola y registrando su casa. Esperaba que entendiera el motivo por el que había dejado el micrófono en su cocina: era su forma de decirle que volvería.

Se imaginaba lo que estaba pasando allí ahora. Seguro que Emily tiene un vigilante fuera, por si se me ocurre volver a buscarla. Pero ¿quién dice que no voy a encontrarla en otra parte? ¿Y quién dice que no puedo volver a colarme en el barrio?

Zach todavía no había sacado nada de la furgoneta. Al subir a ella, habiendo decidido que atravesaría el norte de New Jersey hacia la autopista de peaje de Nueva York y buscaría un motel en un pueblecito tranquilo camino de Albany, se le ocurrió una idea que le agradó.

La semana anterior se había llevado el elegante camisón de Emily. Era evidente que ella no lo había estrenado. Debería ponérselo, pensó Zach.

Estaría bien colocárselo cuando estuviera muerta.

Emily bajó la persiana de la cocina y puso agua para hervir la pasta. Comida energética, se dijo. Eso es lo que necesito. Pobre Gladys, siempre asegurándose de que no se moría de hambre. Su señora de la limpieza a veces le traía recipientes con salsa para pasta hecha en casa o sopa de pollo y se los dejaba congelados en la nevera. La salsa para pasta se estaba descongelando ahora en el microondas.

Mientras se cocinaba la pasta, Emily preparó una ensalada y la colocó en una bandeja para llevarla a la sala de estar. Esa noche no iba a empezar a revisar los expedientes del caso Aldrich, decidió. Tenía los nervios a flor de piel. Ayer por la tarde pasé por delante de la casa de Madeline Kirk y pensé que no quería acabar recluida como ella. Mientras yo pensaba eso, ella estaba envuelta en bolsas de plástico en el maletero de su coche.

El agradable día de otoño había dado paso a una noche muy fría. Se había puesto el pijama y una bata y había subido la calefacción, pero ni siquiera así entraba en calor. ¿Qué solía decir Nana?, se preguntó. Ya me acuerdo: «Estoy helada hasta los huesos». Creo que después de todos estos años por fin sé a qué se refería.

Bess dormía sobre una almohada en el suelo de la cocina. Mientras sacaba el panecillo caliente del horno y se servía una copa de vino, Emily no paraba de mirar a la perra para asegurarse de que todavía estaba allí. Si Zach intenta volver, Bess me avisará, pensaba. Se pondrá a ladrar como una loca. Claro que el agente de policía está fuera vigilando la casa. Mi propio guardaespaldas, pensó. Justo lo que necesitaba.

Entonces se preguntó si Bess se alegraría de ver a Zach. Seguramente pensaría que había venido a sacarla de paseo. Incluso cuidó de ella cuando fui a visitar a papá y a Jack. Mi servicial vecino. Emily se estremeció al recordar el día que había vuelto a casa y había encontrado a Zach sentado prácticamente a oscuras en el porche con Bess sobre el regazo. Tuve suerte de que no me matara esa noche, pensó.

El reconfortante aroma de la salsa marinara inundaba la cocina y los espaguetis estaban listos. Emily volcó los espaguetis en un colador, echó unos cuantos en un plato, sacó la salsa del microondas y la esparció sobre la pasta utilizando una cuchara.

Llevó la bandeja a la sala de estar, la colocó sobre la ancha mesita plegable delante de su sillón preferido y se sentó. Al oír que se movía, Bess se despertó, entró trotando en la sala y se acomodó junto a ella. Eran las ocho menos cuarto. Buscaré algo que merezca la pena en la televisión hasta que empiece *Primera tribuna*, pensó. Seguro que hoy debaten sobre el arrebato de Jimmy Easton. Después, en las noticias hablarán largo y tendido sobre Zach Lanning.

Jimmy Easton y Zach Lanning. Una gran combinación para disfrutar como espectadora, pensó mientras empezaba a enrollar los espaguetis en el tenedor. Michael Gordon ha estado hoy en la sala de justicia. Estoy segura de que emitirá las palabras de Easton. «He hecho lo que se suponía que tenía que hacer.» ¿Hasta qué punto el testimonio de Easton era lo que le habían dicho que dijera?

Desde donde se hallaba sentada veía las bolsas de lona con los expedientes de Aldrich amontonadas contra la pared del comedor. Mañana por la mañana temprano me pondré manos a la obra, decidió.

Sonó el teléfono. Por un instante, Emily sintió la tentación de dejar que se activara el contestador automático, pero cayó en la cuenta de que podía ser su padre. Seguro que se ha enterado de lo de Madeline Kirk y está preocupado por mí.

Pero quien llamaba era Richard Moore, no su padre.

—Emily, me he enterado de lo de ese asesino en serie y de que ha matado a tu vecina. Cole me acaba de decir que también te estaba espiando. Lo siento mucho. Debes de estar bastante nerviosa.

—Es una buena forma de decirlo, Richard. Sí, lo estoy. Hay un policía vigilando la casa a tiempo completo.

—Eso espero. Emily, te recomiendo que veas *Primera tribuna* esta noche.

—Tenía pensado verlo. Estoy segura de que estará centrado en mi testigo, Jimmy Easton.

—Así es, Emily, pero hay novedades aparte de lo que pasó en el juzgado. Mike ha invitado a un hombre que tiene pruebas de que Jimmy hizo una entrega en casa de Gregg el mismo día que juró haber recibido el dinero del trato.

Emily se quedó sin habla durante un minuto largo. Luego dijo en voz baja:

—Si eso es verdad, quiero que esa persona venga a mi despacho mañana por la mañana. Quiero ver esas pruebas, y si son válidas Gregg Aldrich saldrá de la cárcel bajo fianza. Ya veremos lo que pasa luego.

—Es lo que esperaba que dijeras, Emily.

Poco más de una hora después, sin apenas haber tocado la cena, Emily vio *Primera tribuna* rodeando con el brazo a Bess. Cuando terminó, entró en el comedor, encendió la luz y sacó la primera pila de expedientes de la bolsa de lona.

Esa noche no se fue a la cama.

El martes a las siete de la mañana los presos de la prisión estatal fueron a desayunar en fila. Jimmy Easton no había dormido bien. Algunos presos ya lo habían molestado por soplón.

—Serías capaz de vender a tu madre, Jimmy —le había gritado uno.

—Ya lo ha hecho —le chilló otro.

Llamaré a Moore esta mañana en cuanto me dejen hablar por teléfono, pensó Jimmy. Cuando descubra todo el pastel, intentarán llevarme a juicio por perjurio. Querrán enterrarme, pero aun así necesitarán mi testimonio. Moore les dirá que me ofrezcan un buen trato. Así, cuando haga que los de la oficina del fiscal queden como tontos, los tipos de la cárcel se reirán y me dejarán en paz.

No tenía hambre, pero se tomó el desayuno de todas formas. Copos de avena, tostadas, zumo y café. No habló con los tipos que tenía a los lados en la mesa. O ellos no hablaron con él. Ningún problema.

Al volver a su celda empezó a sentirse fatal. Se tumbó en la litera, pero la sensación de ardor que notaba en la barriga no se le pasó. Cerró los ojos y levantó las rodillas cuando el ardor se volvió como unas ascuas calientes que le desgarraban las entrañas.

—Carcelero —gritó, débilmente—. Carcelero.

Jimmy Easton comprendió que lo habían envenenado.

Lo último que pensó fue que le habían reducido la condena.

73

El martes a las nueve de la mañana se organizó una reunión en el despacho del fiscal Ted Wesley. Richard y Cole Moore habían llevado a Sal y Belle Garcia para que repitieran su historia. Richard había entregado el recibo y la agenda telefónica a Wesley y Emily.

—También conseguiremos las declaraciones juradas de una pareja que vive en Yonkers, Rudy y Reeney Sling —dijo Richard Moore—. Cuando Jimmy Easton estaba ayudándoles a instalarse en su residencia de Yonkers hace casi tres años, la señora Sling lo encontró registrando unos cajones, obviamente en busca de algo que robar.

Los miembros del grupo de expertos de *Primera tribuna* habían sido muy amables la noche anterior, pensaba Belle, pero había resultado una sorpresa descubrir que Reeney había intentado aprovecharse de que sabía que Jimmy Easton había trabajado para Sal. ¡Menudos amigos!, pensó con desdén. ¡Cuando pienso en que Sal les hizo la mudanza gratis porque tenían que marcharse de su piso y no podían pagarle! Y Mike me dijo que Reeney cobraría parte de la recompensa porque el hecho de que Jimmy Easton intentara robarles es importante. Dijo que eso revela una pauta de conducta.

Belle llegó a la conclusión de que Emily Wallace era todavía más guapa en persona que por televisión. Pobrecilla, con todos los problemas que ha tenido. Se quedó viuda por culpa de la guerra. Le hicieron un trasplante de corazón. Vivía al lado de un asesino en serie que la espiaba. Debe de ser muy fuerte. Espero que le den un respiro. Ella no tiene la culpa por haberse esforzado para condenar a Gregg. Era su trabajo. Y ha sido muy amable con nosotros. Otra persona estaría furiosa si todo el trabajo que hizo en el juicio fuera inútil.

Pero sí que hay alguien furioso, advirtió: el fiscal. No le caía nada bien. Apenas nos ha dado las gracias a Sal y a mí cuando hemos llegado. Cualquiera diría que somos unos criminales. Había oído que lo iban a nombrar secretario de Justicia. Ahora el fiscal estaba lanzando una mirada fulminante a Emily, que había dicho que quería su visto bueno para acudir al juez Stevens y poner a Gregg Aldrich en libertad bajo fianza.

Me encantaría conocer a Gregg, pensó Belle. Pero seguramente se enfadaría con nosotros, aunque al final hemos salido en su defensa. ¿Tal vez debería escribirle una carta de disculpa? ¿O mandarle una de esas bonitas tarjetas de felicitación?

El fiscal Wesley estaba diciendo:

—Accederemos a que se restablezca la fianza. Sin embargo, Richard, aunque Jimmy Easton haya mentido respecto a su modo de acceso a la casa de Aldrich, eso no significa que Gregg Aldrich no le pidiera que matara a Natalie Raines.

Eso es ridículo, pensó Belle. Se percató de que ese comentario hizo enfadar mucho a Richard Moore porque se le puso la cara toda colorada. A continuación Moore dijo:

—Dudo que alguien inteligente crea que Jimmy Easton entregara una lámpara en casa de Aldrich a las tres de la tarde y volviera una hora después para recibir el adelanto por asesinar a alguien.

—Puede que no —le espetó Ted Wesley—. Pero no te olvides de que antes de que apareciera Easton, Gregg Aldrich era el único sospechoso de este caso, y apuesto a que sigue siendo el único sospechoso y el correcto.

No va a reconocer que se ha equivocado, concluyó Belle, y a continuación miró cómo Emily Wallace se levantaba. Es muy elegante, pensó Belle. Esa chaqueta roja le queda muy bien con su pelo moreno. Lleva un jersey de cuello alto debajo. ¿La operación le habrá dejado una cicatriz muy grande?

Emily miró a Belle y a Sal.

—Sé que han tenido que armarse de valor para dar el paso. Me alegro mucho de que lo hayan hecho.

Se volvió hacia Richard.

—Estoy segura de que el juez Stevens está aquí. Podemos ir a su despacho a hablar con él. Llamaré a la cárcel y les diré que traigan al señor Aldrich. Luego podremos dejar constancia de la fianza.

Su tono varió al dirigirse al fiscal.

—Como ya sabes, me estoy tomando unos días libres. Estaré en casa la mayor parte del tiempo, por si quieres ponerte en contacto conmigo. O puedes llamarme al móvil siempre que quieras.

Belle se fijó en que el fiscal hizo como si no la hubiera oído.

Caray, no soportaría trabajar para él, pensó.

74

A las diez y media de la mañana el juez Stevens restableció la fianza de Gregg Aldrich.

Cuarenta minutos más tarde, después de llamar a Alice y Katie, Gregg estaba tomando café con Richard Moore en un restaurante situado junto al palacio de justicia.

—¿Cuánto tiempo he estado allí, Richard? ¿Unas noventa horas? Ni siquiera me acuerdo del fin de semana, pero han sido las noventa horas más largas de mi vida.

—Lo entiendo, pero no volverás allí jamás, Gregg. Puedes contar con ello.

Gregg tenía cara de cansado.

—¿De veras? Ese es el problema. Vuelvo a ser el principal sospechoso de la muerte de Natalie. Siempre seré un sospechoso para la policía. ¿Qué impide que aparezca otra persona con una historia disparatada? Recuerda que todavía no puedo justificar las dos horas que estuve haciendo footing la mañana que murió Natalie. No tengo ningún testigo que me viera en el parque. Imagínate que alguien de New Jersey aparece diciendo que esa mañana me vio en el barrio de Natalie o en la entrada de su casa. ¿Qué pasa entonces? ¿Otro juicio?

Inquieto, Richard Moore miró fijamente al otro lado de la mesa.

—Gregg, ¿estás insinuando que ese día pudiste haber ido a New Jersey?

—No, claro que no. Lo que quiero decir es que sigo siendo

muy vulnerable. Ese día debí de ver a algún conocido cuando hacía footing, pero estaba muy preocupado por Natalie. Creo que ese es el motivo por el que estaba tan distraído.

—Gregg, no te tortures pensando que alguien va a aparecer de repente y va a decir que te vio cerca de la casa de Natalie esa mañana. —Richard Moore sonaba poco convincente incluso a sus propios oídos. No es probable, pero podría pasar, pensó.

—Richard, escúchame. En la tribuna de los testigos declaré que cuando miré por la ventana de Cape Cod vi que Natalie estaba muy disgustada. Prácticamente estaba en posición fetal en el sofá. Volví a casa preocupadísimo por ella, aunque había empezado a darme cuenta de que estaba listo para dejar que viviera su vida. Estaba cansado de tanto dramatismo. En el viaje de vuelta de Cape Cod, incluso me acordé de lo mucho que me divertía con Kathleen y pensé que me gustaría volver a tener esa clase de relación.

—Deberías haberlo dicho en el estrado —dijo Richard con serenidad.

—¿Cómo habría sonado? Richard, ayer tuve mucho tiempo para pensar en esa celda. ¿Y si Natalie tenía miedo de alguien? Nadie vio al hombre con el que supuestamente estaba saliendo y puede que no exista. Puede que ella lo dijera para que yo dejara de llamarla. Pero ¿y si realmente estaba saliendo con alguien y ese alguien estaba al acecho, esperando a que llegara a casa?

—Gregg, ¿a qué te refieres?

—Te lo voy a decir. Yo no estoy forrado y, con el debido respeto, tú no eres barato. Pero ese investigador privado, Ben Smith, trabaja para ti, ¿verdad?

—Sí.

—Estoy dispuesto a pagarle, o a otro investigador al que contrates, para que investigue el caso y empiece de cero. Llevo demasiado tiempo siendo el sospechoso. No seré libre hasta que encuentren al asesino de Natalie y me exoneren.

Richard Moore bebió el último sorbo de su café e hizo un gesto para pedir la cuenta.

—Gregg, lo de que eres vulnerable es totalmente cierto. Cuando Ben estaba investigando para intentar averiguar con quién podía estar saliendo Natalie, no encontró nada. Pero del mismo modo que los Garcia han estado callándose una información vital, podría haber otras personas en la misma situación. Hoy mismo vamos a empezar a investigar.

Gregg alargó la mano a través de la mesa.

—Richard, me alegro de que estés de acuerdo conmigo. Si no fuera así, este sería el último café que compartiríamos. Y ahora quiero irme a casa, besar a mi hija y a Alice, y darme la ducha más larga de mi vida. Tengo la sensación de que llevo el olor de la celda pegado en la piel.

75

Sé que debería sentirme cansada pero no es así, pensaba Emily mientras conducía por West Side Highway, en Manhattan. Seguramente no existe ninguna relación entre la muerte de Natalie y el hecho de que su compañera de piso, Jamie Evans, fuera asesinada en Central Park casi veinte años antes. La policía cree que Jamie fue víctima del mismo atracador que asaltó a otras tres mujeres en el parque en la misma época.

Pero ella fue la única asesinada.

Alice Mills nunca ha creído que exista la más mínima posibilidad de que los dos asesinatos estén relacionados, y probablemente esté en lo cierto. Natalie ni siquiera había conocido al hombre con el que estaba saliendo Jamie. Solo había visto su foto en una ocasión y ni siquiera estaba segura de que siguiera en la cartera de Jamie cuando había muerto.

Dos años y medio antes, durante la fase inicial de la investigación del asesinato de Natalie, Billy Tryon había ido a la oficina del fiscal del distrito de Manhattan a revisar los informes del caso Evans y determinar si existía una relación, por lejana que fuera. Había hecho copias de los principales informes y los había llevado a New Jersey. Entre ellos se encontraba el retrato robot de un posible sospechoso, dibujado a partir de la descripción realizada por Natalie de la foto que había visto en la cartera de Jamie.

En el retrato aparecía representado un varón blanco de treinta y tantos años con el pelo rubio bastante largo. Poseía un atractivo de intelectual, con las cejas gruesas y unas gafas sin montura que cubrían sus ojos marrones de forma ovalada.

La oficina del fiscal del distrito se hallaba en la parte inferior de Manhattan, en el número 1 de Hogan Place. Emily dejó el coche en un estacionamiento próximo y recorrió las calles atestadas hasta la oficina. Previamente había llamado por teléfono al jefe de investigadores, quien había encargado al veterano detective Steve Murphy que recuperara el expediente de Jamie Evans y atendiera a Emily cuando llegara.

Una vez en el vestíbulo, una recepcionista llamó a Murphy, quien confirmó la cita. A continuación permitieron pasar a Emily por el control de seguridad. El detective la estaba esperando cuando salió del ascensor en el piso noveno. Murphy, un hombre de rostro simpático con el pelo cortado al rape, la saludó con una sonrisa cálida.

—¿No tiene suficientes crímenes en New Jersey que tiene que venir a resolver nuestros casos de hace veinte años? —preguntó afablemente.

A Emily le cayó bien de inmediato.

—En New Jersey tenemos también crímenes de sobra —comentó—. Pueden venir a resolver los nuestros cuando les apetezca.

—Tengo el expediente de Evans en las oficinas de al lado de la sala de reuniones.

—Bien.

—Le he echado un vistazo mientras la esperaba —dijo Murphy, al tiempo que recorrían el pasillo—. Nos imaginamos que fue un robo que había salido mal. Seguramente ella se negó a darle algo al asaltante. Las otras tres mujeres fueron atracadas en el parque a la misma hora aproximadamente. Evans fue la única asesinada.

—Eso tengo entendido —le dijo Emily.

—Ya hemos llegado. No es un ambiente muy grato.

—Le aseguro que el nuestro tampoco.

Emily entró después de Murphy en una pequeña sala amueblada con una mesa gastada, dos sillas de aspecto inestable y un archivador.

—El expediente de Evans está sobre la mesa. Tómese el tiempo necesario. Podemos hacerle copias de todo lo que desee. Volveré enseguida. Tengo que hacer un par de llamadas.

—Claro. Le prometo que no tardaré mucho.

Emily no sabía muy bien lo que estaba buscando. Soy como el juez que intentó resolver un caso de pornografía, pensó. El tipo dijo: «No puedo definirla, pero la reconozco cuando la veo».

Hojeó rápidamente la pila de informes del expediente. Ya había visto varios, pues se encontraban en el paquete que Billy Tryon había llevado a New Jersey. Jamie Evans había sido atacada y estrangulada a una hora temprana. La habían llevado a rastras desde el camino donde hacía footing hasta una zona situada detrás de unos densos arbustos. Su reloj, su colgante y su anillo habían desaparecido. Le habían quitado el dinero y las tarjetas de crédito de la cartera, que había sido descubierta en la hierba junto a ella. Las tarjetas de crédito no habían sido utilizadas.

En la época del asesinato de su compañera de piso, Natalie Raines había ofrecido a la policía una descripción física del hombre de la fotografía que había visto una vez en la cartera de Jamie. Les había dicho que Jamie le había confesado que el hombre con el que salía en secreto estaba casado, pero que le había prometido que se iba a divorciar. Natalie había señalado que creía que ese hombre, al que no había llegado a conocer y cuyo nombre ignoraba, estaba dando falsas esperanzas a Jamie.

Natalie sospechaba tan firmemente que la muerte de Jamie podía haber sido causada por su misterioso novio que los detectives la habían llevado a la oficina del fiscal del distrito para que pudieran elaborar el retrato.

Hasta ahora, nada nuevo, pensó Emily. Ya he visto todo esto antes. Pero entonces, cuando llegó al retrato robot de la policía, se quedó boquiabierta. El retrato de la carpeta que Billy Tryon había llevado a New Jersey no era el mismo que el del expediente de Nueva York.

Aquel hombre era atractivo, de unos treinta años, con los ojos azules, la nariz recta, la boca firme y la cabeza cubierta de abundante pelo castaño oscuro.

Era la imagen de un hombre con un marcado parecido con Billy Tryon de joven. Emily la miró fijamente, estupefacta. Había una frase escrita en el retrato. «Posiblemente conocido por el seudónimo de "Jess".»

Steve Murphy volvió.

—¿Ha encontrado alguna pista que nos pueda servir?

Emily trató de mantener la voz firme al señalar el retrato.

—Lamento tener que decirlo, pero puede que mis carpetas se hayan mezclado. Este no es el retrato que figura en mi expediente. Seguro que tienen guardado el original en alguna parte.

—Claro. Ya conoce el sistema. Se dibuja el retrato y se hacen copias. Podemos cotejarlo con el original. No hay problema. Pero debo decirle que si ha habido una confusión, se ha producido en su oficina. Yo estaba aquí cuando esa chica fue asesinada. Este es, sin duda, el retrato incluido en el expediente. ¿Hay algo más que desee copiar?

—Todo el expediente, si no le importa.

Murphy la miró. En tono seco, preguntó:

—¿Ha visto algo que pueda ayudarnos a resolver el caso?

—No lo sé —dijo Emily.

Pero mientras esperaba a que le hicieran las copias, se preguntó qué más cosas habría en el expediente de Evans que Billy no había llevado a New Jersey. ¿Podía haber sido Billy el misterioso novio que Natalie sospechaba que había asesinado a su amiga? ¿Había conocido Billy Tryon a Natalie Raines?

Y de ser así, ¿era ese el motivo por el que había deseado tanto reconstruir la historia de Jimmy Easton y que condenaran a Gregg Aldrich por el asesinato de Natalie?

Todo está empezando a cobrar sentido, pensó Emily.

No es un panorama bonito, pero puede que las piezas estén encajando.

76

¿Qué mejor sitio para esconderse que en su propia casa?

El martes por la mañana la idea asaltó a Zach como un rayo. Conocía el procedimiento. La policía debía de haber entrado allí como un vendaval en busca de él. Se los imaginaba empuñando sus pistolas, temiendo por sus vidas, revisando una habitación tras otra y luego decepcionados por no haber pescado al pez gordo.

De no haber temido que el fisgón del yerno de Henry Link acudiera a la policía por el asunto de la furgoneta, podría haberse quedado un tiempo en aquel destartalado motel a cincuenta kilómetros al norte de Glen Rock. La noche anterior había dormido bastante bien y se sentía a salvo. El dueño, un viejo con gafas de culo de botella que andaba arrastrando los pies, no lo habría relacionado con la imagen de su televisión de pantalla pequeña.

Pero ¿de qué servía eso cuando se dio parte de la furgoneta y todos los policías en un radio de ciento cincuenta kilómetros la estaban buscando?

Todavía le quedaba la opción de ir directamente a Carolina del Norte y tratar de desaparecer entre los recién llegados que se instalaban allí. Pero la necesidad de volver junto a Emily era abrumadora. Decidió que dormiría allí esa noche, pagaría por los próximos días y dejaría la furgoneta. Por la mañana tomaría un autobús a la estación de Port Authority, en Nueva York, y luego otro a Glen Rock después de que anocheciera.

Entraría sigilosamente en su barrio a través de los jardines traseros de las casas y, con suerte, su copia de la llave de la casa alquilada seguiría funcionando. Podía entrar por la puerta de atrás y esperar. Naturalmente, habría un vigilante en casa de Emily. Conocía el procedimiento. Naturalmente, ella habría cambiado las cerraduras. Pero siempre abría la puerta para dejar salir a Bess al jardín un rato antes de irse a la cama.

Naturalmente, Bess ladraría cuando lo viera, pero compraría aquellas chucherías que tanto le gustaban y arrojaría un par de ellas al suelo. Era todo el tiempo que necesitaría para entrar por la fuerza.

Era un buen plan.

Y sabía que podía llevarlo a cabo.

77

Emily volvió directamente a casa cuando salió de la oficina del fiscal del distrito. Tengo que andarme con mucho cuidado, pensó, y tengo que estar muy segura. Página por página, palabra por palabra, compararé los informes que Billy trajo hace dos años y medio con el expediente completo de Jamie Evans que tengo ahora.

Los retratos eran totalmente distintos. Steve Murphy ha confirmado que solo se hizo un retrato durante la investigación de Evans y que es el que he visto esta mañana. ¿Qué otros informes no había llevado Billy? ¿Qué más voy a descubrir?

Al entrar en su manzana vio que la cinta amarilla seguía precintando la casa de Madeline Kirk, pero había sido retirada por completo de la fachada de la casa de Zach y de la suya. Estoy deseando ver quién será el próximo inquilino, pensó con cansancio. Sea quien sea, supondrá una mejora respecto al último.

Saludó con la mano al agente de policía sentado en el coche patrulla que había junto al bordillo y admitió para sus adentros que era reconfortante verlo allí. El cerrajero y los de la alarma iban a venir más tarde. El día anterior lo había organizado de forma que tuviera unas horas de tranquilidad para estudiar el expediente de Aldrich antes de que llegaran.

La llamada que le había hecho Richard la noche anterior sin duda lo había cambiado todo, pensó Emily mientras aparcaba y salía del coche. Antes de esa llamada, no habría soñado que estaría en la oficina de Ted Wesley por la mañana y que luego solicitaría que pusieran a Gregg Aldrich en libertad bajo fianza. Y cuando me dirigía a Nueva York, sin duda no se me pasó por la cabeza que uno de mis detectives hubiera estado falsificando las pruebas.

Entró en su casa, y Bess le dio una ruidosa bienvenida.

—Ladra todo lo alto que quieras, Bess —dijo, mientras cogía a la perrita en brazos—. Y no, no vamos a ir a dar un paseo. De momento te tendrás que conformar con que te deje en el jardín.

Quitó el cerrojo de la puerta del porche y se quedó en los escalones mientras Bess corría por el jardín, haciendo ruido con las patas sobre las hojas caídas. El día había amanecido con un sol radiante, pero ahora el cielo se estaba nublando y se respiraba en el ambiente que se avecinaba lluvia.

Emily esperó cinco minutos y luego gritó:

—¿Te apetece un bocado, Bess?

Siempre da resultado, pensó cuando Bess entró corriendo. Después de volver a echar el cerrojo de la puerta, Emily obsequió a Bess con el bocado prometido y puso agua a hervir.

Sabía que necesitaba una dosis de café. Si no tomo un poco, me quedaré dormida de pie. Y tengo hambre. Anoche no llegué a cenar. La llamada de Richard me quitó el apetito.

Gracias a la compra que había hecho el domingo, la nevera estaba bien surtida. Optó por un sándwich de jamón y queso. Una vez que lo hubo preparado y se hubo servido café, se sentó a la mesa de la cocina a comer. Cuando terminó la segunda taza, la cafeína le había hecho efecto y se planteó con la cabeza despejada lo que iba a hacer a continuación.

Sabía lo que pasaría si presentaba a Billy el retrato que había traído de Nueva York. Él estallaría y se pondría a vociferar que no era el que él había incluido en el expediente de Aldrich y que alguna oficinista tonta los había mezclado. Pero ¿por qué iba a pedir nuestra oficina un segundo retrato a la oficina del fiscal del distrito de Manhattan con la misma fecha de hacía casi veinte años a menos que lo hubiera traído Billy?

Desde luego él podía decir que el retrato que ahora tengo guarda un parecido general con él, pero también con muchas otras personas. También señalaría mordazmente que el dibujante lo había realizado a partir de una descripción ofrecida por una mujer que no había llegado a conocer a la persona de la que estaba hablando.

Si acudo a Ted ahora, sobre todo desde que está tan enfadado por el enredo de Jimmy Easton, seguramente me dirá que yo misma los he mezclado.

Me he planteado todas las posibilidades, concluyó Emily. Por algún motivo, Billy extrajo la copia del retrato original cuando trajo el expediente a New Jersey y logró que le hicieran otro para usarlo como sustituto. Eso se considera falsificación de pruebas. Él no esperaba que yo fuera a Nueva York a examinar el expediente en persona, pero así ha sido.

Pase lo que pase, cuando acabe con esto, voy a repasar todos los expedientes de los que él se ha encargado y en los que se han quejado de él. Y eso tanto si a su primo, el inminente secretario de Justicia, le gusta como si no.

Sonó el timbre de la puerta.

Bess se puso a ladrar como una loca. Emily la llevó a la puerta. Era el cerrajero, un hombre de sesenta y tantos años vestido con unos tejanos y una camiseta de los Giants.

—Tengo entendido que quiere que revise todas las puertas y ventanas, señora.

—Sí. Y quiero que ponga las cerraduras más resistentes que tenga.

—No me extraña. Hoy en día hacen falta. Está claro. Fíjese en lo que le pasó a su vecina del otro lado de la calle. Pobre anciana. Me he enterado de que el chalado que la mató entró sin problemas por una ventana de la parte de atrás, y que la mujer no tenía sistema de seguridad.

—Hoy mismo me van a instalar uno nuevo —dijo Emily—. El técnico llegará dentro de poco. Quería que los dos conocieran a mi perra Bess para que no les moleste mientras trabajan.

El cerrajero miró detenidamente a Bess.

—Antiguamente un perro se consideraba la única protección necesaria. —Alargó la mano para frotarle la cabeza—. Hola, Bess. Eh, no me das miedo.

Emily volvió a la cocina, metió los platos que había usado en el lavaplatos y, como no quería andar cerca del cerrajero, que sospechaba era un parlanchín, subió a su habitación y cerró la puerta. Mientras se ponía unos pantalones cómodos y un jersey, no dejaba de pensar en lo implicado que podía estar Billy Tryon, no solo con Easton en el caso Aldrich, sino también en la muerte de Jamie Evans.

¿Era posible que Billy Tryon fuera el misterioso novio de Jamie? Decididamente se parecía al hombre que Natalie describió al dibujante de la policía. Se ha divorciado dos veces. Circula el rumor de que sus dos mujeres se hartaron de sus aventuras. Jamie Evans era una joven actriz. Por lo que tengo entendido, las novias de él normalmente se dedicaban al mundo del espectáculo. Por el amor de Dios, si la semana pasada conocí a una.

Billy recibió el encargo de dirigir la investigación del asesinato de Raines desde el principio. Y luego se descubrió que su compañera de piso había sido asesinada muchos años antes. Él se aseguró de ser el que iba a Nueva York a repasar ese expediente.

Si él mató a Jamie Evans, debió de ponerse como loco al ver el retrato. Por eso decidió sustituirlo antes de traer el expediente.

El timbre volvió a sonar. Esta vez era el equipo de la empresa de alarmas. Tras hacer las presentaciones necesarias a Bess, Emily decidió que esa tarde no iba a trabajar de ninguna manera. Me duelen los huesos, pensó. Puedo pedir hora para que me den un masaje.

No sé qué hacer ahora. Puedo intentar averiguar si alguien sabe si Billy ha usado alguna vez el apodo de «Jess».

Hay otra cosa que puedo investigar, pensó. Si Natalie Raines estaba realmente tan asustada como le pareció a Gregg Aldrich al mirar por la ventana en la casa de Cape Cod, ¿podía deberse a que había ido allí a medianoche después de su última representación de *Un tranvía llamado deseo*? ¿No para escapar de todo, sino porque huía de alguien que la aterraba?

Solo hay una persona que podría ayudarme a encontrar la respuesta a esa pregunta, pensó Emily. La madre de Natalie. No le pregunté si le había sorprendido que Natalie fuera a Cape Cod tan de repente.

Su móvil empezó a sonar antes de que pudiera llamar a Alice Mills. Era Jake Rosen.

—Emily, acabamos de recibir una llamada de Newark. Jimmy Easton ha muerto.

—¡Jimmy Easton muerto! Jake, ¿qué le ha pasado?

Emily podía oír a Jimmy diciéndole al juez tan solo veinticuatro horas antes que le daba miedo volver a la cárcel porque los otros presos odiaban a los soplones.

—Están seguros de que ha sido envenenado. La autopsia lo confirmará. —Jake hizo una pausa y acto seguido dijo—: Emily, sabes tan bien como yo que esto nos va a dar muchos problemas. Algunas personas creerán que los presos lo castigaron por colaborar. Otros pensarán que alguien se ocupó de él porque se negaba a mantener la boca cerrada con relación al caso Aldrich.

—Y no se equivocarán —dijo Emily—. Muchos acusados colaboran para que les reduzcan la condena y no acaban muertos. Jake, me jugaría la vida a que Billy Tryon ha tenido algo que ver en esto.

—Por el amor de Dios, Emily. Ten cuidado. ¡No puedes ir por ahí haciendo acusaciones como esa! —Jake tenía un tono de sorpresa y al mismo tiempo de preocupación.

—Está bien —contestó Emily—. No he dicho nada, pero tengo derecho a pensarlo. Jake, avísame de todo lo que descubras. Supongo que debería ir a mi despacho, pero no voy a ir. Adelantaré más aquí. Adiós.

Emily colgó y marcó el número de información telefónica. Sabía que el número de Alice figuraba en el listín de Manhattan y que era más fácil llamar a información que bajar a buscarlo en el expediente. Mientras marcaba, pensó: un momento, me acuerdo. ¡212-555-4237! Tecleó los números, pensando que aunque normalmente tenía bastante buena memoria, aquello era tener muy buena memoria. Claro que a lo mejor he llamado a una tintorería.

El teléfono sonó tres veces y a continuación sonó un mensaje.

—Soy Alice Mills. Puede llamarme al 212-555-8456. —Seguramente está en casa de Aldrich con Katie, pensó Emily.

El recuerdo del día que Alice Mills había ido a su despacho y se había sentado frente a ella con su traje negro, desconsolada pero serena, inundó la cabeza de Emily. La rodeé con los brazos antes de que se fuera, recordó.

Deseaba tanto ayudarla a que dejara de sufrir...

Al tiempo que se percataba de la increíble ironía de estar llamando a la casa de un acusado al que había procesado y cuyo caso seguía abierto, Emily oyó al otro lado una voz grabada que decía que no había nadie en casa y que dejara un mensaje.

—Alice, soy Emily. Necesito urgentemente hablar contigo. Gregg dijo en el estrado que creía que Natalie estaba asustada. Tú nunca has hablado de esa cuestión, así que a lo mejor no estás de acuerdo. Acabo de caer en la cuenta de que fue a Cape Cod justo después de su última función teatral. Ya sé que algunos compañeros de profesión de ella han declarado, pero quiero volver a investigar el tema. Creo que tal vez descubramos algo importante.

Un circunloquio para decir que a lo mejor Billy Tryon estaba saliendo con una actriz de *Un tranvía llamado deseo* y que se había encontrado casualmente con Natalie esa misma noche. Y que a lo mejor ella lo había reconocido de mucho antes.

Sonó su móvil. Era la secretaria de Ted Wesley. En tono de nerviosismo, dijo:

—Emily, el fiscal quiere que vengas a su despacho.

»Y ha dicho que le devuelvas los expedientes que has cogido de su oficina.

78

Cuarenta y cinco minutos más tarde, Emily, Billy Tryon y Jake Rosen se encontraban en el despacho de Ted Wesley. Wesley, pálido de la ira, los miraba fijamente con una expresión de desaforado desdén.

—Me atrevo a decir que jamás he visto una serie de incidentes más chapuceros, caóticos, imprudentes y ruinosos que los que vosotros tres habéis conseguido. Billy, ¿ayudaste de algún modo a Jimmy Easton a reconstruir la historia que con tanta convicción relató en el estrado?

—No, Ted. —Billy mostraba un tono y una actitud suaves—. Pero déjame concretar. Cuando Easton me contó que había escrito una carta a Aldrich para decirle que no iba a seguir con el trato, pero que tampoco iba a devolver los cinco mil que él le había dado, dije algo así como: «Lo consideraste un adelanto no reembolsable». Él se rió y luego repitió esa frase en el estrado.

—No me refiero a eso —le espetó Wesley—. ¿Me estás diciendo que tenía toda la historia preparada para soltártela y que todos los detalles eran de su cosecha?

—Desde luego —contestó Billy categóricamente—. Ted, fíjate en los hechos, aunque Emily se niegue. En cuanto pillaron a Easton saliendo de la casa en que había robado, dijo a la policía que tenía información sobre el caso Aldrich. Ellos llamaron a la oficina, y fui directo allí. Todo lo que dijo después concordaba con los hechos. Conoció a Aldrich en el bar. Aldrich lo llamó por teléfono. Describió el interior de la casa de Aldrich. Incluso sabía de la existencia de ese miserable cajón.

—Así es, sabía de la existencia del cajón —replicó Emily—. Y ahora ha aparecido el señor Garcia y ha dicho que hizo una entrega con Easton en casa de Aldrich y que en un momento determinado Easton se quedó solo en la sala de estar. Podría haber abierto el cajón para intentar robar algo y haber oído el ruido.

»¿Y qué hay de la carta que supuestamente mandó, la que acabas de reconocer que le ayudaste a explicar? —le preguntó Emily—. ¿Toda la carta fue idea tuya? Hacía quedar mejor a Jimmy y reforzaba su versión.

Antes de que Billy pudiera contestar, Wesley miró a Jake Rosen.

—Tú te fuiste cuando detuvieron a Easton. ¿Qué tienes que decir?

—Señor, estuve presente durante la mayor parte de la primera entrevista con Easton en la comisaría de Old Tappan —contestó Jake—. Billy no le sopló lo que tenía que decir. —Jake miró a Emily—. Emily, te voy a ser sincero. Tú y Billy siempre os habéis caído mal, pero creo que ahora estás siendo injusta con él.

—Es todo lo que tenía que oír, Jake. Gracias. Ya puedes marcharte —dijo Wesley bruscamente.

Cuando la puerta se cerró detrás de Jake, Wesley miró a Emily.

—Creo que está claro que Easton no necesitó ayuda para reconstruir su historia. No necesitó ayuda porque estaba diciendo la verdad sobre él y Aldrich. Y ahora, por culpa de la falta de criterio con la que respondiste a su miedo a volver a la cárcel, está muerto. Por no hablar de que Aldrich se encuentra en libertad bajo fianza y nuestros argumentos están por tierra. ¿Por qué no accediste a que le redujeran la condena? Si lo hubieras hecho, todo esto se podría haber evitado.

—Porque era un delincuente profesional y habría vuelto a

entrar a robar en las casas de la gente —respondió Emily con firmeza—. Y quizá esta vez alguien hubiera resultado herido.

A Emily se le puso rígida la espalda y continuó.

—Y hay algo más que al parecer no te has planteado. El jurado oyó que le iban a caer cuatro años. Si luego yo hubiera accedido a que le redujeran la condena, Moore habría presentado una petición para que se celebrara un nuevo juicio y habría alegado que yo y Jimmy sabíamos desde el principio que él conseguiría la reducción de condena, y que el jurado debería haberlo sabido cuando había evaluado su testimonio. Moore habría alegado que Easton no habría dicho nada si hubiera sabido que iba a conseguir salir. Es imposible que el juez hubiera denegado esa petición.

—Pues deberías haberlo pensado cuando negociaste con él antes del juicio —soltó Wesley—. Sabías que era una bomba de relojería y que más tarde podría volverse contra ti. Deberías haberle dado la condicional desde el principio. Su historia estaba ampliamente corroborada, independientemente de la pena que recibiera. Ahora la integridad de esta oficina no solo será cuestionada, sino gravemente difamada. Los medios de comunicación nos van a machacar.

Puesto que al acudir a esa reunión Emily no sabía si enseñaría los dos retratos, los había guardado en una carpeta. Entonces los sacó y los colocó delante de Wesley.

—A lo mejor el detective Tryon puede explicar esto de forma satisfactoria. El retrato que encontré ayer en el expediente de Nueva York sobre Jamie Evans, la compañera de piso de Natalie Raines que murió asesinada, no era el mismo que él trajo a esta oficina. Tiene la misma fecha, pero ahí acaban los parecidos. Es un retrato de una persona totalmente distinta.

Mientras Wesley y Tryon la miraban coléricamente, Emily prosiguió.

—Sé de sobra que Billy afirmará que ha sido una simple confusión, pero el detective de la oficina del fiscal del distrito en Manhattan que me enseñó el expediente está seguro de que había un único retrato. Declaro que fue un intento deliberado de Billy por evitar que el retrato correcto se incluyera en el expediente de Aldrich.

Emily hizo una pausa, sin saber si iba a decir lo que estaba pensando. Respiró hondo.

—También quiero señalar que el retrato original guarda un parecido bastante evidente con Billy Tryon, lo cual podría ser el motivo por el que deseaba desesperadamente que no acabara en nuestro expediente.

Ted Wesley cogió los retratos y los examinó.

—Emily, no solo estás haciendo acusaciones graves, sino también difamatorias e incluso histéricas. Si no tengo mal entendido, Natalie Raines ni siquiera llegó a conocer a este hombre, y este retrato fue dibujado a partir de lo que ella recordaba de una supuesta foto que pudo haber visto una vez.

—Eso es exactamente lo que esperaba que dijeras —respondió Emily en actitud desafiante—. Considero que este retrato no solo se parece a Billy, sino que no hay duda de que los retratos fueron cambiados por él para ocultar algo muy importante. Y no voy a parar hasta averiguar de qué se trata.

—Ya estoy harto —dijo Wesley—. Ya estoy harto de tus intentos de vilipendiar a mi mejor detective. Ya estoy harto de tus intentos por destruir el caso Aldrich, cosa que has logrado casi con total seguridad. ¿Se te ha pasado por la cabeza que el detective de Nueva York podría estar equivocado en lo de que hay un solo retrato?

»Te ordeno que dejes los expedientes en mi despacho. ¡Y no vuelvas a tocarlos! Vuelve a casa y no vengas a esta oficina hasta que yo haya decidido una sanción adecuada para ti. Si los medios de comunicación te llaman a casa, tienes prohibido hablar con ellos. Remite las llamadas directamente a mi despacho.

Wesley se levantó.

—Y ahora fuera de aquí.

A Emily le sorprendió que no la hubiera despedido.

—Me voy, Ted, pero antes déjame decir una cosa más. Pregunta por ahí a ver si el detective Tryon era conocido por el seudónimo de «Jess». E intenta recordar tú también si alguna vez lo has oído. Después de todo, es tu primo.

Durante unos instantes se quedaron mirándose sin decir nada. A continuación, haciendo como si Billy Tryon no existiera, Emily salió del despacho de Ted y se marchó del palacio de justicia.

Zach decidió esperar hasta media tarde para tomar un autobús a Nueva York. Sabía que la estación de Port Authority estaba llena de policías de paisano que escudriñaban las multitudes en busca de criminales conocidos cuyas caras tenían grabadas en el cerebro. Era mejor llegar allí en hora punta, decidió.

Había comido en el motel, en el inhóspito cuchitril que llamaban restaurante. Cuando estaba acabando, entraron seis personas. Gracias a su bulliciosa y animada conversación, se enteró de que iban a una boda que se celebraba a las cinco cerca de allí. Todos se han registrado en el motel, pensó. Menos mal que me marcho. Estaba seguro de que un par de ellos se lo quedaron mirando cuando pagó la cuenta y salió del restaurante.

Una vez fuera vio que sus coches estaban aparcados a los lados de su furgoneta. Otro problema. Uno de ellos podría recordar que la había visto cuando el yerno llamara a la policía y empezaran a buscarla.

Llevaba puesta una cazadora de cuero, unos pantalones marrones y una gorra. Así lo describirían a la policía.

Cuando se marchó, Zach llevaba su dinero, su documentación falsa, sus móviles de prepago, unos tejanos, una sudadera con capucha, unas zapatillas de deporte y una peluca canosa bien envuelta en una bolsita de lona.

Llegó a Port Authority a las seis y cuarto. Tal como esperaba, la estación estaba atestada de personas que iban y venían del trabajo. Entró en el lavabo de caballeros y se cambió de ropa en un cubículo, y a continuación se dirigió al andén del autobús con destino a Glen Rock. Se fijó en que la lluvia estaba salpicando las ventanas de la estación. No habrá nadie paseando por las calles, pensó. La gente a la que no vayan a recoger a la estación se apresurará a volver a sus casas. Como yo.

A las siete y media bajó del autobús en Glen Rock. Se apretó la capucha alrededor del cuello. Tenía el cabello de la peluca canosa pegado a la frente a causa de la lluvia. Era agradable.

Emily. Emily. Estés lista o no, allá voy.

80

Tengo que dormir, pensó Emily. Estoy totalmente agotada. Apenas puedo seguir. He mostrado mis cartas a Billy. No tengo pruebas de nada. E incluso Jake cree que la he emprendido con Billy.

Ahora que Jimmy Easton ha sido asesinado, Ted va a tener que responder a un montón de preguntas de los medios de comunicación acerca de nuestra reacción a las amenazas de Jimmy en la sala de justicia. Necesita un frente unido cuando aparezca delante de las cámaras. Desde luego no me quiere cerca.

Y ahora la reputación de Jake también está en juego. Puede que haya pasado por alto más cosas de la primera entrevista con Easton de las que ha reconocido y ahora tenga miedo de decirlas. Entiendo que tenga miedo. Billy es su superior inmediato y el fiscal es su jefe.

Cuando llegó a casa el cerrajero estaba a punto de recoger sus cosas.

—Entre las nuevas cerraduras y ese pit bull suyo, estará a salvo —dijo—. Pero recuerde que las cerraduras no servirán de nada si no se asegura de que están cerradas. Y lo mismo vale para el moderno sistema de seguridad que le están instalando. Bueno, me alegro de haberla conocido. Buena suerte.

—Gracias. Y gracias por venir tan rápido. —Y gracias por marcharse, pensó Emily, pero acto seguido se sintió momentáneamente culpable porque aquel hombre estaba intentando ser amable.

Eran las cinco y cuarto. Cuando el cerrajero se estaba yendo, los técnicos de la alarma subieron del sótano.

—Ya hemos acabado por hoy —dijo el más mayor—. Mañana instalaremos las cámaras. Si viene a la cocina, le enseñaré a conectar y desconectar el sistema. También puede bloquear zonas aisladas si quiere abrir alguna ventana.

Con los ojos casi cerrados, Emily fue con él a la cocina y lo escuchó tratando de asimilar las diferencias entre el nuevo sistema y el anterior. Cuando el técnico se marchó prometiendo que regresaría al día siguiente, dejó que Bess saliera un momento. Tras volver a echar el cerrojo a la puerta trasera, revisó su contestador automático. Se quedó decepcionada al ver que Alice Mills no le había devuelto la llamada.

Trató de volver a contactar con Alice en su casa y en casa de Aldrich. Dejó otro mensaje en el número de Aldrich.

—Alice, te agradecería mucho que me llamaras. Es posible que no tengas ganas de hablar conmigo, y entiendo por qué. Quiero que sepas que el fiscal me ha apartado del caso y que cuento con que me va a despedir.

Sabía que se le estaba quebrando la voz, pero continuó.

—Creo sinceramente que si supiéramos por qué estaba asustada Natalie, podríamos dar con la persona que la asesinó.

Emily fue a la sala de estar, se sentó en su sillón habitual y se envolvió con una manta. Sé que probablemente no me voy a quedar despierta, pensó, pero quiero ver *Primera tribuna* cuando empiece. Fijó la alarma de su reloj a las nueve, cerró los ojos y se quedó dormida al instante.

La alarma del reloj no la despertó. Fue el sonido persistente de su teléfono móvil lo que la arrancó por fin del sueño. Cuando contestó tenía voz soñolienta.

—Hola —susurró

—Emily, ¿estás bien? Te he llamado tres veces en la última media hora. Me estaba preocupando mucho. Parecías muy afectada cuando dejaste el último mensaje.

Era Alice Mills. La preocupación sincera que se traslucía

en su voz llenó inmediatamente de lágrimas los ojos de Emily.

—No, estoy bien. Alice, puede que esté loca, y sé que el fiscal cree que lo estoy, pero creo que sé quién mató a Jamie Evans y casi con seguridad también a Natalie.

Al oír el grito ahogado de Alice, continuó.

—Debe de haber alguna persona próxima a Natalie, tal vez otro actor o una maquilladora o una encargada de vestuario, que oyera o viera algo. Alice, ¿te pareció raro en ella que se fuera corriendo a Cape Cod?

—Natalie estaba estresada por el divorcio y la búsqueda de un nuevo agente, pero nunca pensé que estuviera asustada —dijo Alice Mills—. Emily, no solo es necesario encontrar a quién lo hizo por Natalie. También por Gregg y Katie. ¿Has visto *Primera tribuna* esta noche?

—Tenía intención de verlo, pero me he dormido.

—Gregg, Katie y yo hemos ido de invitados. Gregg ha hablado de lo terrible que es despertar recelo, ser el sospechoso. Pero como es natural, está muy contento de haber salido de la cárcel. Katie volverá al colegio mañana y yo me iré a mi casa.

—A tu maravillosa casita a pocas manzanas de Lincoln Center —dijo Emily.

—¿Te he dicho yo eso? —preguntó Alice, sorprendida.

—Debes de haberlo hecho.

—Emily, hay una persona a la que puedo llamar que seguro que ahora estará despierta. Jeanette Steele es la encargada del vestuario de la nueva obra que se ha estrenado en el teatro Barrymore. Puede que ella sepa algo. Estuvo con Natalie en su última función.

—Te lo agradecería mucho. Gracias, Alice.

Algo más despierta, Emily se levantó y regresó a la cocina. Es demasiado tarde para cenar algo, pensó. Tal vez una tostada y una copa de vino. Eso me ayudará a dormir rápidamente.

Emily miró por la ventana de la cocina que daba a la casa de alquiler. La persiana se hallaba bajada únicamente hasta la mitad. Se acercó y miró afuera por un instante. Estaba lloviendo mucho. Qué noche más deprimente, pensó mientras bajaba la persiana. Esa casa me da escalofríos.

Antes de meter el pan en la tostadora, fue a la sala de estar y echó un vistazo al exterior para tranquilizarse con la visión del coche de policía aparcado junto al bordillo.

81

Situado en su familiar posición elevada en la ventana de la cocina de su antigua casa, Zach se vio obsequiado con la visión de Emily bajando la persiana. Tal como esperaba, había sido muy sencillo entrar allí. Sabía que nadie lo había visto correr por el camino de acceso de la casa situado detrás de la vivienda de alquiler. Había saltado por encima de la valla y a continuación, con la llave en ristre, había entrado en cuestión de segundos.

Tenía las chucherías listas para Bess. Al ver que Emily bajaba la persiana, supo con certeza que se estaba preparando para ir a la cama. Dejará salir a Bess por última vez. La alarma estará desconectada. Bess empezará a ladrar cuando perciba que me acerco, pensó. Eso no debería asustar a Emily durante los primeros segundos. Bess ladra a las ardillas.

Y luego estaré dentro. Aunque los ladridos inciten al poli a echar un vistazo dentro de la casa, solo tardaré unos segundos en matarla. Si consigo escapar, bien. Si no, tampoco pasará nada.

Estoy cansado de huir.

82

Alice Mills volvió a llamar a las once menos cuarto.

—Emily, he llamado a mi amiga Jeanette Steele, la encargada de vestuario. Estuvo con Natalie esa noche. Ha dicho que Natalie estaba radiante de felicidad después de la última función. Recibió una ovación de pie que duró varios minutos.

—¿Estuvo con Natalie hasta que salió del teatro? —preguntó Emily.

—Casi hasta el final. Jeanette me ha dicho que Natalie se cambió y estaba lista para marcharse. Como es natural, a esas horas estaba agotada. Pero entonces el productor llamó a la puerta. Un actor muy famoso, Tim Moynihan, apareció con unos amigos y dijo que tenía muchas ganas de conocerla. Jeanette dice que a Natalie no le hizo gracia, pero que dejó pasar a Moynihan y a sus amigos. Entonces fue cuando Jeanette se marchó.

Moynihan, pensó Emily. Tim Moynihan. Es un buen amigo de Ted. Me pregunto lo bien que conoce a Billy.

—Alice, hace tan solo una semana conocí a Tim Moynihan. Estoy convencida de que es el eslabón que necesitamos. No tendrás su número de teléfono, ¿verdad?

—No, pero no me sorprendería que Gregg lo tuviera o que pudiera conseguirlo rápidamente. No sé si él conoce a Moynihan, pero apuesto a que conoce a algún amigo suyo o a alguien que trabaja en su serie de televisión. Espera.

Un instante después, Alice volvió a ponerse al teléfono.

—Emily, Gregg está llamando a alguien que puede darle el número de Tim Moynihan. Mientras esperamos, quiero decirte que estoy preocupada por ti. Por favor, ten cuidado.

—No te imaginas la cantidad de cerraduras y alarmas que me protegen. Por no hablar del coche patrulla que tengo fuera de casa.

—He leído sobre tu vecina muerta y ese asesino en serie. Es terrible pensar que vivía en tu calle.

—Bueno, ya se ha ido. —Emily hizo todo lo posible por mostrarse práctica, procurando no alarmar más a Alice.

—Aun así, estoy preocupada. Un momento, Gregg quiere hablar contigo.

Emily tragó saliva; la garganta se le había quedado seca de repente.

—Señora Wallace, soy Gregg Aldrich.

—Señor Aldrich, no tengo ninguna intención de hablar con usted. Solo lo haría en presencia de su abogado o bien con su permiso. He llamado para hablar con Alice.

—Lo sé —contestó Gregg—. Pero, a riesgo de infringir las normas, solo quería decirle que no le guardo rencor. Jimmy Easton fue un testigo muy convincente, y su trabajo consistía en ir a por mí cuando testifiqué. Solo hizo su trabajo. Y muy bien, si me permite decirlo.

—Gracias. Es muy generoso por su parte.

—¿Cree sinceramente que tiene alguna pista sobre el asesino de Natalie?

—Sí, así es.

—¿Compartirá esa información, corazonada o lo que sea conmigo?

—Señor Aldrich, no me conviene decir nada más, pero le prometo que si lo que espero descubrir sale bien, hablaré con Richard Moore inmediatamente.

—Está bien. Espero que comprenda que le pregunte. Este es el número de teléfono de Tim Moynihan: dos, uno, dos, cinco, cinco, cinco, tres, dos, nueve, cinco.

Emily anotó el número y lo repitió.

—Le prometo que dentro de poco tendrá noticias.

—De acuerdo. Buenas noches, señora Wallace.

Emily se quedó con la mano en el teléfono durante un minuto largo antes de volver a colocarlo en el soporte. Resultaba extraño sentirse tan unida a esas dos personas cuando hablaba con ellas... Tan cómoda con ellas... Claro que Alice le había caído bien desde que la había conocido.

¿Y Gregg Aldrich? ¿Cuántas veces he luchado conmigo misma porque me negaba a afrontar la verdad? Tal vez simplemente se deba a lo que dijo Alice: en lo más profundo de mi corazón he sabido que era inocente desde el principio.

Incluso este corazón prestado lo sabía, pensó.

Miró el teléfono de Tim. Puede que esté en la cama y se enfade si lo despierto, pero no puedo esperar. Respiró hondo y marcó el número.

Tim Moynihan contestó al primer timbre. Emily oyó voces de fondo y se figuró que tenía encendida la televisión. Por lo menos no estaba dormido. Cuando se identificó, notó que él se sorprendió de oír su voz.

Fue directa al grano.

—Tim, sé que es muy tarde para llamar, pero es muy importante. Acabo de enterarme de que visitaste el camerino de Natalie en su última función de *Un tranvía llamado deseo*. ¿Cómo es que no lo mencionaste en la cena? Estuvimos hablando del juicio.

—Emily, a decir verdad, Ted nos había pedido expresamente que no habláramos del juicio y concretamente que no dijéramos que habíamos ido a la función o que habíamos pasado por su camerino a saludarla. Sabía que tú estabas cansada y sometida a mucho estrés. Quería que te evadieras del trabajo por una noche. Si haces memoria, recordarás que el nombre de Natalie se mencionó pero de forma muy general.

Emily no podía creer lo que estaba oyendo.

—¿Me estás diciendo que Ted Wesley estuvo en su última función y que pasó por el camerino de Natalie?

—Sí. Él y Nancy vinieron con Barbara y conmigo y un par de amigos más. —La voz de Tim Moynihan se alteró—. Emily, ¿ocurre algo?

Algo muy malo, pensó ella.

—Tim, ¿conoces al primo de Ted, Billy Tryon?

—Por supuesto. Todo el mundo conoce a Billy.

—¿Estuvo él con vosotros esa noche en el camerino de Natalie?

—No. Nunca ha sido del agrado de Nancy. Ya sabes lo engreída que puede ser.

—Tim, tal vez puedas contestarme a esto. ¿Alguna vez Billy ha sido conocido por el apodo de «Jess»?

Una sonrisa asomó a la voz de Tim al contestar.

—Billy, no. Ese era el apodo de Ted. Se llama Edward Scott Jessup Wesley. Nunca usa «Jessup» profesionalmente, pero hace unos veinte años de vez en cuando interpretaba algún pequeño papel en las series en las que yo trabajaba. Y usaba el nombre artístico de «Jess Wilson».

Emily hizo una conjetura.

—Eso fue en la época en que tuvo problemas con Nancy, ¿verdad?

—Sí, de hecho estuvieron separados unos meses. Él estaba muy afectado.

Ya lo creo, pensó Emily. Estaba saliendo con Jamie. Le había prometido que se iba a divorciar y luego, al ver que él le daba largas, ella seguramente había amenazado con ir a hablar con su mujer.

Apuesto que no la mató él mismo. Apuesto a que Billy le hizo el trabajo sucio. Y apuesto que Natalie lo había reconocido en la última función y él lo sabía. Y ella se dio cuenta de que él lo sabía. Por eso estaba tan asustada.

Y, naturalmente, él también se parece mucho al hombre del retrato, pensó Emily. El retrato original, no el sustituto. Él y Billy tenían un parecido familiar. Sus madres eran hermanas. No se le había pasado por la cabeza pensar en él cuando lo había visto.

Colgó el teléfono y se levantó, vacía, tratando de asimilar la terrible realidad de lo que ahora sabía. El hombre que estaba a punto de convertirse en secretario de Justicia de Estados Unidos, el máximo responsable de la ley en todo el país, era el culpable de los brutales asesinatos de dos mujeres, separados por casi dos décadas.

Emily oyó que la alarma de una casa cercana se disparaba. Entonces alguien golpeó en la puerta. Debe de ser el agente de policía, pensó. Viene a decirme que irá a comprobar la alarma rápidamente y que volverá enseguida. Corrió a abrir. Billy Tryon entró violentamente, la derribó de un empujón y cerró la puerta de golpe.

—Emily —dijo mientras ella se encogía de miedo en el suelo—, en realidad no eres tan lista como crees.

83

Convencido de que Emily debía de estar lista para sacar a Bess, y demasiado impaciente para esperar más, Zach se hallaba al otro lado de la puerta del porche trasero cuando oyó que la alarma de una casa cercana se disparaba y a continuación percibió un olor a humo. Vio que la casa de la esquina estaba en llamas. El barrio no tardará en llenarse de policías y bomberos.

Oyó los frenéticos ladridos de Bess procedentes del interior. No quedaba más tiempo. El policía apostado en la casa se había acercado corriendo al incendio. Tenía que entrar en la casa. Corrió a la ventana del sótano que sabía que se encontraba en el cuarto de las herramientas y la rompió de una patada. A continuación, apartando la mayor cantidad de cristales rotos posible, introdujo el cuerpo por la estrecha abertura y se dejó caer al suelo.

Notó sangre en la cara y en las manos, pero le daba igual. El fuego había sido una señal. Estaba al final de la calle. Tanteando en la oscuridad, alargó la mano para coger el martillo que recordaba que había en la pared, lo agarró y subió por la escalera. Su plan inicial consistía en estrangularla despacio, notar cómo se retorcía entre sus brazos, escuchar cómo intentaba suplicarle.

Pero no iba a tener tiempo para eso. El policía que había fuera volvería corriendo.

Escalón tras escalón, Zach ascendió mientras le caía sangre al suelo. Abrió la puerta que daba a la cocina. Bess estaba en la sala de estar, ladrando sin parar. Zach esperaba que Bess entraría corriendo en la cocina en dirección a él, pero entonces oyó una voz de hombre.

¿Es posible? La ofensa que suponía para él que Emily estuviera con otro hombre cuando él iba a visitarla hizo que se echara a temblar. Zach recorrió la breve distancia sin hacer ruido con sus zapatillas de deporte y entonces se detuvo. El hombre de la habitación estaba apuntando con una pistola a Emily en la cabeza y la empujó bruscamente contra un sillón.

Entonces oyó gritar a Emily.

—No te vas a salir con la tuya, Billy. Lo sabes. Estás acabado, y Ted también.

—Te equivocas, Emily. Es una lástima que haya tenido que prender fuego a una casa para apartar a ese poli. Todo el mundo creerá que el chiflado de Zach ha vuelto a por ti.

—El chiflado ha vuelto —dijo Zach sonriendo mientras levantaba el martillo y golpeaba fuerte a Billy Tryon en la cabeza.

La pistola se disparó al mismo tiempo que la puerta principal se abría a golpes. Emily se desplomó chorreando sangre por la pierna, y dos agentes de policía arremetieron contra Zach. Tras forcejear furiosamente, le arrebataron el martillo y le esposaron las manos a la espalda mientras gemía tumbado en el suelo.

Prácticamente inconsciente, Emily oyó una voz de asombro que gritaba:

—Dios mío, es Billy Tryon. Está muerto.

Entonces la oscuridad se cernió sobre ella.

84

Al día siguiente Gregg Aldrich y Alice Mills visitaron a Emily en el hospital Hackensack. Ella sabía que venían y estaba sentada en un sillón. Alice cruzó la habitación a toda prisa y rodeó con los brazos a Emily.

—Podrían haberte matado. Gracias a Dios que estás bien.

—Vamos, Alice. Se supone que tienes que animar a la persona que visitas en el hospital —dijo Gregg Aldrich sonriendo. Llevaba un ramo de rosas de tallo largo—. Emily, quiero darte las gracias por devolverme mi vida —dijo—. Richard Moore me ha dicho que el fiscal ha sido detenido y que será acusado de los asesinatos de Natalie y de Jamie Evans.

—Así es... —contestó Emily—. Solo me desmayé durante unos minutos. Cuando le dije a la policía lo que había pasado, fueron muy astutos con Ted Wesley. Le dijeron que habían pillado a Billy en mi casa y que había reconocido haber matado a Natalie y a Jamie para él. Wesley se quedó como petrificado, pero eso acabó con él. Se desmoronó y lo confesó todo. Así que supongo que todavía tengo trabajo. Y supongo que él no irá a Washington.

Gregg Aldrich negó con la cabeza.

—Nunca entenderé por qué ha pasado todo esto, pero ya ha acabado. —Gregg tomó la mano de Emily y se inclinó para besarla en la mejilla—. Tengo que decirte algo. En algunos aspectos me recuerdas a Natalie. No estoy seguro del motivo. No lo sé exactamente, pero así es.

—Debía de ser una persona maravillosa —dijo Emily—. Me alegro de recordártela.

—¿No estás de acuerdo, Alice? —preguntó Gregg con ternura.

—Sé a lo que te refieres —dijo Alice suavemente, haciendo ver que examinaba a Emily cuando la volvió a abrazar—. Nos vamos a ir para dejarte descansar. Te llamaré mañana para ver cómo te encuentras.

Santo Dios, pensó Alice. ¡Claro que se le parece! El corazón de Natalie late dentro de ella. Recordó que, muerta de pena, había dado permiso al médico de Natalie para que donara su corazón a una joven viuda de guerra que era paciente de él y que probablemente no iba a vivir si no recibía un corazón muy deprisa.

No me hizo falta leer que le habían hecho el trasplante en la misma época y en el mismo hospital de Nueva York donde habían extraído el corazón a Natalie. No me hizo falta saber que mi médico se había encargado de la operación de Emily. En cuanto me senté enfrente de Emily en su despacho supe que Natalie estaba allí conmigo.

Con los ojos inundados de lágrimas, se volvió para despedirse de Emily. Ella no debe saberlo nunca. Y Gregg tampoco. Deben seguir con sus vidas. Alice sabía que solo podría ver a Emily de vez en cuando. Sabía que tenía que dejar las cosas como estaban.

—Emily, espero que te tomes un tiempo libre y puedas recuperarte y divertirte —dijo.

Emily sonrió.

—Pareces mi padre, que ahora mismo está en un avión para venir a verme. —Y entonces, sin saber por qué se lo contaba a Alice, dijo—: Mañana salgo de aquí y el sábado tengo una cita con un traumatólogo. Me hace mucha ilusión.

Me hace ilusión de verdad, pensó Emily cuando volvió a quedarse sola.

Ahora estoy lista.